KLAUS ERFMEYER
Irrliebe

TODESANZEIGE Franziska Bellgardt ist auf der Suche nach ihrem Traummann. Als sie über eine verführerische Kontaktanzeige den Franzosen Pierre Brossard kennenlernt, scheint sich ihr größter Wunsch erfüllt zu haben. Sie hat ihren „Mr. Chiffre" gefunden.

Doch dann platzt der Traum. Franziskas Leidenschaft für den rätselhaften Pierre endet mit ihrem jähen Tod. Sie kommt bei einem mysteriösen Unfall ums Leben.

Franziskas Schulfreundin Marie Schwarz und ihr Freund, der Dortmunder Rechtsanwalt Stephan Knobel, beginnen die schicksalhafte Beziehung zu dem Franzosen zu ergründen. Aber von diesem fehlt jede Spur. Und bald zeigt sich, dass es um weit mehr geht als Franziskas Liebe zu einem Mann, dem sie sich bedingungslos unterwerfen wollte ...

Dr. Klaus Erfmeyer, geboren 1964, lebt in Dortmund und ist seit 1993 Rechtsanwalt, darüber hinaus Maler und Dozent. Er ist Autor zahlreicher Fachpublikationen. „Irrliebe" ist bereits sein sechster Kriminalroman um Rechtsanwalt Stephan Knobel. Sein Erstling „Karrieresprung" wurde für den Friedrich-Glauser-Preis 2007 in der Sparte „Bester Debüt-Kriminalroman" nominiert.

Bisherige Veröffentlichungen im Gmeiner Verlag:
Endstadium (2010)
Tribunal (2010)
Geldmarie (2008)
Todeserklärung (2007)
Karrieresprung (2006)

KLAUS ERFMEYER

Irrliebe

Knobels sechster Fall

GMEINER | *Original*

Personen und Handlung sind frei erfunden.
Ähnlichkeiten mit lebenden oder toten Personen
sind rein zufällig und nicht beabsichtigt.

Besuchen Sie uns im Internet:
www.gmeiner-verlag.de

© 2011 – Gmeiner-Verlag GmbH
Im Ehnried 5, 88605 Meßkirch
Telefon 0 75 75/20 95-0
info@gmeiner-verlag.de
Alle Rechte vorbehalten

Lektorat: Claudia Senghaas, Kirchardt
Herstellung: Julia Franze
Umschlaggestaltung: U.O.R.G. Lutz Eberle, Stuttgart
unter Verwendung eines Fotos von suze / photocase.com
Druck: Libri Plureos GmbH, Friedensallee 273,
22763 Hamburg
Printed in Germany
ISBN 978-3-8392-1183-0

Für Lendita

1

Marie kannte Franziska Bellgardt aus der Schule. Sie waren sich während ihrer ersten gemeinsamen Jahre auf dem Gymnasium in der Dortmunder Nordstadt nur zufällig auf den Fluren oder dem Schulhof begegnet. Ohne bis dahin jemals ein Wort miteinander gesprochen zu haben, nahmen sie sich stets wahr und mochten einander. Der Eintritt in die Oberstufe – Marie war damals 17 und Franziska, die ein Schuljahr wiederholen musste, bereits volljährig – führte sie schließlich zusammen, weil beide den Grundkurs in Philosophie belegt hatten. Sie wählten nun beinahe zwangsläufig im Klassenraum die Plätze nebeneinander, als vollziehe sich damit äußerlich die unausgesprochene Verbundenheit. Den gemeinsamen Schulstunden folgten schnell Café-Besuche am Nachmittag, bald auch längere Spaziergänge in nahe gelegenen Parks, schließlich abendliche Treffen in einigen der damals populären Szene-Lokale. Es schien, als sei es an der Zeit, nach den langjährigen flüchtigen und zufälligen Begegnungen längst Überfälliges nachzuholen und im Schoß einer im Geborgenen gewachsenen Vertrautheit Einblick in das eigene Leben zu gestatten und Teil des anderen Lebens zu werden.

Franziska und Marie blieben keine Freundinnen. Als sie nichts Neues mehr voneinander erfuhren und ihre Gespräche sich um dieselben Themen zu drehen begannen, spürten sie, dass das Leben sie in unterschiedliche Richtungen treiben und die viel zu schnell beschworene Innigkeit zwischen ihnen keinen Bestand haben würde. Franziska offenbarte ihre Scheu und ihren Schwermut. Sie klammerte sich eine Zeit lang umso mehr an Marie, in der sie eine Vertraute finden wollte, die ihr in einer sie überfordernden Welt Orientierung versprach. Franziska war von Ängsten und Enttäuschungen geprägt, die den Blick in ihre Zukunft trübten. Marie waren solche Empfindungen nicht fremd, aber sie sah mit Neugier und Optimismus nach vorn. Es gelang nicht, zwischen diesen Welten Brücken zu schlagen. Je nachdrücklicher Franziska in ihre als unglückselig empfundene Vergangenheit vorstieß und Maries Interesse für alles einforderte, was ihr wiederkehrendes Scheitern auszulösen schien, desto mehr entzog sich Marie. Sie erkannte, dass der naiv und überstürzt eingegangenen Verbindung zu Franziska keine Zukunft beschieden war und aus der letztlich nur an flüchtigen Empfindungen festzumachenden wechselseitigen Sympathie keine Freundschaft wachsen konnte. Franziska und Marie lebten und dachten in unterschiedlichen Strukturen, und das Unheilvolle war, dass diese Erkenntnis Marie die Begegnungen mit Franziska zur Last werden ließen, während Franziska in Maries Lebensmodell ein therapeutisches Konzept für sich zu erblicken begann. Ohne es selbst leben zu können, wollte sie es von Marie vorgelebt sehen und forderte ihre ständige Präsenz ein.

Marie ging zu Franziska auf Distanz und sagte Treffen mit ihr immer häufiger aus vorgeschobenen Gründen ab, weil sie nicht wagte, offen mit Franziska zu brechen. Sie hatte für Franziska Verantwortung übernommen, der sie sich nur deshalb verpflichtet fühlte, weil sie mit ihrer voreiligen Offenheit Franziska eine vorauseilende Verbundenheit geschenkt hatte. Marie entfernte sich von Franziska, soweit sie es konnte, und kommentierte auch deren Vorhalte nicht, mit denen sie – gespielt vorwurfsvoll und deshalb umso ernster – Maries Engagement anmahnte und ihre Enttäuschung demonstrierte.

Marie kam schließlich auf die Idee, gemeinsam mit Franziska im örtlichen Magazin Kult-Mund eine Kontaktanzeige aufzugeben. Franziska mutmaßte nicht zu Unrecht, dass Marie eine Gelegenheit suchte, ihr einen Partner zu vermitteln, an den sie die Stafette der Verantwortung übergeben konnte, doch Marie überging diesen Einwand. Damals wie Franziska ohne festen Freund, hatte Marie die andere überzeugen können, über die Anzeige den wahren Mann zu finden. Franziska hatte schließlich eingewilligt, und beide hatten in einer einander fremdgewordenen Unbeschwertheit den Text des Inserats verfasst: 18-jährige sinnliche Frau, fröhlich, offen und zugleich tiefsinnig, 172 cm, schlank, dunkle lange Haare, sucht Mann bis 25, der sie verzaubert und mit ihr die Welt erobert.

Franziska fand sich in dieser Anzeige, die bis auf das Alter im Wesentlichen auf Marie zutraf, gut beschrieben. Marie begriff, dass es Franziskas scheinbare Fröhlichkeit und Offenheit waren, die sie auf den ersten Blick anziehend machten. Diese wie eine Monstranz dargebotenen Eigenschaften waren es gewesen, die Marie aufmerksam werden ließen und die Franziska wie ein Netz über andere zu werfen verstand. Sie suggerierten zusammen mit ihrer noch mädchenhaften, etwas wie verpuppt wirkenden Schönheit ein Idealbild, hinter dessen Fassade sich eine erwachsen werdende Frau verbarg, die mit dem haderte, dem sie sich auf den ersten Blick bejahend zuwandte: dem

Leben. Marie hatte schlagartig verstanden, warum Franziska letztlich immer wieder allein blieb und Menschen nicht an sich binden konnte: Sie erdrückte die anderen, und die anfänglich fesselnde Fröhlichkeit und Offenheit wich bald den Ketten, die sie den anderen anlegte, um sie an der Flucht zu hindern, wenn sie die Bürden erkannten, die ihnen Franziska auferlegte.

Sie hatten über 20 Zuschriften auf die Anzeige erhalten, manche unverhohlen sexistisch, einige ungelenk schüchtern, andere langweilig und altbacken. Franziska warf die Briefe nach einmaligem Lesen enttäuscht auf den Boden.

»Mr. Chiffre ist nicht dabei«, beschied sie.

Marie sammelte die Briefe auf und studierte sie ein zweites Mal.

»Der hier macht einen netten Eindruck«. Sie reichte Franziska die Antwort eines René.

»Das erste Lesen reicht«, erwiderte Franziska schroff. »Ich brauche nicht irgendjemanden. Ein Mann muss mich auf Anhieb verzaubern – und sei es nur mit seinen ersten Zeilen.«

»Du erwartest ziemlich viel«, stellte Marie lakonisch fest.

»Und warum springst du auf keinen dieser Supermänner an?«, fragte Franziska spitz. »Es war doch unsere gemeinsame Anzeige.« Sie blinzelte Marie fordernd an und erhielt keine Antwort.

»Na, siehst du ... Ich bleibe dir also noch erhalten.« Franziska grinste spöttisch.

Drei Monate später feierten sie mit ihrer Jahrgangsstufe das bestandene Abitur. Die Absolventen umarmten einander und schworen sich ewige Treue. Das Ende der Schulzeit sollte und durfte kein Abschied sein. Ein Fotograf hielt den Augenblick fest, in dem die Freude über das Geschaffte zur trügerischen Euphorie verleitete, dass man die wesentlichste Prüfung im Leben überhaupt erfolgreich hinter sich gelassen hatte und die Leichtigkeit des heutigen Tages in eine rosige Zukunft tragen würde. Als Franziska nur mit Marie auf einem Foto abgelichtet werden wollte, griff sie Marie fest um die Taille und zog sie eng an sich heran.

»Auf ewig!«, rief sie und formte die Finger der freien rechten Hand zum Victory-Zeichen, während sie sich mit flüchtigem Seitenblick davon überzeugte, dass Marie ihren provozierenden Unterton wahrgenommen haben musste.

Marie lächelte verkrampft, als der Blitz auslöste. Danach ließ Franziska Marie abrupt los, stieß sie fast von sich und ergriff ein letztes Mal ihre Hand.

»Ich halte dich nicht fest. Du entfernst dich von mir. Sag mir bitte nicht, dass ich mich täusche! Ich weiß es.«

Franziska sah Marie eigentümlich sanft und zugleich vorwurfsvoll an.

Marie schluckte, war verstört, fühlte sich erlöst und zugleich schuldig. Sie war zu überrascht, um etwas erwidern zu können. In diesem Moment ließ Franziska Maries Hand los, taumelte ein paar Schritte zurück, als befinde sie sich im Fall und fing sich. Dann tauchte sie in die beginnende Feier ein, ließ sich treiben und tanzte, als die Musik unter den blitzenden Lichtern des Stroboskops zu spielen begann, bis sie spät abends erschöpft und ohne weiteres Wort die Feier verließ. Erst jetzt fiel Marie auf, wie isoliert Franziska stets gewesen war.

Marie hatte ihr nach der Feier einen langen Brief geschrieben. Sie versuchte, ihr Denken und Handeln zu erklären, und entschuldigte sich letztlich dafür, Franziska nicht die Freundin gewesen zu sein, die diese sich erhofft hatte. Sie korrigierte den Brief mehrmals, bevor sie ihn mit zittriger Hand beim Hauptpostamt einwarf. Marie spürte, dass Franziska sie noch gefangen hielt und dass nur Franziska sie befreien konnte. Doch Marie erhielt auf ihren Brief nie eine Antwort.

2

Fast genau neun Jahre später sahen sich Marie und Franziska an einem heißen Juniabend bei ihrem ersten Klassentreffen wieder. Marie Schwarz hatte zwischenzeitlich ihr Germanistikstudium abgeschlossen, ihr Referendariat absolviert und nach einem Jahr Arbeitslosigkeit eine Anstellung als Lehrerin an einem Gymnasium im Dortmunder Westen gefunden. Franziska Bellgardt hatte sich zu dem Treffen nicht angemeldet. Dass ihr Name auf der Anmeldeliste fehlte, fiel erst durch einen Abgleich mit der Abiturientenliste auf. Sie war Außenseiterin geblieben. Marie hatte inzwischen Abstand zu Franziska gewonnen. Ihr unbeantworteter Brief war unwichtig geworden. Das Foto, das Marie und Franziska mit Victory-Zeichen zeigte und von Marie abseits der sonstigen Erinnerungsfotos aus der Schulzeit in einer Schublade vergraben worden war, hatte sie erstmals wieder in die Hand genommen, als sie ihre Wohnung in der Brunnenstraße auflöste, um mit Stephan, ihrem Freund, zusammenzuziehen.

Marie hatte sich auf das Klassentreffen gefreut und dann ernüchtert feststellen müssen, dass die gemeinsame Schulzeit nur noch eine sich verflüchtigende Basis verklärender Erinnerungen war und häufig zugleich das schnelle Ende vieler Gespräche bedeutete. Das Leben hatte die frühere Gemeinschaft geteilt; die eigenen Karrieren und erste Familiengründungen wurden stolz präsentiert und bewundert. Aus den Schülerinnen und Schülern waren erste Verlierer und Gewinner hervorgegangen. Man war einander nicht mehr gleich; nunmehr konnte man vergleichen.

Franziska erschien spät am Abend, als sich die ersten bereits verabschiedeten. Sie war fülliger als früher, ihr Gesicht unreiner und grobporiger geworden. Sie trug eine straff sitzende Jeanshose und ein enges Shirt, wodurch ihre dicker gewordenen Oberschenkel und ihre gewachsene Oberweite deutlich konturiert wurden.

»Meine Freundin Marie!«

Franziska drückte Marie an sich, und Marie fühlte sich an den festen Griff um ihre Taille am Tag der Abiturfeier erinnert.

»Du hast nicht geantwortet«, begann Marie und löste sich.

Franziska wehrte ab und schüttelte lächelnd den Kopf. »Aber du hast mich doch verlassen, Marie, was sollte ich dir dazu schreiben?«

Marie gelang, was sie früher nicht geschafft hatte: Sie hielt Franziska den Spiegel vor, gab Verantwortung zurück, bemitleidete sie und wollte sich gerade von ihr trennen, als Franziska sie erneut umarmte. Jetzt tat sie es ohne Druck, fast zärtlich, scheu und beinahe demütig.

»Ich habe an mir gearbeitet«, erklärte sie stolz, »und es ist viel passiert in den letzten Jahren.«

Sie berichtete, dass sie Krankenschwester geworden sei und nun im Marien-Hospital in Dortmund-Kurl arbeite, nachdem sie sich unglücklich in einen Pfleger verliebt hatte, den sie auf ihrer letzten Arbeitsstelle im Klinikum Nord kennengelernt hatte. Nun wohnte sie schon seit drei Jahren mit Daniel zusammen, einem Informatiker, den sie über das Internet kennengelernt hatte.

Franziska hielt inne und sah Marie mit weichem Blick ins Gesicht.

»Bist du liiert?«, fragte sie schließlich und stellte die Frage, die vertraut schien und zugleich zeigte, wie fremd man einander geworden war.

Marie erzählte von Stephan Knobel, mit dem sie seit vier Jahren zusammen war und seit einiger Zeit in einer Mietwohnung in Dortmund-Asseln wohnte.

»Anwalt«, wiederholte Franziska staunend, als Marie ihre Frage nach Stephans Beruf beantwortet hatte. »In deinem Leben läuft alles glatter als bei mir. Ich bewundere dich, Marie. – Nein, ich beneide dich! Ehrlich!« Sie streichelte Marie über den Arm wie eine Mutter ihr Kind, das sie für eine gute Leistung loben wollte.

Und bevor Marie entgegnen konnte, wie fragwürdig ihr es erschien, den Wert des Lebens an Äußerlichkeiten festzumachen, fuhr Franziska fort: »Daniel ist nicht der Richtige. Ich spüre es seit vielen Monaten. Er hängt an mir, ich weiß nicht, warum, aber es ist so. Er hilft mir immer und überall. Er bemuttert mich förmlich. Es gibt nichts, worum er sich nicht bei uns kümmert. Und weißt du was: Genau das, was ich mir eigentlich wünsche, kotzt mich an. Er hängt wie eine Klette mir, kocht, putzt und bedient mich wie eine Herrin. Und genau dafür könnte ich ihn treten.«

Franziska präsentierte ihren Überdruss, opferte den Marie unbekannten Daniel und bewegte sich scheinbar sicher auf dem Parkett einer zwischen den beiden Frauen nie da gewesenen Vertrautheit.

»Sag mir, dass ich bescheuert bin, Marie, aber ich muss wieder auf die Suche gehen. Vielleicht gibt es ihn doch, den Mr. Chiffre.«

Sie zwinkerte vertraulich mit den Augen. »Erinnerst du dich, Marie? Wir haben es damals nicht ernsthaft betrieben. Es war nur ein Spaß. Aber jetzt will ich es wirklich versuchen. Ich will meinen Mr. Chiffre finden!«

»Franziska …!«

»Nein, Marie, ich will es so. Ich muss den Weg selbst gehen, ich muss für mich Verantwortung übernehmen. Ich muss Geduld haben, bis ich den Richtigen finde. Du hattest recht: Man muss sich Zeit nehmen, in den Menschen hineinschauen. Diamanten wollen behutsam entdeckt werden. Daniel war nicht die erste Wahl.«

»Aber du hast ihn dir ausgesucht«, erinnerte Marie.

»Im Internet, ich weiß«, nickte Franziska. »Es ging zu schnell. Ich war unüberlegt. Nun werde ich es nicht mehr über das Internet machen. Schon deswegen nicht, weil Daniel ständig am Computer sitzt und ihm dort nichts verborgen bleibt. – Nein, ich werde den klassischen Weg gehen: Kontaktanzeige und Antwortbrief. Da sieht man Handschriften mit ihren Schwingungen, Haken und Flüchtigkeiten, teure Tusche, die phantasielos vergeudet wird, und einfache Kugelschreiberschrift, mit denen sinnliche Worte wie Wolken auf das Papier gezaubert werden. Karierte DIN-A4-Blätter aus den Rechenblöcken oder stilvolles duftendes Briefpapier. Es sollen Sternenmeere aufs Papier fließen, die mein Innerstes berühren. Ich erwarte ernsthafte Bewerbungen, Marie!« Sie lächelte kindlich.

»Franziska …«, hob Marie wieder an.

»Du selbst hast damals gesagt, dass ich zu schnell aufgegeben habe«, unterbrach Franziska. »Ich habe mich geändert, Marie. Ich bin geduldig geworden, verzweifle nicht, wenn etwas nicht sofort klappt. Du würdest dich wundern, wenn du mich heute kennenlerntest.« Franziska stemmte ihre Hände in die Hüften. »Eine neue Franziska Bellgardt!«, versicherte sie. »Ich brauche nur einen Briefkasten, Marie, das ist das Einzige, worum ich dich bitten möchte.«

Marie schüttelte den Kopf.

»Ich kann die Antworten auf die Anzeige nicht zu mir nach Hause kommen lassen«, erklärte Franziska vorauseilend. »Du weißt schon: Daniel …«

»Warum trennst du dich nicht von ihm, nimmst dir eine neue Wohnung und lässt die Post dorthin kommen?«, fragte Marie.

»Schulden«, antwortete Franziska knapp. »Daniel hat derzeit nur einen 400-Euro-Job. Ich verdiene auch nicht viel. Eine eigene Wohnung geht jetzt wirklich nicht. – Ich würde dich nicht bitten, wenn es anders ginge! Es gibt keinen Menschen außer dir, dem ich mich anvertraue, und ich glaube, du kennst mich mit allen Stärken und Schwächen, Marie. Für dich besteht kein Risiko. Ich gebe die Anzeige unter deinem Namen bei Kult-Mund auf. Sie erscheint als Chiffre-Inserat. Die Zuschriften gehen an deine Adresse, und ich hole sie mir bei dir ab. Selbstverständlich bezahle ich das Inserat.«

Marie schüttelte den Kopf.

»Es gibt sonst niemanden, den ich um diesen Gefallen bitten könnte«, fuhr Franziska unbeirrt fort. »Meine Eltern wohnen seit einiger Zeit in Osnabrück. Es wäre zu umständlich. Außerdem sollen sie noch nicht wissen, dass ich jemanden suche. Sie mögen Daniel sehr. Es gibt niemanden, dem ich sonst vertraue. Ich suche nur das Glück, Marie!« Franziska hielt prüfend inne. »Ich schwöre, dass ich dir und deinem Stephan nicht zur Last fallen werde«, setzte sie nach. »Wenn Post kommt, meldest du dich einfach per SMS und schreibst mir, wann ich sie abholen kann. Kein Treffen, kein Reden, versprochen! Ganz unkompliziert! Ich will nur endlich mein Leben in die Hand nehmen, Marie. Sei froh, dass du deinen Prinzen gefunden hast. Ich leider noch nicht. Man findet ihn nicht auf der Straße oder auf der Arbeitsstelle. Aber irgendwo gibt es den, mit dem es funktioniert. Meinen Mr. Chiffre. – Oder gönnst du mir kein Glück?«

»Franziska!« Marie lief rot an.

»Du musst dich nicht sofort erregen, Marie! Es ist nur ein kleiner Gefallen, um den ich dich bitte. Ist es nicht letztlich ein Dienst, den du mir irgendwie schuldest? Hast du dir jemals darüber Gedanken gemacht, wie sehr ich darunter gelitten habe, als du dich zurückgezogen und mir aus dem Weg gegangen bist?« Franziska standen plötzlich Tränen in den Augen. »Meinst du nicht, dass ein ehrliches Wort besser gewesen wäre als dein Abschlussbrief, in dem du alles geschrieben hast, was du mir nicht direkt ins Gesicht zu sagen wagtest? Briefe sind einfach, Marie. Man bekommt keine Widerworte.«

»Ich wollte dich nicht verletzen, Franziska«, verteidigte sich Marie matt.

»Das sagt sich leicht«, rügte Franziska spitz. »Ich habe auf dich gebaut. Du wusstest, dass ich Hilfe brauche. Hilfe, Marie. Aber du weißt nicht, wie es ist, auf Hilfe angewiesen zu sein. Du musstest nie Kämpfe austragen. Aber ich möchte nicht alte Wunden aufreißen. Vielleicht habe ich dich zu sehr bedrängt. Das tut mir leid, wirklich. Ich vertraue dir noch immer, Marie, ganz gleich, welche Fehler du gemacht hast. Vielleicht hänge ich so an dir, weil du mich in die Schranken weist.«

Marie mied es, auf Franziska einzugehen. Sie merkte, wie sich Franziska erneut ihrer bemächtigte, und schaffte es dennoch wieder nicht, sich von ihr zu lösen. Marie wollte dem Netz entgehen, das Franziska abermals über sie zu werfen suchte, doch sie scheute die Konfrontation und gab ihrem Drängen nach. Sie würde Franziskas Briefkasten sein, ihr noch diesen einen Gefallen tun, abgelten, was sie Franziska angetan haben könnte und wofür sie sich wieder verantwortlich fühlte. Sie schaffte es nur, sich für diesen Moment Franziska zu entziehen und durch Nachgeben einer bohrenden Diskussion zu entgehen. Der Kontakt zu Franziska würde sich nicht verlieren, er konnte nicht einschlafen, sondern musste wie ein Geschäft abgewickelt und übernommener Verantwortung Rechnung getragen werden. Marie half sich mit der Erklärung, dass ihr Franziska leidtat.

Nach ihrer Rückkehr von dem Klassentreffen erzählte Marie erstmals Stephan von Franziska. Sie berichtete im Detail von einem Menschen, dem sie sich nicht gewachsen fühlte.

»Du musst nur Nein sagen«, meinte Stephan, als sie geendet hatte.

Marie lächelte. Sie wussten beide, dass Stephan an ihrer Stelle noch weniger hätte widerstehen können. In der Zeit ihres Zusammenseins hatte sich Marie oft als die Stärkere und Konsequentere erwiesen. Stephan schleppte aus vergangenen Zeiten noch manche Freundschaften und Bekanntschaften weiter, deren Substanz sich verflüchtigte, weil die Wege, die man einst gemeinsam beschritt, sich unbemerkt geteilt und voneinander entfernt hatten, ohne dass jemand schuldig war. Während Marie dies für sich akzeptierte und sich neu orientierte, überspielte Stephan die Veränderungen, die er nicht wahrhaben wollte. Der Unterschied war, dass zwischen Marie und Franziska keine Nähe verloren gegangen, sondern das Fremde und auch eine heimliche Rivalität die Basis geblieben war, aus der heraus Franziska Marie geschickt in die Pflicht zu nehmen verstand.

Anfang August erhielt Marie im Abstand von wenigen Tagen einige großformatige Briefsendungen aus der Redaktion von Kult-Mund. Es waren drei oder vier prall gefüllte DIN-A4-Umschläge, in denen Marie eine Vielzahl von Briefen kleineren Formats erfühlte. Es mussten die Zuschriften auf das Inserat sein, das Franziska unter einer Chiffrenummer bei Kult-Mund veröffentlicht hatte. Marie unterrichtete Franziska wie verabredet per SMS, und sie holte sich die ungeöffneten Umschläge bei Marie ab. Franziska, die keinen Führerschein besaß, kam mit der Straßenbahn und nahm die Post von Marie an der Wohnungstür entgegen. Sie wog die Umschläge abschätzend in der Hand, ertastete den Inhalt und verschwand wieder, ohne dass sie mit Marie bei diesen Gelegenheiten viele Worte wechselte.

»Ich halte mich an unsere Absprache«, sagte Franziska bei ihrem letzten Besuch, als wollte sie die Einhaltung eines Vertrages bestätigen, der ihr lästig und unvernünftig erschien, rannte die Treppen hinunter und winkte flüchtig zurück.

Marie hörte nie wieder etwas von Franziska.

Als Marie am 17. Oktober von Kult-Mund einen weiteren Brief mit einer Zuschrift erhielt, reagierte Franziska auf Maries Nachricht nicht. Sie legte den Brief ungeöffnet in einer Schublade zwischen ihren Schreibutensilien ab.

3

Franziska Bellgardt starb am späten Abend des 23. Oktober. Es war ein Freitag. Marie und Stephan erfuhren am Nachmittag des 25. Oktober davon, als sie unangemeldeten Besuch von einem Staatsanwalt erhielten. Es war ein Mann Anfang 40 mit schmalem Gesicht und dünnem Oberlippenbart, stilvoll gekleidet, höflich und mit guten Umgangsformen. Staatsanwalt Bekim Ylberi fasste die bekannten Fakten nüchtern wie einen Sachbericht zusammen: »Frau Bellgardt ist im Bahnhof Dortmund-Kurl auf dem Richtung Hauptbahnhof führenden Gleis von einem dort durchfahrenden Regionalexpress erfasst und rund 300 Meter mitgeschleift worden. Das war gegen 22.30 Uhr. Sie muss sofort tot gewesen sein.« Er zückte ein Notizbuch aus seinem Sakko und sah prüfend auf.

Marie und Stephan saßen starr auf ihrer Couch und hielten sich still an der Hand. Die Worte des Beamten wirkten bleiern und unwirklich nach.

»Nach Aussage des Lebensgefährten von Frau Bellgardt sind Sie ihre Freundin gewesen«, fasste Ylberi vorsichtig nach.

»Wir kannten uns aus der Schule«, relativierte Marie leise.

»Sie standen jedenfalls mit ihr in Kontakt«, stellte Ylberi fest. »Auf dem Handy von Frau Bellgardt, das wir am Unglücksort in ihrer unversehrt gebliebenen Umhängetasche gefunden haben, sind Nachrichten von einem Handy eingegangen, das nach unseren Feststellungen Ihnen gehört.« Er nahm ein Blatt aus einer dünnen Mappe, die auf seinem Schoß lag, und las vor: »*5. August, 16.36 Uhr: Hallo F., es ist ein großer Brief für dich da. Abholung heute gegen 19 Uhr? Gruß, Marie.* Frau Bellgardt antwortete etwa zwei Stunden später: *Okay, bin pünktlich.* Dann eine wortgleiche Nachricht von Ihnen, Frau Schwarz, vom 11. August, nur mit einer anderen vorgeschlagenen Uhrzeit für die Abholung. Frau Bellgardt antwortete 15 Minuten später und bestätigte. Schließlich nochmals eine, bis auf die Uhrzeit identische, SMS von Ihnen am 14. August mit prompter Bestätigung von Frau Bellgardt. Danach herrschte lange Schweigen. In einer letzten Nachricht vom 17. Oktober haben Sie Frau Bellgardt darüber informiert, dass wieder ein Brief eingegangen sei.« Staatsanwalt Ylberi legte das Papier zur Seite und sah Marie an.

»Sie hat eine Kontaktanzeige per Chiffre bei Kult-Mund geschaltet«, erklärte Marie. »Offizieller Auftraggeber war ich, sodass die Zuschriften an meine Adresse gingen. Ich habe sie dann an Franziska weitergeleitet.« Marie erklärte Franziskas Motivation und sah den Beamten fragend an.

»Frau Bellgardts Freund wusste davon offensichtlich nichts. Er hat nichts in dieser Hinsicht erwähnt. Wir haben in der Wohnung, die Frau Bellgardt mit ihm bewohnte, nach Schriftstücken, insbesondere Briefen, gesucht, die uns bei den Ermittlungen weiterhelfen könnten. Aber wir haben nichts Persönliches gefunden, erst recht keine Briefe, die für Franziska Bellgardt bestimmt waren.«

»Sie wird sie versteckt haben«, vermutete Marie. »Sie wollte ja gerade verhindern, dass Daniel etwas davon erfährt.«

»Haben Sie eine Vorstellung davon, wo sie sie versteckt hat?«, fragte Ylberi.

Marie schüttelte den Kopf. »Ich war niemals in ihrer Wohnung.«

Es war ihr unangenehm, von Franziska so wenig zu wissen.

»Darf ich den Anzeigentext sehen?«, fragte er weiter.

»Ich kenne ihn nicht«, antwortete Marie und kam der zu erwartenden Frage zuvor: »Ich habe mich nicht darum gekümmert. Es war allein Franziskas Sache und auch allein ihre Idee. Ich habe die Briefsendungen ungeöffnet an sie weitergegeben.«

»Franziska und Marie waren nicht so enge Freundinnen, wie Sie vielleicht denken«, sprang Stephan ein.

»Kannten Sie Frau Bellgardt?«, wandte sich Ylberi an Stephan Knobel.

Stephan schüttelte den Kopf. »Nein, ich habe sie nur einmal flüchtig gesehen, als sie sich hier einen Brief von Kult-Mund abgeholt hat.«

»Sie sind Rechtsanwalt und haben Ihre Kanzlei in der Prinz-Friedrich-Karl-Straße«, sagte Ylberi. »Seit einiger Zeit in Bürogemeinschaft mit Ihren Kollegen Hübenthal und Löffke, mit denen Sie früher eine Sozietät gebildet haben. Also arbeiten Sie nun für sich und teilen sich mit den anderen nur die Bürokosten«, rekapitulierte er seine Recherche. »Ihren Worten entnehme ich, dass sich Frau Bellgardt auch nicht aus beruflichen Gründen an Sie gewandt hat oder vielleicht wenden wollte.«

Stephan verneinte.

»War es Selbstmord?« Maries Frage hatte einen bangen Unterton. Ihre schicksalhafte Verantwortung lastete schwer.

Ylberi hob unschlüssig die Schultern. »Wir wissen es

nicht. Frau Bellgardt befand sich auf dem Weg nach Hause. Sie hatte bis 22.15 Uhr im Hospital gearbeitet. Der Dienst verlief normal. Niemand hat bei ihr Verhaltensauffälligkeiten oder Missstimmungen bemerkt. Nach ihrer Schicht ist sie, wie offensichtlich sonst auch, zum Bahnhof gegangen und wollte mit dem Zug in die Stadt fahren. Bis jetzt haben wir niemanden ermitteln können, der sich mit Frau Bellgardt zur fraglichen Zeit auf dem Bahnsteig befand. Es ist ein ziemlich einsamer Haltepunkt. Der Lokführer hat Frau Bellgardt erst spät und nur schemenhaft wahrgenommen. Es war dunkel, und es regnete stark. Wir können nicht ausschließen, dass sie bereits vorher auf dem Gleis lag. Als der Lokführer sie sah, war es jedenfalls zu spät. Ihn traf keine Schuld.«

Der Staatsanwalt ordnete umständlich seine Mappe und sah wieder zu Marie.

»Halten Sie denn einen Selbstmord für möglich?«

Marie überlegte einen Augenblick. Im Zeitraffer durchlebte sie ihre Zeit mit Franziska, die häufig schwermütigen Begegnungen, die Vorwürfe, die unbeantwortet gebliebenen Fragen, schließlich ihre letzte Begegnung mit Franziska, als sie eine Sendung von Kult-Mund abholte.

»Ich weiß es nicht«, sagte sie schließlich. »Franziska war ein schwieriger Mensch.«

»Schwierig? Wie meinen Sie das?« Ylberi schrieb etwas in das Notizbuch.

»Ich glaube, dass sie das Leben oft überfordert hat«, antwortete Marie unbestimmt nach einigem Zögern.

»Eigenartigerweise sagte ihr Lebensgefährte das Gegenteil. Er bewunderte Franziska für ihre Stärke.« Staatsanwalt Ylberi fixierte Marie.

Sie schüttelte ungläubig den Kopf.

»Sie wissen offensichtlich wirklich nicht viel von ihr«, schloss er verwundert.

Stephan und der Staatsanwalt tauschten ihre Visitenkarten und die Handynummern aus. Dann verabschiedete sich Bekim Ylberi. Er lächelte schüchtern und machte seinen Besuch damit noch unwirklicher, als er ohnehin schon schien.

Marie blieb regungslos sitzen, als Ylberi die Wohnung verlassen hatte.

»Du bist nicht verantwortlich«, beruhigte Stephan und spürte, wie plattitüdenhaft er jene Worte wiederholte, die er Marie stets dann gesagt hatte, wenn sie glaubte, an Franziskas Schicksal Schuld zu sein. »Selbst dann nicht, wenn sie sich das Leben genommen haben sollte«, fügte er an und merkte zugleich, dass Franziskas unglückliches Leben ein Ende gefunden hatte, das irgendwie zwangsläufig erschien.

»Wenn es so wäre, würde ich es nicht ertragen«, erwiderte Marie leise. »Du hast es gehört: Sie hat mich Daniel gegenüber als Freundin bezeichnet.«

»Freundschaften entstehen nicht dadurch, dass einer dies einseitig bestimmt«, hielt Stephan nüchtern dagegen. »Es ist nicht so wichtig, was sie Daniel erzählt hat oder nicht. Vergiss nicht, dass sie ihn verlassen wollte, ihm aber noch die Partnerin vorgespielt hat.«

»Daniel hat sie als starke Frau bezeichnet«, sinnierte Marie.

»Vielleicht war sie das in Wirklichkeit«, mutmaßte Stephan. »Sie hatte jedenfalls Stärke und Macht, dich zu vereinnahmen. Nach meiner Auffassung ist sie ein Mensch mit einem sehr dunklen Charakter gewesen.«

»Eher krank, Stephan«, bezog Marie Position. »Sie hat selbst gesagt, dass sie Hilfe gebraucht hat. Ich bin damals leider nicht darauf eingegangen.«

»Was gut ist«, kommentierte Stephan.

»Ich möchte trotzdem mehr erfahren. Kannst du das verstehen?«

»Marie!« Er winkte seufzend ab.

»Ja, genau in diesem Ton habe ich immer *Franziska!* gesagt. Wir können doch nicht so tun, als sei nichts passiert.«

Marie stand auf, ging zu der Schublade, in der ihre Schreibutensilien waren, und kramte den Brief hervor, den sie am 17. Oktober von Kult-Mund erhalten hatte. Sie hielt den Umschlag in die Höhe.

»Wir hätten ihn gerade dem Staatsanwalt geben sollen«, meinte Stephan, doch Marie hatte das braune Kuvert bereits geöffnet. Innen befand sich ein zweiter, ebenfalls verschlossener, weißer Briefumschlag. 0829 stand mit schwarzem Filzstift darauf.

Sie zuckte mit den Schultern und riss den Umschlag auf. Darin befand sich ein mit kantiger Schrift geschriebener kurzer Brief:

Hallo! Ich bin traurig, dass Du Dich bei mir nicht gemeldet hast. Habe ich Dich mit meinen Worten nicht berührt? Habe ich in Dir nicht die Lust auf den geheimen Zauber geweckt? Ich erwarte Dich noch immer. Lies meinen Brief ein zweites Mal. Vielleicht hast Du ihn nicht sofort verstanden. Es werden Dir viele geantwortet haben, ohne dass sie Deine Hoffnungen erfüllen können. Fass Mut und Vertrauen! Du wirst sehen, dass ich der Richtige für Dich sein kann. Suche Dein Glück bei mir, und Du wirst es finden können.

Es folgte eine Handynummer.

»Dieser Mann wird von Franziska nie eine Antwort erhalten«, sagte Marie bedrückt und legte den Brief zur Seite.

4

Am Abend des nächsten Tages trafen sich Stephan und Marie mit Alexander Hilbig, dem zuständigen Redakteur für den Anzeigenteil des Magazins Kult-Mund. Bei der vorherigen telefonischen Vereinbarung des Termins hatte Marie von der festen klaren Stimme Hilbigs auf einen Mann mittleren Alters geschlossen, der bürokratisch korrekt die ihm unterstehende Abteilung bei Kult-Mund leitete. Tatsächlich war Alexander Hilbig erst ungefähr Mitte 20, hatte gepflegte längere Haare und einen zotteligen Vollbart, der seinen auffallend schmalen Mund umschloss. Sein ausgewaschenes Flanellhemd hing lässig über der ausgeblichenen Jeanshose.

»Sie sind also die 0829«, eröffnete er, als er Stephan und Marie im Erdgeschoss der Redaktion begrüßte.

»Eben nicht«, korrigierte Marie.

Hilbig winkte ab. »Weiß schon. Es war schon einer von der Staatsanwaltschaft da, der mir die Story erzählt hat. Kommen Sie!«

Er ging schlurfend voran, stieß eine Zwischentür auf, drückte den Fahrstuhlknopf und musterte Marie und Stephan, während sie warteten.

»Es ist nicht so selten, dass der Inserent nicht mit dem Auftraggeber identisch ist«, wusste er. »Manche wollen doch lieber anonym bleiben und schämen sich ein bisschen. Die schieben dann jemand anderen vor. Wir bedienen das. Man kann ja auch bar bezahlen und das Geld für das Inserat gleich dem schriftlichen Auftrag beifügen. Wir brauchen also keine wirklichen Adressen und keine Bankverbindungen. Manche lassen sich die Zuschriften auch an eine leer stehende Wohnung in Papas Mietshaus schicken, an deren Briefkasten noch schnell ein Name angebracht wird. Ist uns alles egal. Alle sollen ihre Nische haben, in der sie unerkannt bleiben. Je perfekter unsere Gesellschaft nach außen wird, desto mehr braucht sie Schlupfwinkel. In Deutschland entwickelt sich eine Subkultur der Schlupfwinkel. Wir leben von diesen Winkeln.« Er kicherte albern.

Der Aufzug kam. Hilbig presste sich mit Marie und Stephan in den engen Fahrkorb. Im Lift roch es nach ätzenden Putzmitteln.

»Sie werden gleich sehen, was ich meine«, sagte er.

Die Redaktion des Anzeigenteils befand sich im dritten Obergeschoss des schmalen Gebäudes und bestand aus zwei Büros, von denen Hilbig das deutlich kleinere belegte. Auf der schmucklosen Schreibtischplatte, die mit einem robusten, stählernen Untergestell versehen war, standen ein moderner Flachbildschirm und die zugehörige Computertastatur. Ansonsten war die Platte übersät mit Verlagspost, insbesondere mit Inseraten, die der Verlag der Einfachheit halber auf Formularen präsentiert haben wollte, die jeder Ausgabe von Kult-Mund beigeheftet waren. Die Vordrucke gaben die Breite der Anzeige und die maximale Zeilenanzahl vor. Der Inserent musste nur den gewünschten Text eintragen und die Schriftart ankreuzen.

»Heute ist Redaktionsschluss für die Novemberausgabe«, erklärte Hilbig, während er sich lässig schnaufend in seinen ausgeleierten Chefsessel warf, »deshalb herrscht hier ein gewisses Chaos.«

Er wühlte kurz durch einen Papierstapel in einem rechts stehenden Plastikkörbchen, dann zog er ein ausgefülltes Anzeigenformular hervor.

»Da!«, präsentierte er mit eigenartiger Genugtuung und las vor: »36-Jährige, tageslichttauglich, vielseitig, Hobby Salsa-Tanz, will Weihnachten nicht allein unter dem Tannenbaum sitzen. Suche dich. Alles kann, nichts muss.«

»Das ist doch nicht 0829?«, fragte Stephan unsicher.

Hilbig grinste. »Na, Herr Knobel, wen stellen Sie sich darunter vor? Würden Sie auf diese Anzeige antworten? – Nun los: Alles kann, nichts muss …, das turnt doch an, oder?«

Stephan zögerte.

»Nein, das ist nicht 0829«, erklärte Hilbig und verdrehte überdrüssig die Augen. Dann legte er das Formular eigentümlich behutsam in das Körbchen zurück.

»Das ist eine traurige Frau, die sitzen gelassen wurde oder noch nie einen Kerl hatte«, erklärte er. »Sie hat kein Selbstbewusstsein. Entweder ist sie hässlich oder sie empfindet sich so. Tageslichttauglich schreibt mindestens jede zehnte. Mit Salsa-Tanz schmeißt sie einen Hingucker in die Anzeige. – Nicht wahr, Herr Knobel, da haben Sie gleich eine rassige Schönheit vor Augen. – Aber keine Sorge, sie hat es nur als Hobby. Vielleicht guckt sie sich Salsa auch nur mal im Fernsehen an. Vermutlich kann sie mit Salsa gar nicht viel anfangen. Sie weiß, dass sie langweilig ist. Sie darf nicht zu hohe Erwartungen wecken, schon weil sie selbst unsicher ist. Also muss sie einen kleinen Appetizer setzen: Salsa. – Jede Wette, da ist nichts dahinter. Weihnachten will sie nicht allein unter dem Baum sitzen. Und warum nicht? Weil sie völlig unselbständig ist und nicht allein sein kann. Wahrscheinlich weiß sie, wie es ist, allein unter dem Baum zu sitzen. Sie kennt das seit Jahren. Jedes Jahr um diese Zeit kommen solche verzweifelten Appelle in unsere Redaktion. Für mich sind sie die absoluten Killer. Nur der letzte Satz sagt verklausuliert, was diese Frau will: Sie will endlich richtig rangenommen werden. Sie will Sex. Sie will sich ausleben und geliebt werden. Darum geht es. Alles andere ist egal. Sie ist vielseitig, schreibt sie. Das heißt: Sie ist beliebig. Sie hat keine Persönlichkeit. Sie lässt alles mit sich machen, will sich einem Kerl unterordnen, der sie endlich mal als Frau wahrnimmt. Arme Socke. Klar?«

Marie und Stephan merkten, dass sich der Laienpsychologe Alexander Hilbig selbstgefällig und überheblich in den Anzeigentexten suhlte, die tagtäglich über seinen Schreibtisch gingen.

»Erscheint nächste Woche unter 1171«, fügte Hilbig an. »Sie hat Bargeld beigelegt. Ich wette, die Anzeige wird vergeblich sein. Verschenktes Geld.«

»Und Sie schauen wirklich nie in die Antwortbriefe?«, fasste Stephan ungläubig nach.

»Sie stellen merkwürdige Fragen«, antwortete Hilbig und schaukelte behaglich in seinem Sessel. »Dass Sie das fragen, zeigt, dass Sie es für möglich halten. Also wird Ihnen mein Schwur, dass ich es nicht tue, keine Befriedigung verschaffen. Es ist tatsächlich so, dass ich nicht reinschaue. Aber ich weiß aus der Anzahl der eingehenden Briefe, welche Anzeigen beim Leser ziehen und welche nicht. 1171 wird ein Rohrkrepierer. Vielleicht antworten ihr zwei oder drei Loser, die selbst seit Jahren mit dem von Mama gestrickten Pullunder unter dem Tannenbaum sitzen.« Er kicherte.

»0829«, brachte Marie in Erinnerung zurück.

»Wunderschön«, parierte Hilbig urteilssicher. »Schätze mal, es gab um die 50 Zuschriften. Das ist viel, glauben Sie mir. 0829 liegt in meinem Ranking ganz weit vorn.« Er schnalzte mit der Zunge.

»Also ...«, drängte Marie.

»Die ersten beiden Ziffern stehen stets für den jeweiligen Erscheinungsmonat. Es geht also um die Augustausgabe.«

Hilbig beugte sich vor und rief im Computer Franziskas Anzeigentext auf. Dann las er ihn fast feierlich vor: »*Wenn ich mich hingebe, dann dem einen, der mich fesselt, verspielt das Dunkle liebt und vor dem Lichte flieht, Grenzen sprengt und in die Weite sieht, mich verehrt und mich durchs Leben lenkt, mit mir sich an der Lust betrinkt, Seele und Gedanken mit Erregung tränkt, mich vor Glück erschauern und erzittern lässt, bedingungslos mit mir das Glück einfängt.*«

Alexander Hilbig hatte den Reim fast andächtig vorgetragen. Er blickte verzückt auf, als er geendet hatte.

»Und?«, fragte er.

»Sehr devot«, fand Stephan.

»Aber es ist keine Sado-Maso-Anzeige«, war sich Hilbig sicher. »Die Frau hat Mut. Sie hätte sich direkter ausgedrückt, wenn sie so etwas gewollt hätte.« Er blickte wieder auf den Bildschirm.

»Es ist eines der wenigen Inserate, das keine Hinweise auf das Alter, das Aussehen, den Wohnort oder irgendwelche ohnehin meist belanglosen Interessen der Verfasserin gibt. Und trotzdem hat der Leser eine recht genaue Vorstellung von der Frau, die allein der Fantasie entspringt.«

»Welche Vorstellung haben Sie denn von ihr?«, fragte Marie.

Hilbig dachte nicht lange nach.

»Man stellt sich eine Frau vor, deren ganze Existenz einen einzigen Fokus hat: Sinnlichkeit. Alles in dieser Anzeige ist weit und eng, verträumt und doch real und immer wieder von starker Bindung geführt. Die Sinnlichkeit dominiert alles und verschluckt deshalb die Äußerlichkeiten. Die Frau muss hübsch sein – weil sie sinnlich ist. Sie will Sinnlichkeit erfahren und in dieser Hinsicht auch erobert und geführt werden.«

»Wenn man es so sehen will …«, sagte Marie. »Haben Sie auch eine Vorstellung von ihrem Charakter?«

Hilbig überlegte nur kurz. »Wer durch Höhen und Tiefen saust, das Irreale sucht und trotzdem weich landen will, kann schon etwas schwierig sein«, vermutete er. »Aber extrem interessant. – Ich sage ja auch nicht, dass ich auf die Anzeige geantwortet hätte. Aber die Frau strahlt ohne Zweifel etwas Besonderes, vielleicht auch etwas Mystisches aus. Kein Vergleich zu den langweiligen Frauen, deren verzweifelte Anzeigen wir hier veröffentlichen müssen. Wir nennen das Restefischen.« Er lachte. »Aber 0829 gehört nicht zu den Resten, 0829 gehört zu den Besten.« Er blickte zu Marie. »Sie sollen doch eine Freundin von ihr gewesen sein. Wie war sie denn nun wirklich? Sie war eine sehr hübsche Frau, nicht wahr?«

»Haben Sie Ihre Charakterstudie über 0829 auch dem Staatsanwalt mitgeteilt, der Sie nach dem Anzeigentext gefragt hat?«, wollte Marie wissen, ohne Hilbigs Frage zu beantworten.

»Es steht mir nicht zu«, erwiderte er bescheiden. »Der

Staatsanwalt wollte nur den Wortlaut der Anzeige erfahren und fragte nach Absenderadressen auf den Antwortbriefen. Aber die registrieren wir hier nicht. Antworten werden der angegebenen Chiffrenummer zugeordnet und dann dem nur uns bekannten Inserenten zugesandt. Wir leben von der Vertraulichkeit. Es ist doch klar, dass im Internetzeitalter unter unseren Kunden mehrheitlich solche sind, die durch Anonymität geschützt sein wollen. Im Internet können Sie jeden Fantasienamen nutzen, aber Sie sind nicht davor geschützt, immer wieder Mails zu bekommen. Hier ist das anders: Die Chiffrenummer ist die einzige und geheime Verbindungsachse zwischen Inserent und Interessent. Bis drei Monate nach Erscheinen der Anzeige wird alle Post an die Adresse gesandt, die sich hinter der Chiffrenummer verbirgt. Für die Spätzünder sozusagen. Nach drei Monaten senden wir nicht mehr nach. Das geht dann in den Papierkorb. Steht alles in den Geschäftsbedingungen und schützt auch den Inserenten.«

Er lächelte überlegen und stand auf.

»War sie hübsch?«, wiederholte er seine Frage. »Ich kriege die Frau einfach nicht aus dem Kopf.«

»Durchaus attraktiv, aber offensichtlich in der Tat schwierig«, antwortete Stephan unbestimmt.

Hilbig nickte unsicher.

»Sie tut mir leid, obwohl ich sie nie kennengelernt habe. – War sie ein glücklicher Mensch?«

»Nein«, sagte Marie bestimmt.

»Sind Sie sicher?«, fragte Hilbig. »Haben Sie ihr denn nicht helfen können? Als Freundin, meine ich?«

»Marie und Franziska waren keine Freundinnen«, warf Stephan ein.

»Also war sie vielleicht gar nicht so unglücklich, wie Sie sagen«, vermutete Hilbig, doch Marie antwortete nicht.

Hilbig drehte sich in seinem Sessel und griff in ein auf einer Ablage stehendes Plexiglasfach. Er nahm einen Brief in die Hand, wandte sich wieder um und hielt den Umschlag in die Höhe.

»Der ist heute noch für 0829 gekommen. Nachdem der Staatsanwalt hier war. Sie berührt die Menschen noch fast drei Monate nach Erscheinen der Anzeige. Sowas ist wirklich selten.« Er betrachtete wehmütig den Brief. »Ich gebe Ihnen den Brief, Frau Schwarz«, entschied er. »Irgendwie sind Sie ja die Inserentin. Also sind Sie auch die Adressatin. 0829 hat die Briefe offensichtlich nicht verwahrt. Ich habe den Staatsanwalt gefragt, ob man bei ihr Antwortbriefe gefunden hat, aber das hat man wohl nicht.« Er reichte Marie den Umschlag.

»Sie sollten ihn besser der Polizei geben«, sagte Marie.

Hilbig zuckte mit den Schultern. »Warum? Derjenige, der den Brief geschrieben hat, hat ihn erst am Samstag oder gestern an uns abgeschickt. Wir hätten ihn heute sofort weitergeleitet.« Er betrachtete aufmerksam den Poststempel. »Er ist hier in Dortmund abgestempelt worden. Vielleicht ein Mann, der erst jetzt den Mut gehabt hat, auf die Anzeige zu antworten. – Nehmen Sie ihn bitte, Frau Schwarz. Es ist ja ersichtlich kein Brief, der für die Polizei bestimmt ist.«

Er lächelte versonnen, als Marie den Umschlag einsteckte. Er wähnte ihn bei ihr in guten Händen. Alexander Hilbig war ein eigenartiger Mensch.

5

Marie öffnete den Brief, nachdem sie mit Stephan die Redaktion von Kult-Mund verlassen und sich zu ihm ins Auto gesetzt hatte. Sie stockte, als sie die wenigen Zeilen gelesen hatte:

Sehr geehrte Dame, sehr geehrte Franziska, ich kenne Sie nicht, und es fällt mir schwer, mich an Sie zu wenden, aber ich gehe davon aus, dass Sie sich hinter der Nummer 0829 verbergen. Wer immer Sie sind: Ich bitte Sie inständig und dringend, sich mit mir in Verbindung zu setzen. Ich bin in einer Vermisstenangelegenheit auf Ihre Hilfe angewiesen. Möglicherweise erweisen sich der mir aufdrängende Verdacht und ein Zusammenhang mit Ihrer Person als falsch. Für diesen Fall sichere ich Ihnen bereits jetzt Diskretion zu. Bitte melden Sie sich umgehend bei mir unter meiner angegebenen Telefonnummer. Ich bitte um Verständnis, dass ich die Polizei verständigen werde, wenn ich in den nächsten Tagen nichts von Ihnen hören sollte.
Mit freundlichen Grüßen, Dominique Rühl-Brossard.

Es folgten eine Festnetz- und eine Mobilnummer.

Stephan hielt das Auto an, nahm den Brief und las verwundert die geheimnisvolle Nachricht. Das Schreiben war in steiler, sorgfältiger Handschrift verfasst und ließ deshalb hinter Dominique Rühl-Brossard eine reifere Frau vermuten.

»Gib ihn Ylberi!«, entschied Stephan ohne Zögern und gab Marie den Brief zurück.

»Sollten wir nicht wenigstens einmal mit ihr telefonieren?«, fragte Marie. »Es ist ohnehin fast schon 21 Uhr. Ylberi wirst du jetzt nicht mehr erreichen.«

Stephan schwieg eine Weile. Sie fuhren mit dem Auto über den Hellweg Richtung Osten. Seit zwei Jahren wohnten sie nun in Asseln und hatten in ihrer ersten gemeinsamen Wohnung keine Bleibe gefunden, die ihnen das Gefühl vermittelte, wirklich ein Zuhause gefunden zu haben. Marie arbeitete seit den Sommerferien als Lehrerin für die Sekundarstufen I und II im Fach Deutsch; Stephan hatte nach seinem Ausscheiden aus der Rechtsanwaltssozietät Dr. Hübenthal in dem noblen Kanzleigebäude in der Prinz-Friedrich-Karl-Straße, in dem er selbst geschäftsführender Partner gewesen war, ein Büro angemietet. Hier arbeitete er als Einzelanwalt nun in Konkurrenz zu der ohne ihn fortbestehenden Sozietät und versuchte, im eng gewordenen Anwaltsmarkt seinen Platz zu behaupten. Marie hatte nach der zermürbenden einjährigen Arbeitslosigkeit mit umso größerem Ehrgeiz ihre Tätigkeit an der Schule begonnen. Doch die ersten Monate, in denen Marie und Stephan gemeinsam ihren jeweiligen Berufen nachgingen, offenbarten erste unheilvolle Rituale in ihrem Zusammenleben, indem Marie bis in die späten Abendstunden Unterrichtsstunden vorbereitete und Stephan sich in Akten vertiefte, die am nächsten Tag zur Bearbeitung anstanden. Ihr Leben war schnell von Abläufen bestimmt, die die tägliche Zeit einteilten und ihrem Zusammensein die Frische und Spontanität zu nehmen schien, in der sie sich erlebt hatten, als Marie noch

Studentin war und ihre einfach eingerichtete Wohnung in einem Altbau in der Brunnenstraße bewohnte. Trotz oder wegen des chaosartigen Durcheinanders, das in der früheren Wohnung herrschte, waren die Räume mit ihren hohen Decken und den alten Flügelfenstern, die zum verwilderten Innenhof hinausgingen, stets eine Welt heimeliger Vertrautheit gewesen, in der Stephan und Marie sich vor der nüchternen Alltäglichkeit verbergen konnten. Sie hatten zu wenig überlegt, wie sie wirklich leben wollten, als sie die Wohnung in Asseln angemietet hatten. Die neue Wohnung war funktional eingerichtet; Maries alte Holzregale wirkten in den geräumigen, gerade geschnittenen Zimmern wie verlorene und fremd bleibende Requisiten. Stephan verstand einerseits Marie und fühlte sich andererseits gereizt.

»Du brauchst nicht einen Fall Franziska Bellgardt, um deinem Leben eine Abwechslung zu geben, die du im Moment nicht anders zu erreichen scheinst.«

Kaum, dass er diese Worte ausgesprochen hatte, spürte er, zu weit gegangen zu sein und Marie für etwas verantwortlich zu machen, wofür er in gleicher Weise einzustehen hatte.

Marie schwieg und blieb spät abends an ihrem Schreibtisch im gemeinsamen Arbeitszimmer sitzen, als Stephan seine Akten schloss und zu Bett ging. Auf Maries Schreibtisch lagen aufgeschlagene Klassenarbeitshefte, aber er sah, dass sie im Internet nach Dominique Rühl-Brossard forschte.

6

Als Stephan gegen zwei Uhr nachts aufwachte und zaghaft suchend seine rechte Hand nach Marie ausstreckte, griff er ins Leere. Ihre Bettdecke lag sorgfältig gefaltet und unbenutzt da. Unruhig stand er auf, taumelte verschlafen ins Arbeitszimmer und sah Marie noch immer vor ihrem Computer sitzen.

»Und?«, fragte er weich, stellte sich hinter sie und umarmte sie versöhnlich, doch sie blieb regungslos. Er massierte schuldbewusst ihre Schultern und ließ entmutigt die Hände sinken.

»Ich werde am kommenden Wochenende nach Paris fahren«, sagte sie nach einer Weile und wandte sich zu ihm um. Stephan sah, dass sie geweint hatte.

»Warum?«, fragte er und zitterte. »Was willst du in Paris?«

»Ich werde Frau Rühl-Brossard besuchen. Sie lebt dort in einem Außenbezirk. Jedenfalls zeitweise. Im Grunde lebt sie hier und in Paris. Abwechselnd an beiden Orten. Ihr Mann Pierre ist Franzose. Sie ist Architektin, er war kaufmännischer Leiter in einem deutschen Baukonzern. Beide haben sich vor Jahren zufällig hier kennengelernt, geheiratet und hier gewohnt. Vor etwa zwei Jahren hat man dem Mann gekündigt. Er hat eine erhebliche Abfindungssumme aushandeln können und hat sich davon und wahrscheinlich auch von Ersparnissen eine Eigentumswohnung in einem Pariser Vorort gekauft. Er stammt gebürtig von dort. Er hat seither nicht mehr gearbeitet und wohl auch keine Arbeit mehr gesucht.«

»Aber das hast du nicht im Internet gefunden?«, erkundigte sich Stephan sanft. Er versuchte, sich Marie über die Sache zu nähern, die gestern Abend nur der Anlass gewesen war, sich eines Grabens bewusst zu werden, der zwischen beiden aufzureißen drohte.

»Ich habe mit Frau Rühl-Brossard heute Nacht telefoniert. Über eine Stunde lang. Ihr Mann ist verschwunden. Seit letztem Samstag, also einen Tag nach Franziskas Tod. Sein Auto ist ebenfalls weg. Niemand hat eine Ahnung, wo er sein könnte.«

»Und was hat das mit Franziska zu tun?«, fragte Stephan.

»Dominique hat in der Dortmunder Wohnung einen Brief von ihm gefunden, in dem er ihr mitteilt, so nicht mehr weiterleben zu können. Er habe ihr – Dominique –, aber mehr noch einem anderen Menschen, Unverzeihliches angetan.«

»Und dieser andere Mensch soll Franziska sein«, folgerte Stephan.

»Vielleicht«, gab Marie knapp zurück. »Denn immerhin hat Dominique, als sie nach Auffinden des Briefes fast panikartig die Wohnung durchsuchte und festgestellt hatte, dass ihr Mann außer der Kleidung, die er am Leibe trug, offensichtlich nichts mitgenommen hatte, auch den Ausdruck eines Briefes gefunden, der an die Chiffrenummer 0829 der Kult-Mund-Redaktion gerichtet war.«

»Und?«, fragte Stephan ungeduldig.

»In diesem Brief – Dominique hat ihn mir teilweise vorgelesen – setzt sich der Mann mit Franziska auseinander, mit der er offensichtlich zunächst ein Verhältnis und mit der er dann wieder gebrochen hatte. Franziska scheint sich damit nicht abgefunden zu haben. Es muss zu harten Auseinandersetzungen gekommen sein, ohne dass Franziska nachgab. Sie wollte diesen Mann unbedingt halten, er aber wollte sich von ihr lösen. Seine Worte hörten sich so an, als habe er versucht, Franziska zur Raison zu bringen.« Marie hob fragend die Schultern. »Mehr weiß ich bislang auch nicht.«

»Du weißt, dass du all dies Ylberi mitteilen musst«, sagte Stephan.

Marie nickte. »Heute Morgen werde ich zu ihm gehen – mit Frau Rühl-Brossard. Sie hält sich derzeit hier auf.«

»Warum mit ihr gemeinsam?«

Marie sah Stephan verständnislos an.

»Warum wohl? Weil wir nur zusammen erklären können, wie wir zueinander Kontakt gefunden haben. Weil über die Chiffrenummer 0829 das Schicksal von Franziska mit einem Schicksal verbunden wird. Weil zwei für sich unerklärliche Ereignisse zusammengefügt ein Drama andeuten …« Sie schnappte nach Luft.

»Ich will dir nichts«, besänftigte Stephan. »Ich merke nur, dass du dich ganz schnell auf eine Frau einlässt, die du doch gar nicht kennst. Lass dich nicht einbinden«, mahnte Stephan, »all dies sind Franziskas Schatten, und du tust dir keinen Gefallen, wenn du dich weiter in die Sache vertiefst.«

»Franziska ist keine Sache«, gab Marie barsch zurück. »Und Frau Rühl-Brossard ist, wie es aussieht, eine Frau, die von ihrem Mann betrogen worden ist, der möglicherweise etwas mit Franziskas Tod zu tun hat. Für diese Frau ist das alles doppelt schlimm und beschämend.«

Stephan nickte. »Natürlich, das verstehe ich. Und warum Paris?«

»Weil sie mich eingeladen hat, mehr von ihr und ihrem Mann, vielleicht darüber auch über Franziska zu erfahren. In gewisser Weise sind wir beide benutzt worden, Frau Rühl-Brossard von ihrem Mann, der sie gehörnt hat, und ich von Franziska, die mich als Poststelle benutzt und mich in eine Geschichte hineingezogen hat, deren Hintergründe ich begreifen muss.«

»Aber im Unterschied zu Frau Rühl-Brossard hast du dich freiwillig in diese Situation begeben«, gab Stephan zu bedenken. »Muss Paris wirklich sein?«

Marie antwortete nicht.

»Du bist enttäuscht«, vermutete Stephan. »Und ich kann dich auch ein Stück weit verstehen. Aber es ist nicht deine Art, dich auf einen wildfremden Menschen einzulassen, von dem du auch nicht weißt, wie er in die Geschichte verwickelt ist.«

»Ich muss alles für mich klären«, meinte Marie. Sie lächelte unvermittelt. »Dass dir meine dreieinhalb Tage Paris Sorgenfalten auf die Stirn treiben, gefällt mir fast. – Ich fahre Freitagnachmittag und bin am Montagabend wieder da. Montags habe ich keine Schule. Passt also prima. Die Wohnung in Paris ist groß. Frau Rühl-Brossard sagt, dass sie und ihr Mann häufig Gäste dort haben.«

Marie löste sich, stand auf und fasste Stephan an die Schulter.

»Du und ich müssen an uns und für uns arbeiten, und ich muss auch Franziska verarbeiten«, schloss sie und merkte, dass sie theorisierte. »Ein Stück Verantwortung für Franziska ist geblieben – und es ist eine Verantwortung, die ich angenommen habe. Ich bin schließlich nicht ihr Opfer gewesen.«

Marie fühlte sich unverstanden, und Stephan sagte nichts.

Marie verließ am frühen Dienstagmorgen das Haus. Sie hatte sich mit Dominique Rühl-Brossard in einem Café direkt vor dem Gebäude der Staatsanwaltschaft verabredet, um Bekim Ylberi über die offensichtliche Verbindung zwischen Pierre Brossard und Franziska Bellgardt zu unterrichten und zugleich diesen vermisst zu melden.

Gegen Mittag dieses verregneten Tages erschien Marie mit der Architektin, von Stephans Rivalen Löffke beobachtet, in Stephans Büro. Er saß über Bücher gebeugt an einem Fall, dessen erfolgreiche Lösung ein willkommenes hohes Honorar versprach, Stephan jedoch mit unüberwindbar erscheinenden juristischen Fallstricken zu konfrontieren schien. Seit seinem Ausstieg aus der renommierten Kanzlei Dr. Hübenthal war es Stephan verwehrt, sich bei der Lösung juristischer Probleme des fachlichen Austauschs mit den anderen Anwälten der früher gemeinschaftlichen Kanzlei zu bedienen. Stephan Knobel hatte ein Büro in der Mansarde des herrschaftlichen Kanzleigebäudes angemietet, rechnete Nebenkosten und die anteilige Nutzung des Büroequipments über eine Pauschale ab, durfte aber nicht auf die gut ausgestattete Präsenzbibliothek der Kanzlei zurückgreifen, an deren Mitnutzung Stephan bei Abschluss des Bürogemeinschaftsvertrages fahrlässig nicht gedacht hatte und nach Hubert Löffkes Interpretation dieses Vertrages auch nicht erfasst sein sollte. Stephan blieb bei der Lösung seiner Fälle auf sich gestellt und wähnte sich des Lauerns des in seinem Wesen hyänenhaften und körperlich bulligen Kollegen Löffke sicher, der argusäugig beobachtete, welche Mandanten zu Stephans Büro in die Dachgeschossmansarde emporstiegen. Und so erschien Hubert Löffke kurz vor Marie und Dominique Rühl-Brossard keuchend in Stephans Büro, nachdem er die Stufen hinaufgelaufen war und mit unüberhörbar vorwurfsvollem Ton fragte, was Frau Rühl-Brossard in Knobels Büro zu suchen gedenke. Stephan, sonst über Löffkes gewohnt plumpes und überfallartiges Eindringen in seinem Büro verärgert, war nur darüber verwundert, dass Löffke Frau Rühl-Brossard kannte.

»Sie und ihr Mann haben damals hier ihren Ehevertrag beurkundet. Das war noch vor Ihrer Zeit, Knobel«, erklärte Löffke väterlich nachsichtig. »Soweit ich weiß, haben sie nur vereinbart, dass für die Rechtswirkungen ihrer Ehe deutsches Recht gilt. Der Mann ist doch Franzose geblieben, und da war es der Dame wichtig, dass man im Falle des Falles sich über deutsches Recht trennt und scheidet. Mehr konnte sie wohl nicht durchsetzen. Sie hatten also nichts geregelt, etwa, dass keiner von dem anderen etwas bekommt, wenn man auseinandergeht. Brossard ist nämlich ein harter Knochen. Jedenfalls hat sie damals auch die ganzen Architektenmandate über uns abgewickelt. Danach ist sie zu irgendeiner anderen Kanzlei an der Düsseldorfer Königsallee gewechselt. Leute wie Madame Rühl-Brossard brauchen so etwas«, wusste Löffke und machte eine abfällige Handbewegung. »Wundert mich, dass sie überhaupt in Dortmund wohnen blieb«, fügte er verächtlich an.

Löffke baute sich wie ein gestrenger Lehrer in Stephans

Büro auf, drückte den Rücken durch und stemmte seine Hände in die Hüften.

»Jetzt sagen Sie nicht, Sie haben diese Frau als Mandantin eingefangen, Knobel ...«

Stephan blickte Löffke ungerührt an.

»Madame hat Kohle und immer wieder attraktive Mandate«, sagte Löffke. »Können Sie denn mit komplizierten Architektenverträgen überhaupt etwas anfangen?«, forschte er nach. »Solche Mandate wollen doch gut bedient werden, Knobel!«

Stephan lächelte unverbindlich und wollte gerade antworten, als Marie mit ihrer Begleiterin in sein Büro trat. Löffke drückte sich vorbei, so gut er es vermochte, und grüßte Frau Rühl-Brossard mit formvollendeter Höflichkeit, als wollte er signalisieren, dass er mit Frau Rühl-Brossards Abkehr von seiner Kanzlei professionell umzugehen wisse.

Stephan stand auf, begrüßte beide und nahm Frau Rühl-Brossard ihren Regenschirm ab, den er in den altmodischen Ständer neben der Tür stellte.

Marie und Dominique setzten sich vor Stephans Schreibtisch. Frau Rühl-Brossard mochte Mitte 50 sein, hatte kurze graue naturkrause Haare und ein blasses Gesicht mit auffallend straffer Haut. Ihre Augenbrauen waren dunkel gefärbt und traten hinter der dunklen Hornbrille zurück, die ihrem Gesicht eine auffallende Strenge verlieh. Die Architektin trug einen violetten Hosenanzug, eine weiße altmodisch anmutende Bluse und schwarze elegante Lederschuhe. In ihrer ganzen Erscheinung bildete sie einen auffallenden Kontrast zu Marie, die, obwohl

28, ihre Jugendlichkeit zu bewahren schien und mit den in ihrem schwarzen Haar verspielt funkelnden Regentropfen fast mädchenhaft erschien. Frau Rühl-Brossard saß eigentümlich starr, fast soldatisch auf ihrem Stuhl.

Stephan hieß Frau Rühl-Brossard nochmals willkommen. Er tat es mit der einladenden, aber nicht überschwänglichen Geste, mit der er Mandanten zu empfangen pflegte und regelmäßig die Schwelle der Fremdheit zu beseitigen vermochte, die den Klienten hemmte, sein Anliegen entspannter vorzutragen.

Frau Rühl-Brossard musterte Stephan, als Marie über den Besuch bei Ylberi zu berichten begann. Marie schilderte, wer von beiden was erzählt und welche Fragen Ylberi gestellt hatte. Frau Rühl-Brossard verfolgte Maries Schilderungen ohne Einwürfe oder Ergänzungen. Als Marie geendet hatte, blieb sie stumm, beugte sich zur Seite und griff in ihre über die Stuhllehne hängende Handtasche und fingerte eine Zigarettenschachtel heraus.

»Hier etwa nicht?«, fragte sie rhetorisch und blickte Stephan misslaunig lauernd an, als sie bereits eine Zigarette in den Händen hielt.

»Wenn es Ihnen nichts ausmacht …«, antwortete Stephan höflich.

»Also non«, beschied sie, steckte die Schachtel wieder in die Tasche, schlug die Beine übereinander und blickte unverwandt auf die Leuchtstoffröhren an der Zimmerdecke, während sie konzentriert Maries Worten folgte. Das Deckenlicht spiegelte sich blitzend in ihren Brillengläsern.

»Nachdem Ylberi die Briefe gelesen hatte, also denjenigen von Pierre Brossard an seine Frau und seinen Brief an 0829, hat er sich eingehend nach dem Zustand der Ehe zwischen Pierre und Dominique erkundigt«, berichtete Marie von dem Treffen mit dem Staatsanwalt.

»Was soll er auch sonst fragen?«, warf Dominique ein. »Er hat ja recht.« Sie nahm den Blick nicht von der Decke. »Du stellst dich an wie ein Dummerchen, Marie!«

Stephan fragte sich, warum Marie Frau Rühl-Brossard überhaupt in die Kanzlei mitgebracht hatte.

»Gab es denn, sagen wir, tiefgehendere Probleme in der Ehe?«, forschte er.

»Wo gibt es die nicht, Herr Rechtsanwalt?«, fragte sie gelangweilt zurück. »Oder könnten Sie die entsprechenden Fragen stets verneinen? – Man lebt sich halt auseinander. D'accord?«

Stephan schüttelte den Kopf. Die Architektin schien sich darin zu gefallen, französische Vokabeln einfließen zu lassen, obwohl sie Deutsche war und die Begründung des zweiten Wohnsitzes in Paris aus ihr keine Französin machen konnte. Marie lächelte bemüht und gleichermaßen hilflos.

»Es ist naturgemäß schwer, so unvermittelt erfahren zu müssen, dass der eigene Mann ein Doppelleben geführt hat«, sagte Marie behutsam. »Denn äußerlich – Dominique, korrigiere mich, wenn ich es falsch wiedergebe – gab es keine Anzeichen, dass sich dein Mann mit einer oder vielleicht auch mehreren anderen Frauen traf.«

Dominique schwieg und bestätigte auf diese Weise umso nachdrücklicher, dass Schauspiel und Wirklichkeit in ihrer Ehe auseinanderfielen. Sie war unwillig, sich ein zweites Mal zu offenbaren, wollte nicht wiederholen, was sie Ylberi bereits berichtet hatte.

»Man wird jetzt nicht nur nach Pierre fahnden, sondern konkret auch nach seinen Spuren am Tatort«, half Marie und bemühte sich um eine abschließende Zusammenfassung, als habe sie erkannt, dass das holprige Gespräch nicht mehr in Gang kommen würde, zumal sie Stephans Abneigung gegen Frau Rühl-Brossard bemerkt hatte und fürchtete, dass er seinem Empfinden durch unverhohlene Gesten und Worte Ausdruck verleihen könnte.

Als Marie mit Frau Rühl-Brossard die Kanzlei verlassen hatte, ging Stephan zu Hubert Löffke in dessen Büro, Zimmer 104. Der Rivale thronte in seinem neuen Chefsessel, dessen Rückenlehne breiter und höher war als diejenige seines bisherigen Sessels und seinen füllligen Oberkörper noch machtvoller vor dem schwarzglänzenden ledernen Hintergrund präsentierte.

»Geben Sie mir ein paar Hinweise zum Charakter von Frau Rühl-Brossard!«, forderte Stephan. »Bitte, fragen Sie mich jetzt nicht nach dem Warum. Ich brauche nur ein paar Stichworte, um mir von dieser Frau ein Bild machen zu können.«

Löffke blickte Stephan misstrauisch an. Die Aussicht, dass Frau Rühl-Brossard Knobels Mandantin werden und dessen Kanzlei mit saftigen Honoraren speisen würde, traf und positionierte ihn gegen Frau Rühl-Brossard, vor der er sich eben noch ehrerbietig verneigt hatte.

Löffke lehnte sich behäbig zurück, schaukelte in seinem Sessel und faltete die Hände über seiner sich spannenden Weste.

»Bei uns hieß sie immer die Gräfin«, sagte er geringschätzig.

»Die Gräfin?«, wiederholte Stephan.

»Madame ist stets très exceptionelle«, alberte Löffke.

»Oder hat sie ihren französischen Fimmel etwa abgelegt?«

»Nein«, bestätigte Stephan.

»Sie wissen doch, Knobel: Es gibt Mandanten, mit denen man gutes Geld verdienen kann, weil die Streitwerte stimmen und der Mandant sogar anstandslos und schnell bezahlt. So etwas wünscht man sich doch als Anwalt, oder?« Er wartete Stephans Antwort nicht ab, wissend, dass alle Anwälte so dachten. »Aber es gibt eben eine Unterart dieser Spezies«, belehrte er, »und das sind diejenigen Klienten, die einen in Beschlag nehmen, wegen jeder Kleinigkeit gepudert und gehuldigt werden wollen und dabei einen so ekelhaften Charakter haben, dass Sie sich übergeben möchten, wenn Sie diese Gestalt sehen oder nur daran denken.«

Stephan schmunzelte. Wie konnte Löffke Distanz zu Mandanten haben, die ihm in ihrem Charakter so ähnelten?

»Wenn ich Madame beschreiben soll, Knobel, dann bemühe ich am einfachsten den Vergleich mit einem Eiswürfel: Kalt, glatt und scharfkantig. Ich glaube, das trifft es am besten.«

Er hielt inne, als müsse er sich vergewissern, Frau Rühl-Brossard differenziert genug beschrieben zu haben.

»Dominique ist der beste Name, den so eine Dame haben kann. Sie ist durch und durch dominant. Aber sie hat Erfolg – und Geld. Schauen Sie mal, welche Bauprojekte aus ihren Plänen hervorgegangen sind oder ihre Handschrift tragen. Wir alle kennen den Titel: Der Teufel trägt Prada. Auf Dominique Rühl-Brossard bezogen müsste er lauten: Der Teufel prägt Baustile.« Er lachte dröhnend auf.

Stephan wehrte ab. »Habe verstanden. Danke, Herr Kollege!«

»Aber immer gern, Knobel! Sie können mich stets fragen, wenn Sie Hilfe brauchen.«

Er wippte selbstgefällig in seinem neuen Chefsessel.

Stephan lud Marie am Abend in das italienische Restaurant Mama Mia in der Chemnitzer Straße im Kreuzviertel ein. Früher hatten sie regelmäßig dieses Viertel besucht, waren durch die Straßen mit ihren hohen, häufig vom Jugendstil geprägten Häusern spaziert und hatten nach der einbrechenden Dunkelheit in viele der erleuchteten Wohnungen blicken können, aus denen behagliche Gemütlichkeit nach außen drang. Stephans beruflicher Neubeginn hatte den ersehnten Kauf einer Wohnung in dieser Gegend zunächst wirtschaftlich unmöglich gemacht. Die Einladung in das Mama Mia und das Aufleben des vernachlässigten Rituals knüpfte an alte Zeiten und vor allem daran an, dass sie ihr eigentliches Ziel nicht aus dem Blick verlieren durften. Dazu passte, dass Marie Frau Rühl-Brossard nach ihrem Besuch in Stephans Kanzlei noch in deren Wohnung begleitet hatte, eine nach Maries Worten üppig ausgestattete Luxuswohnung über zwei Etagen, mitten im Zentrum des Kreuzviertels gelegen und so eingerichtet, wie sich Marie und Stephan ihr eigenes Zuhause nur im Traum ausmalen konnten. Marie erzählte von den beiden marmornen Bädern, den Parkettfußböden, die das Wohnzimmer vom Esszimmer trennenden großen Schiebetüren mit ihren wertvollen Intarsien, den hohen, mit Stuck verzierten Decken, der Luxusküche mit allen nur denkbaren Vorzügen, alles in vorzüglicher Qualität und bestem Design. Maries Schilderung beantwortete Löffkes Frage, warum Frau Rühl-Brossard überhaupt in Dortmund wohnte, von selbst. Ohne Zweifel residierte sie mit ihrem Mann in einer der besten Wohngegenden überhaupt. Die oberen Etagen des ihr gehörenden Stadthauses mit den reich geschmückten und liebevoll restaurierten und gepflegten Erkern waren ihrem Architekturbüro vorbehalten, das sie – ihrem Selbstverständnis entsprechend – Studio nannte, in welchem sie angehende Architektinnen und Architekten beschäftigte, denen sie die Chance bot, sich durch eine Anstellung im Studio Rühl-Brossard zu qualifizieren und sich in der Szene einen Namen zu machen. Frau Rühl-Brossard forderte und förderte ihr Personal und trennte sich schnell von ihm, wenn es die Erwartungen nicht erfüllte oder sich den Zielvorgaben widersetzte, die die Architektin eisern verfolgte und als Garant ihres unzweifelhaften und mittlerweile internationalen Erfolges detailgenau umgesetzt sehen wollte. So, wie Löffke sie als Gräfin bezeichnete, galt sie in der Welt der Architekten als Meisterin. Sie kokettierte geschickt damit, dass sie als Schöpferin ihrer häufig mit angesehenen Preisen ausgezeichneten Werke eben nicht in Mailand, New York oder München wirkte, sondern scheinbar bodenständig in Dortmund blieb. All dies wussten Marie und Stephan nicht von vornherein, und sie verbanden auch nichts mit dem Namen Dominique Rühl-Brossard, als Marie ihren Namen unter der von Alexander Hilbig ausgehändigten Chiffrezuschrift las. Frau Rühl-Brossard war eher in der

Fachwelt ein Begriff. Gesellschaftlich trat sie kaum auf. Sie widerstand den wiederholten Einladungen der Stadtoberen, die mit ihrer Anwesenheit gern Feste und andere Veranstaltungen schmücken wollten, denen sie in gewisser Weise Glanz und auch Internationalität verleihen und zu dem zuweilen beschränkt wirkenden Regionaldenken einen willkommenen Gegenpol setzen würde. Dominique lebte in ihrem Haus und in der Architekturszene üppig und aristokratisch, gab sich in der Fachwelt manchmal launisch und brüskierte mit egozentrischen Entwürfen und Kritiken, war dann wieder scheinbar zahm und gutwillig. Ihre Unberechenbarkeit war bekannt und gefürchtet. Ihr gelang wie etlichen anderen, deren glanzvolle Karriere unzweifelhaftem Können und gewisser Genialität entsprang, diesen Makel zum Markenzeichen zu erheben. Sie selbst bezeichnete sich als Enfant terrible der Architekturszene und verankerte diesen Begriff in der Fachwelt als ihr Gütesiegel, das ihre Werke deshalb umso interessanter erscheinen ließ. Privat war über Dominique wenig bekannt. Ihre vor Jahren geschlossene Ehe mit dem acht Jahre jüngeren Pierre war nach außen unauffällig. Das Paar lebte abwechselnd in Dortmund und Paris. Beide hatten jeweils eine gescheiterte Ehe hinter sich, bevor sie sich zufällig anlässlich einer Besprechung auf einer Großbaustelle für ein Geschäftshaus in Frankfurt trafen, die Pierre als kaufmännischer Leiter der bauausführenden Firma und Dominique als Architektin betreute. Kinder hatten sie nicht, weder aus ihrer ersten Ehe noch aus ihrer gemeinsamen, und Marie gewann den Eindruck, dass Kinder in die noble Wohnung der Eheleute Rühl-Brossard nicht passen würden.

»Du bist mit ihr per Du«, staunte Stephan und schenkte beiden Rotwein nach.

»Sie hat mir das Du sofort angeboten. Was sollte ich machen?« Es klang entschuldigend.

»Macht sie das immer so?«, fragte er misstrauisch.

Marie hob die Schultern. »Ich glaube schon. Als ich vorhin bei ihr war, kam kurz eine Mitarbeiterin von ihr vorbei. Eine junge Frau, etwa in meinem Alter. Auch die beiden duzten sich.«

»Eigenartig«, fand Stephan. »Löffke kennt sie übrigens. Sie war früher Mandantin von Hübenthal.«

»Ich weiß, sie hat es mir erzählt«, sagte Marie. »Aber Hübenthals Kanzlei gefiel ihr nicht. Die Bearbeitung ihrer Sachen dauerte zu lange. Außerdem sei sie von Hübenthal nicht immer persönlich betreut worden. Er hätte den einen oder anderen Fall an andere abgegeben, auch an Löffke. Er ist ihr zu dumm und zu bäuerlich. Sie nennt ihn einen provinziellen Cretin.«

Stephan lachte. »Er nennt sie im Gegenzug die Gräfin.«

»Nicht unpassend«, fand Marie schmunzelnd.

»Warum hast du sie vorhin in die Kanzlei mitgebracht? Und mehr noch: Wie hast du es überhaupt geschafft, diese große Dame mitzubringen? Es musste ihr doch zuwider sein, überhaupt Zeit zu opfern und dann auch noch in ein Gebäude zu kommen, in der sich die Kanzlei befindet, der sie den Rücken gekehrt hat.«

»Sie wusste ja, dass du nicht mehr Teil der Kanzlei Hübenthal bist. Das hatte ich ihr erzählt. Ich glaube, das hat ihr gefallen. Wahrscheinlich ist sie schon deshalb mitgekommen, weil sie dort demonstrieren konnte, dass sie eben nicht mehr zu Löffke & Co. geht, sondern zu dir. Und was Letzteres angeht: Sie braucht Hilfe, denn sie steht allein da. Dominique mag ihre Lakaien um sich haben, die sie letztlich auch in diesem Sinne erzieht. Aber sie steht jetzt vor einem Problem, das sie und ihr Ansehen erheblich beschädigen kann. Ihr Mann hat ein Verhältnis mit einer Frau begonnen, mit deren Tod er möglicherweise etwas zu tun hat. Sie steckt in gewisser Weise mit drin. Solche Geschichten schmücken auch keinen Paradiesvogel wie Dominique. So etwas kann sie erledigen. Sie tut mir in gewisser Weise leid.«

»Warum Paris?«, fragte Stephan wieder. »Ich würde mich von Menschen wie Dominique fernhalten. Sie ist ein Mensch, der andere wie ein Schwamm aufsaugt.«

»Sie will Licht in das Dunkel im Leben ihres Mannes bringen«, war Marie überzeugt. »Ylberi nahm heute Morgen nur geschäftsmäßig die neuen Informationen auf, ließ sich die Briefe aushändigen und protokollierte unsere Aussagen. Was soll er auch sonst tun? Aber menschlich verbirgt sich dahinter eine große Tragik. Dominique will verstehen, was passiert ist. Und sie möchte, dass ich mich in ihren Mann hineindenke. Sie sagt, dass er sich in Paris sehr – wie sie es nannte – eigenwillig eingerichtet hat. Ich soll das sehen, um mir ein Bild zu machen. Sie will mich kennenlernen, weil ich auch Franziska gekannt habe. Irgendwie muss man beide Charaktere kennen, um zu verstehen, was dahinter steckt. – Vielleicht braucht Sie in dieser Angelegenheit auch mal juristischen Rat, wenn diese Dinge an die Öffentlichkeit drängen und ihr Ruf in Gefahr ist. Sie sagt, dass ihr Mann in letzter Zeit sehr sonderbar geworden ist. Sie will es nicht unbedingt allen erzählen.

Deshalb braucht sie vielleicht dich, und ich wollte euch einander vorstellen. Darum waren wir bei dir. Dominique hat mich ins Vertrauen gezogen.«

»Soweit ich weiß, hat sie eine Kanzlei in Düsseldorf unter Vertrag«, warf Stephan ein.

»Für ihre geschäftlichen Dinge, Stephan, ich weiß. Aber hier geht es um ganz andere Sachen.«

»Du solltest vorsichtig sein, Marie. Dominique ist schwierig.«

»Ich werde die Zeit in Paris auch für mich nutzen können«, wiegelte Marie ab. »Ein paar Spaziergänge, neue Eindrücke von der Stadt, die ich zuletzt in der Schulzeit gesehen habe. Dominique fährt schon übermorgen, also Donnerstag, hin. Sie hat dort einen beruflichen Termin und bleibt dann für mehrere Tage dort. Sie macht das wohl häufiger so. Ich fahre am Freitagnachmittag mit dem Thalys ab Köln. Bin dann am frühen Abend in Paris-Nord. Von dort fahre ich mit der Metro bis in die Nähe ihrer Wohnung. Sie hat mir alles genau beschrieben. Mach dir also keine Sorgen.«

Marie beugte sich vor und spitzte ihre Lippen zu einem Kuss.

»Mach dir über uns keine Sorgen. Aber wir müssen lernen, so zu leben, wie wir wirklich sind.«

Als sie gegen zehn Uhr abends das Mama Mia verließen, machten sie noch einen Spaziergang durch das Kreuzviertel. Als sie vor Dominiques Haus standen, deutete Marie auf die erste Etage des Hauses mit der verspielten Jugendstilfassade. Hinter den roten Vorhängen des Erkerfensters brannte Licht.

»Da ist ihr Schlafzimmer«, erklärte Marie. »Dominique mag schwierig sein, aber sie ist, glaube ich, auch eine einsame Frau. Ihre Ehe mit Pierre schien zumindest in den letzten Jahren nicht mehr glücklich gewesen zu sein. Vielleicht war sie auch nie glücklich.«

»Du hast in letzter Zeit ein bisschen zu viel Verständnis für diese Charaktere«, meinte Stephan. »Ich glaube, Dominique hat dir nur suggeriert, dass sie dich braucht. In Wahrheit braucht sie nur sich selbst. Menschen wie Dominique wollen keinen Gesprächspartner auf gleicher Ebene.«

Arm in Arm gingen sie zu Stephans Auto zurück.

Zuhause öffnete Marie ihre Handtasche. Sie reichte Stephan vier Blätter.

»Es sind Kopien der Briefausdrucke, die Dominique heute bei der Polizei abgegeben hat«, erklärte sie.

Stephan ging in ihr gemeinsames Arbeitszimmer, setzte sich an seinen Schreibtisch, legte die dort befindliche Akte zur Seite und konzentrierte sich auf die beiden Schriftstücke, die die bislang einzige bekannte Verbindung zwischen Franziska Bellgardt und dem verschwundenen Pierre Brossard darstellten. Er las zunächst den Ausdruck von Pierres Brief an Franziska, auf dem oben links Chiffre 0829 und ein Stück darüber, sodass sie in das Sichtfenster eines Briefumschlags passte, die Adresse der Kult-Mund-Redaktion am Dortmunder Ostwall geschrieben war. Weiter unten rechts stand das Datum: Dortmund, den 15. Oktober. Dann folgten Pierres persönliche Zeilen:

Hallo Franziska,

mir fällt es schwer, Worte zu finden, die beschreiben und analysieren können, was zwischen uns passiert ist und warum sich unsere Wege, die sich so hoffnungsvoll kreuzten, wieder trennen müssen. Wie Du weißt, habe ich Dir alles im Gespräch zu erklären versucht, aber ich bin mir bewusst, dass ich gescheitert bin. Zuletzt haben wir uns fast geschlagen. Es ist zwischen uns eskaliert. Ich schäme mich dafür, aber ich kann nichts ungeschehen machen. Was kann ich Dir anderes sagen, als dass Du mit Deinen Vorwürfen im Recht bist, wenn Du mich einen Egoisten schimpfst, der Dich ausgenutzt, Dich vielleicht missbraucht, in jedem Fall aber Dein Herz und Deine Seele verletzt hat. Ich erinnere mich genau, als ich erstmals Deine Anzeige in der Augustausgabe von Kult-Mund gelesen habe. Es war der sonnendurchflutete erste Samstag im August (und es war überhaupt der erste August), als ich den Teeladen an der Saarlandstraße aufsuchte, um dort einzukaufen. Du kennst den Laden. Wir waren später einmal gemeinsam dort, um den aromatisierten schwarzen Tee zu kaufen, der nach Schokolade, Sahne und Creme schmeckt. An jenem Tage war ich dort, um mich nach einem Samowar zu erkundigen, den Dominique tags zuvor dort im Fenster gesehen hatte und ihr Gefallen erregte. Du weißt, dass sie Dinge nicht aus dem Kopf bekommt, wenn sie sie gesehen hat und in ihr die Lust aufkeimt, sie besitzen zu wollen. Also ging ich hinein, betrachtete das gute Stück und ließ mich von dem Verkäufer beraten. Er meinte, dass er in ein paar Wochen noch ein schöneres Teil bekommen werde und riet mir, solange zu warten. Ich ging also hinaus und nahm, wie ich es anderenorts schon häufig getan hatte, von der Theke die neueste Ausgabe von Kult-Mund mit. Meist habe ich mich für die Beiträge aus dem Kulturteil interessiert, doch ich habe auch die Kontaktanzeigen überflogen. Ich erinnere mich, wie ich von Deiner Anzeige eingefangen wurde. Ich kann nicht benennen, was alles es war, das mich in den Bann zog, doch es war sicherlich auch die Unbedingtheit der Hingabe, die Du Dir ersehnst und auch von dem anderen eingefordert hast. Ich habe Dir geantwortet, mit zitternden Fingern auf dem Computer hastig einige Sätze formuliert, weil ich fürchtete, zu spät zu kommen, Dich, die ich doch noch gar nicht kannte, an einen anderen zu verlieren, der schneller, schöner und wortgewaltiger geantwortet hatte, als ich es jemals vermocht hätte. Am Nachmittag dieses ersten August war mein Brief fertig. Ich habe nicht, wie es sonst üblich sein mag, eine Telefonnummer in dem Brief vermerkt, sondern gab einen Treffpunkt in der Stadtmitte vor. – Wie vermessen von mir, gleich ein Treffen zu bestimmen! Aber ich war mir so sicher, dass ich Dich unbedingt kennenlernen wollte, wie ich umgekehrt keinen Zweifel hatte, dass Du Dich in meinen Zeilen gespiegelt sahst, wenn die Worte Deiner Anzeige ehrlich gemeint waren. So trafen wir uns am nächsten Freitag (es war der siebte August) um 19 Uhr an dem von mir vorgeschlagenen Treffpunkt in der Fußgängerzone. Ich hatte Dich zuvor mit Genuss eine Zeitlang beobachtet, wie Du an der Laterne standest, die unseren Treffpunkt markierte und die Du umarmtest, als seiest Du an sie gefesselt. Danach sind wir spazieren gegangen. Du erzähltest, dass Du noch mit Deinem Partner zusammenlebst, von dem Du Dich trennen, aber zugleich nicht willst, dass er von Deinen Absichten erfährt.

Diese Lebensumstände waren unser erstes gemeinsames Geheimnis, denn Du weißt, wie sehr auch ich unter meiner Einsamkeit leide, die ich tagtäglich erlebe, obwohl ich seit Jahren verheiratet bin. Du weißt wie ich, dass ein äußeres Zusammensein mit einem anderen Menschen nichts bedeutet. Die innere Bindung ist durch nichts zu ersetzen. Schon bald fühlten wir beide diese fast irreale Bodenlosigkeit, das wechselseitige Verlangen, die Sehnsucht, sich fallen zu lassen. Ich erinnere mich gern unseres einzigen gemeinsamen Wochenendes. Es war das letzte Augustwochenende, als wir für zwei Tage an die Mosel gefahren sind. Klare, sonnige Tage, die dazu einluden, die Zeit im Freien zu verbringen. Wir kamen nicht voneinander los, betranken uns an uns, verschmolzen in der Seele miteinander und lebten uns selbst. Heute erkenne ich die Bedeutung dieses Wochenendes: Es war die Offenbarung unseres Geheimnisses. Dominique hatte an jenem Wochenende eine Präsentation in Brüssel, Dein Freund besuchte eine Computermesse in Stuttgart. Du hattest ihm erzählt, dass Du mit einer Freundin an die Mosel fahren wolltest, die Dir notfalls ein Alibi verschafft hätte. Für mich selbst brauchte ich kein Alibi. Meine Ehe hatte nie jene Leidenschaft gehabt, die ich mit Dir erlebte, und war inzwischen schon so weit erkaltet, dass mein Fernbleiben nicht einmal mehr nach Erklärungen verlangte. Dominique und ich sind einander beliebig geworden. Was so gewaltig, heute sage ich, viel zu gewaltig, begann, wurde bald auch unser Verhängnis. Wir mussten lernen, dass sich der Himmel nicht auf die Erde ziehen lässt. Wenn wir ehrlich sind, dann lebten wir nur davon, einander in Sehnsüchten zu verschlingen und uns an einer Lust zu betäuben, die dem rea-

len Leben doch nicht entfliehen konnte. Manchmal denke ich daran, dass dieses Wochenende an der Mosel, prall gefüllt mit ungezähmter Begierde, nur deshalb so einmalig sein konnte, weil wir beide jenseits unserer alltäglichen Welten in eine Zweisamkeit eintauchen konnten, in der wir alles hinter uns lassen und ohne einen Gedanken nach vorn uns gehen lassen konnten. Wir wissen beide, dass die Kulisse nicht halten konnte. Ich bekenne freimütig, dass ich verantwortungs-, zumindest aber gedankenlos gewesen bin, dies nicht von Anfang an gesehen zu haben oder es vielleicht nicht sehen gewollt zu haben. Kein Mensch kann aus seiner Welt hinaus, man kann sie höchstens ein wenig verändern. Ich bin bislang dazu zu träge gewesen, und es ist meine Schuld, dass ich aus meinem Unglück mit Dominique bislang keine Konsequenzen gezogen habe. Aber eine ganz andere Frage ist, ob ich bei und mit Dir und umgekehrt Du bei mir das findest, was ein jeder von uns wirklich sucht. Wir haben nach unserem Wochenende an der Mosel nicht mehr in jenen Rausch gefunden, der uns dort getragen hat und uns nur deshalb tragen konnte, weil wir beide aller Bindungen befreit waren, die unseren Alltag bestimmen. Wir wussten wenig, eigentlich gar nichts voneinander, und als wir bei unseren späteren Treffen begannen, jenseits aller körperlichen Gelüste unser Wesen, unsere Neigungen und unsere Charaktere zu erforschen, trennte uns mehr als uns verband. Ich habe Dir schließlich gesagt, dass ich zunächst zu Dominique zurückkehren werde, und Du hast mich deswegen verhöhnt, mir vorgeworfen, dass ich nur des Geldes wegen an einer Ehe festhalten wolle, die mir nichts bedeuten könne. Du magst es sehen, wie Du willst, aber in der Konsequenz geht es nicht um Dominique. Ich werde mich neu orientieren, mein Leben ordnen müssen. Aber ich weiß, dass wir keine Basis haben werden. Es wäre naiv, es dennoch gemeinsam versuchen zu wollen. Wir beide wissen, dass wir zu verschieden sind. Ich kann nicht länger auf der Wolke fliegen, auf der Du Dich mit mir wähnst. Das Leben ist bitterer und spröder, als Du denkst. Manchmal hasse ich es. Ich sehe das Dunkle, von dem Du in der Anzeige sprichst, aber es gibt für mich keinen spielerischen Wechsel zwischen den Elementen, an den Du glaubst. Meine Welt ist dunkel geworden, und Du wirst mich leider daraus nicht befreien können. Im Kern denken und fühlen wir ganz unterschiedlich. Was bei Dir Neugierde ist, ist bei mir Leiden, manchmal eine unheilvolle Sehnsucht nach dem Dunklen. Die Mosel war gleißend hell. Sie hat mich geblendet, mich betäubt, aber ich bin wieder auf dem Boden, Franziska. Du drohst mir, mich bei Dominique zu verraten, willst Dich an mich binden. Ich bitte Dich inständig, mich gehen zu lassen. Wir werden unser Leben nicht teilen können. Ich bedaure es, und ich schäme mich dafür, wenn ich in Dir Hoffnungen geweckt habe, die ich nicht zu erfüllen vermag. Sei glücklich, dass Du noch Hoffnungen hast. Ich habe keine mehr und werde einen Lebensweg finden müssen, der für mich erträglich ist. Mehr wage ich nicht zu erhoffen. – Siehst Du, nun habe ich doch eine Hoffnung formuliert. Aber sie ist, glaube mir, die einzige, die ich zu äußern wage. Lass mich bitte gehen, Franziska! Ich habe Dir im letzten Gespräch nicht sagen können, was ich Dir hier schreibe. Deine explodierende Wut erstickte meine ungelenken Worte. Also schreibe ich, was ich denke und fühle. Es ist meine einzige und abschließende Bitte an

Dich: Lass mich gehen und vergiss mich! Ich bin keine Erinnerung wert.

Pierre

Stephan sah Marie irritiert an.

»Warum schreibt er ihr über Chiffre, wenn er sie doch längst kannte, als er ihr diesen Brief schrieb?«, fragte er.

»Vermutlich hat Franziska ihm ihre Adresse nie mitgeteilt, weil sie keine Konfrontation mit Daniel wollte«, schätzte Marie. »Letztlich hat sie so wenig mit ihrem Partner gebrochen wie umgekehrt Pierre mit Dominique.«

Stephan überlegte.

»Aber warum schreibt er die Chiffrenummer nochmals oben auf den Brief, der für Franziska bestimmt ist?«, fragte er weiter. »Wir wissen doch von Hilbig, dass die Interessenten ihren für den Adressaten bestimmten Brief in ein gesondertes Kuvert stecken, darauf die Chiffrenummer schreiben und diesen verschlossenen Umschlag dann nochmals in ein weiteres, größeres Kuvert stecken, das an die Kult-Mund-Redaktion gesandt wird.«

»Wir sollten ihn fragen«, schlug Marie vor. »Er müsste sich erinnern, weil er gerade Franziskas Inserat so viel Aufmerksamkeit geschenkt hat.«

»Wir werden ihn fragen«, bekräftigte Stephan und sah wieder auf den Brief. »Es ist auch merkwürdig, dass der gesamte Brief auf dem Computer geschrieben wurde. Er hat nicht einmal persönlich unterschrieben.«

»Nach Dominiques Worten ist das nicht ungewöhnlich für Pierre. Er soll fast nur den Computer für all seine Briefe benutzt haben. Es gibt kaum Handschriftliches von ihm«, erklärte Marie.

»Wie es aussieht, haben die beiden ihr kurzes Verhältnis nie bei ihr oder bei ihm zu Hause gelebt. Sie waren
stets unterwegs.«

»Und wir haben Hinweise auf Orte, die sie aufgesucht
haben«, setzte Marie fort. »Sie waren zum Beispiel in dem
Teeladen an der Saarlandstraße, den ich auch ganz gut
kenne.«

»Und irgendwo an der Mosel«, ergänzte Stephan.

»Worüber vielleicht die Freundin etwas weiß, die bei
Bedarf Franziskas Alibi sein sollte. Daniel könnte sie kennen. – Merkwürdigerweise scheint es keine Handygesprä-
che zwischen Franziska und Pierre gegeben zu haben«,
sinnierte Marie. »Ylberi sagte dies jedenfalls. Man hat das
Handy von Franziska untersucht.«

Stephan sah auf das Datum des Briefs.

»Der Brief datiert vom 15. Oktober«, sagte er. »Unterstellt, der Brief ist an diesem Tag auch abgesandt worden,
wäre er am nächsten Tag bei Kult-Mund angekommen.
Hätte man ihn sofort weitergeleitet, wäre er am 17. Oktober bei uns eingetroffen. – Marie, erinnere dich: Wir haben
am 17. Oktober nur einen einzigen Brief bekommen, den
wir geöffnet hatten, als wir von Franziskas Tod erfahren
haben. Das war wenige Tage vor ihrem Tod, verfasst von
einem Verehrer, dessen erste Zuschrift Franziska offensichtlich nicht beantwortet hatte. Aber dieser Brief«, er
betrachtete das Schriftstück, das er in den Händen hielt, »ist
bei uns nie angekommen, Marie! Also kann ihn Franziska
nicht erhalten haben.« Er stutzte. »Wie hat Dominique diesen Brief vom 15. Oktober überhaupt gefunden?«

»Sie sagt, der Brief sei als bloßer Ausdruck in Pierres
Unterlagen gewesen, die sie in der Dortmunder Woh-

nung durchsuchte, nachdem sie diesen weiteren – an sie adressierten – Brief von ihm gefunden hatte.« Marie deutete auf das zweite Dokument, das Stephan noch nicht gelesen hatte und nun in die Hand nahm. Der Brief trug das Datum vom 24. Oktober:

Hallo Dominique,

ich erspare mir, viele Worte über unsere Ehe zu verlieren, die wir nie hätten eingehen dürfen. Es war damals ein wie aus einer Sektlaune geborener Entschluss, ein gemeinsames Leben zu gründen, dessen wir beide gar nicht fähig sind. Wir beide sind Egoisten, selbstverliebt und geradezu triebhaft darauf bedacht, sich selbst verwirklicht zu sehen. Andere Menschen dienen uns nur als Spiegel, in dem wir uns genüsslich selbst betrachten und uns an uns selbst weiden können. Untereinander sind wir nicht anders miteinander umgegangen. Wir haben uns wechselseitig immer alles gegeben, und Du weißt, wie ich es meine: Wir haben uns so sehr alles gegeben, dass wir voneinander die Nase voll haben mussten. Dir ergeht es wie mir, und wir haben es versäumt, diese Ehe, die nie eine war, anständig zu beenden. Warum Du diesen Schritt nicht getan hast, ist mir klar. Ich hingegen hätte ihn tun sollen, aber ich war zu feige, als noch Zeit dazu war. Jetzt ist alles zu spät. Ich habe mich verstrickt, und Du könntest triumphieren. Aber es ist weitaus Schlimmeres passiert. Ich habe einem Menschen Unverzeihliches angetan. Mich ekelt vor mir selbst, und ich weiß, dass ich nie mehr mit mir ins Reine kommen werde. Die Dunkelheit, die mich anzieht, hat sich meiner bemächtigt, und ich werde so nicht mehr weiterleben können. Suche nicht nach mir. Es würde vergeblich sein.

Pierre

Im Unterschied zu dem anderen Brief war dieser handschriftlich unterzeichnet.

»Es bleiben Fragen offen«, stellte Stephan fest: »Es gab eine Affäre zwischen Franziska und Pierre, die nach ungestümem Beginn jäh von Pierre beendet wurde, ohne dass der dubiose Ausdruck seines vielleicht bei ihr nie angekommenen Briefs wirklich begreifbar macht, warum Pierre mit Franziska gebrochen hat. Warum zerbrach die Beziehung? Und warum kommt es zum Abschiedsbrief Pierres an Dominique, der die Ankündigung eines Freitodes sein könnte?«

7

Marie traf sich am Nachmittag des nächsten Tages mit Franziskas Freund Daniel im Café Strickmann in der Stadtmitte. Sie hatte darauf gehofft, mit Daniel in der Wohnung sprechen zu können, in der er mit Franziska gelebt hatte, doch Daniel schien gerade dies nicht zu wollen. Er blieb verhalten, als Marie ihn um ein Gespräch bat. Der Umstand, dass Franziska ihm gegenüber Marie als ihre Freundin bezeichnet hatte, ohne sie jemals kennengelernt zu haben, verstörte und konfrontierte ihn mit einem ihm unbekannt gebliebenen Teil Franziskas, von dessen Existenz er seit ihrem rätselhaften Tod zu ahnen begann und gegen den er sich gleichermaßen zu wehren versuchte. Daniel war von hünenhafter Statur mit einem gepflegten, feinen, fast feminin wirkenden Gesicht, das ihm eine geheimnisvolle Scheu verlieh. Marie hatte sich bei dem Telefonat mit Daniel beschrieben und angekündigt, dass sie direkt an einer Standuhr neben der Commerzbank am Hansaplatz auf ihn warten wolle. Er erschien pünktlich, folgte Marie in das traditionsreiche Café, das mit seinen dunklen stilvollen Stühlen, den kleinen runden filigranen Tischen und den Kronleuchtern an den Decken den Charme vergangener Zeiten bewahrte. Sie bestellten beide einen Milchkaffee. Marie suchte nach Worten, wie sie das Gespräch mit Daniel beginnen konnte. Sie hatte sich zuvor Worte überlegt, die ihr jetzt unpassend erschienen. Daniel wirkte verletzt und unsicher, lauernd und zugleich in gewisser Weise duldsam, bereit, sich Maries

Fragen zu stellen und zugleich seine Liebe zu Franziska, ihre gemeinsame Zeit und seine ungetrübte Erinnerung an sie zu verteidigen.

Daniel schlürfte abwartend seinen Kaffee.

»Franziska und ich waren nicht im wirklichen Sinne Freundinnen«, begann Marie schonend ihre einstudierten Worte. »Man benutzt den Begriff im Hinblick auf Mitschüler viel leichter als sonst«, erklärte sie. »Nach der Schulzeit gelten alle, mit denen man zusammen diese Jahre verbracht hat, irgendwie als Schulfreunde. Ich habe mit Franziska in der Oberstufe lediglich gemeinsam einen Kurs gehabt. Danach haben wir uns bis zum Klassentreffen nicht mehr wieder gesehen.«

»Ich weiß«, sagte Daniel schroff. »Aber sie fühlte sich dir stets nahe. Sie hat dich bewundert. Du hast es einfacher gehabt als sie. Franziska musste immer kämpfen. Aber vielleicht hat sie es sich manchmal auch unnötig schwer gemacht. Sie konnte schnell die Geduld verlieren. Sie war schnell unzufrieden. Das war ihr Problem.« Er stieß seine Analyse in harten knappen Sätzen aus. »Man muss im Leben auch einmal zufrieden sein. Man kann nicht alles haben.«

Marie spürte das Vakuum zwischen Zufriedenheit und Glück, das sich zwischen Franziska und Daniel aufgetan haben mochte. Und sie ahnte die Bedeutung der Offenbarung des Geheimnisses, das Franziska und Pierre auslebten, bevor es zu dem unerklärlichen Bruch kam.

»Es gibt sicher Menschen, die sie besser gekannt haben als ich«, sagte Marie schließlich.

»Meinst du Frauke?«, fragte Daniel.

»War sie ihre Freundin?«

»Ich sehe, du hast sie nicht richtig gekannt«, sagte Daniel. Er schien eigentümlich befreit. Marie wagte nicht, weiter in Daniels zerbrochener Welt zu wühlen.

»Ich verstehe das alles nicht«, flüsterte er mit tränenerstickter Stimme, als sie sich verabschiedeten.

Sie versprachen, in Kontakt zu bleiben und wussten zugleich, dass sie es nicht auf Dauer bleiben würden. Daniel witterte, dass Franziska hinter seinem Rücken ein anderes Leben geführt hatte, aber er wollte es nicht wissen. Das Unbegreifliche ihres Todes hing mit dem Unbegreiflichen ihres Lebens zusammen, das keine Zufriedenheit kennen wollte.

Marie notierte sich den Namen Frauke.

8

Marie bestieg am Freitagnachmittag in Köln den Zug nach Paris, ohne dass Stephan und sie bis dahin die Fragen klären konnten, die sich nach dem Lesen der von Dominique überreichten Briefe gestellt hatten. Der Betreiber des kleinen Teeladens an der Saarlandstraße konnte sich nicht erinnern, ob Franziska Bellgardt und Pierre Brossard jemals sein Geschäft aufgesucht hatten. Marie hatte ihm das Foto gezeigt, das sie mit Franziska auf der Abschlussfeier zeigte.

»Sie sieht heute natürlich älter aus«, hatte sie erklärt. »Das Foto hier ist mehr als neun Jahre alt.«

»Vielleicht ja, vielleicht nein«, hatte der Mann im Teeladen erklärt. »Ich weiß es nicht.«

Auch von Pierre Brossard schien es keine aktuellen Fotos zu geben. Er galt nach Dominiques Worten als fotoscheu, was sie auch dem Staatsanwalt gesagt hatte, als sie ihm für Fahndungszwecke nur ein etwa vier Jahre altes Passfoto von Pierre übergeben konnte.

Marie setzte auf den unverkennbaren französischen Akzent, den Pierre nach Dominiques Worten trotz seiner langjährigen Aufenthalte in Deutschland nie abgelegt hatte. Doch der Inhaber des Teeladens verneinte lächelnd. Er konnte sich nicht sicher an einen Kunden erinnern, auf den Maries Beschreibung zutraf. Und auch an keinen mit einem französischen Akzent, der nach einem Samowar gefragt hatte.

Vor ihrer Abfahrt hatte Marie noch Alexander Hilbig zu

erreichen versucht. Doch der hatte, wie stets nach Redaktionsschluss für die in Druck gehende neue monatliche Ausgabe von Kult-Mund, einige Tage dienstfrei und würde erst wieder am morgigen Samstag in seinem Büro sein.

Die Hoffnung, den vollständigen Namen von Franziskas Freundin Frauke zu ermitteln, schlug fehl.

Stephan gelang es lediglich, über Hubert Löffke etwas über den Inhalt des Ehevertrages zu erfahren, den Dominique Rühl und Pierre Brossard in der Kanzlei Dr. Hübenthal einst beurkunden ließen. Die Recherche ergab, dass beide – wie von Löffke gesagt – lediglich vereinbart hatten, ihre Ehe und alle daraus folgenden Rechtsfragen dem deutschen Recht zu unterstellen. Eine Woche nach Beurkundung des Vertrages hatten sie geheiratet.

Marie kam gegen 19.30 Uhr in Paris an. Sie bahnte sich einen Weg durch das abendliche Gewühl in dem alten Kopfbahnhof, orientierte sich in den stickigen, niedrigen und verwinkelten unterirdischen Gängen der Metro, studierte in dem schaukelnden Zug das innen aufgedruckte Linienband und stieg an der Station Buttes Chaumont aus.

Von hier folgte sie Dominiques Beschreibung, verließ die Metrostation über eine schmale einsame Treppe und gelangte auf eine wenig attraktive Vorortstraße mit unansehnlichen, abgewirtschafteten Lokalen. Dominiques Wohnung lag etwa 800 Meter entfernt. Marie fröstelte in dem beginnenden Regen und zog ihren Rollkoffer an kleinen gedrungenen Häusern vorbei, denen gänzlich der Charme und jene Herrschaftlichkeit fehlten, die man gemeinhin mit Paris verband. Das Haus, in dem Dominique wohnte, stand seitlich am Ende einer Sackgasse, die ein kleines Neubauge-biet erschloss, dessen kastenförmige schlichte Häuser sich dicht aneinander drängten. Marie hatte von Dominique per SMS den Code für das Tor erhalten, durch das sie nun in einen schmucklosen Innenhof gelangte, der als Stell-platz für zahlreiche Autos diente und zugleich das Binde-glied zwischen den an der Straße stehenden Wohnhäusern und das im Hinterhof angesiedelte Kleingewerbe bildete. Sie tastete sich über den dunklen Hof, zwängte sich mit ihrem Koffer durch nebeneinander geparkte Autos. Der Regen trieb in dichten feinen Schleiern durch die Nacht und klopfte sanft auf das Blech der Autos und die gläser-nen Vordächer der Gewerbehallen.

Die Aufzugtür stand weit offen. Aus der Kabine fiel kaltweißes Neonlicht in den Hof und spiegelte sich ver-zerrt in den Scheiben der Autos. Niemand, der außer Marie kam oder ging. Sie betrat wie mechanisch die innen leuch-tend rot gestrichene Kabine und drückte den Knopf der dritten Etage. Die Falttür schlug mit gepresstem Zischen zu, dann trug der Aufzug Marie surrend nach oben und entließ sie in gähnende Dunkelheit. Marie stand auf einer Veranda des obersten Geschosses, die wie ein Balkon das gesamte Stockwerk umschloss. Es war windig. Sie lief die nassen Holzplanken entlang und hielt ihre Hand schüt-zend vor ihr Gesicht; dann stand sie vor der Wohnung der Eheleute Rühl-Brossard.

Marie klingelte. Die Tür wurde elektrisch von innen geöffnet. Marie trat in einen dunklen, länglichen Flur, in dessen Verlängerung sich das bis in das Spitzdach reichende offene Wohnzimmer mit integrierter Küche anschloss. Dominique saß vor dem Kopfende eines schlichten, dunkel gebeizten, langen Esstisches. Irgendwo im Dachfirst brannte Licht und erleuchtete schwach den Raum. Dominiques Gesicht schimmerte grünlich im Widerschein des Displays ihres silbernen Laptops, der aufgeklappt vor ihr stand. In den Gläsern ihrer Brille spiegelten sich Spielkarten. Sie spielte Patience an ihrem Computer.

Marie ließ ihren Rollkoffer im Flur zurück und ging ins Wohnzimmer. Dominique sah auf, blieb sitzen, reichte Marie die Hand und griff mit der anderen neben den Laptop, zog eine Zigarette aus der Schachtel und steckte sie in den Mundwinkel.

»Da bist du ja endlich. Es ist spät.« Sie lächelte flüchtig. »Willst du etwas essen? Ich kann dir nur Brot und Käse anbieten.«

Marie nahm dankend an.

»Setz dich!« Dominique zog an ihrer Zigarette, klappte den Laptop zu, schaltete über eine Fernbedienung das Licht an, ging in den Küchenbereich und machte etwas zu essen.

»Saft dazu?«

Marie nickte. Sie blickte sich um. Die Wohnung war überraschend karg eingerichtet. Sie hatte nichts mit den noblen Räumen gemein, in denen Dominique in Dortmund residierte. Eine schwarze lederne Sitzgarnitur füllte eine Ecke des Wohnbereichs, der im Gegensatz zu der übrigen Fläche mit einer recht niedrigen Decke abschloss. Darüber befand sich ein in den Spitzboden gebautes weiteres Zimmer, das über eine weiße Wendeltreppe mit der Hauptebene verbunden war und wegen seiner in das Gebälk gezwängt erscheinenden Konstruktion wie ein Adlerhorst wirkte. Der Dachstuhl war mit kleinen Halogenlampen bestückt, die wie Sterne in scheinbarer Zufälligkeit im First verteilt waren, aber wegen der Höhe des Raumes diesen nur mäßig ausleuchteten. Der Dunst von Dominiques Zigaretten zog in bläulichen Fahnen durch das Licht.

»Du hast es dir hier anders vorgestellt«, wusste Dominique. Sie stellte Marie einen Teller mit gebrochenen Baguette-Stücken, grob geschnittenen Käse sowie Saft auf den Tisch. Dann setzte sie sich wieder an ihren Laptop.

»Es ist Pierres Wohnung«, sagte sie, »also ist alles nach seinem Geschmack. Die Wohnung ist nicht so schlecht, wie sie auf den ersten Blick scheint. Nur zu dunkel. Es fällt zu wenig Licht hinein. Zu kleine Fenster.«

Dominique konzentrierte sich wieder auf ihr Spiel.

Marie aß ihr Brot. Sie saß mittig an der langen Seite des Tisches.

»Fühl dich wie zu Hause!«, sagte Dominique, ohne aufzublicken.

Doch Marie fühlte sich fremd. Sie kaute Brot und Käse und suchte immer wieder nach Worten, mit denen sie ein Gespräch eröffnen könnte. Dominique fragte nicht einmal, ob die Reise gut verlaufen sei.

»Vermisst du Pierre nicht?«, fragte Marie, nachdem Dominique endlich das Gerät zugeklappt hatte.

»Du willst wissen, ob ich ihm nachtrauere«, korrigierte Dominique. Sie warf Marie einen spöttischen Blick zu. »Ich weiß ja noch nicht, ob ich trauern muss. Meinst du, ich sollte?«

Marie stutzte über die eigenartige Frage.

»Geh in sein Zimmer«, forderte Dominique. »Es wird für dieses Wochenende dein Zimmer sein.«

»Ihr habt getrennte Zimmer?«

»Sowohl hier als auch in Dortmund. Seit Jahren schon«, bekräftigte Dominique. Sie wies mit ausgestrecktem Arm auf eine rote Schiebetür.

»Komm, ich zeig dir deinen Bereich«, sagte sie, stand auf und bedeutete Marie, ihr zu folgen.

Die Tür rollte leicht mit dumpfem Grollen zur Seite. Marie tastete nach dem Lichtschalter und erschrak, als der Raum erleuchtet war. Es war ein kleines Zimmer, die Wände schwarz gestrichen. Daran hefteten, wie willkürlich verteilt, einige ausgeschnittene französische Zeitungsartikel. An der rechten Seite stand eine schwarze Kommode, an der linken Seite ein schwarzer Schrank.

»Es sind Nachrichten über Katastrophen, Terror, Folter und Misshandlung und alles, was Menschen anderen antun«, erklärte Dominique. Sie war hinter Marie getreten und betrachtete das Zimmer ihres Mannes wie eine Theaterkulisse. Sie zog an ihrer Zigarette.

»Na, was sagst du? Ich wollte, dass du das mit eigenen Augen siehst. Es ist kein Zimmer zum Wohlfühlen für dich. Ist ja auch nur für kurze Zeit.«

Marie schauerte. Mitten im Raum stand ein schlichtes Einzelbett mit eisernem Untergestell. Das Bett war frisch bezogen und unberührt.

Dominique hob fragend die Schultern.

»Mir hatte er auch nichts zur Gestaltung seiner Kammer erzählen wollen«, entschuldigte sie. »Eines Tages war das Zimmer so, wie es jetzt aussieht. Einzig die Artikel sind im Laufe der Zeit mehr geworden.«

»Es riecht irgendwie«, bemerkte Marie.

Dominique schnupperte. »Non«, sagte sie, »es riecht nicht.«

»Doch …«, beharrte Marie.

»Farbe vielleicht«, sagte Dominique nach einigem Zögern. »Pierre hat das Zimmer vor rund einem Vierteljahr so gestrichen. Es ist Latexfarbe. Hier wird ja kaum gelüftet.« Sie sah auf das geschlossene kleine Fenster.

»Du solltest lüften, bevor du schlafen gehst«, riet sie.

»Ich kann auch auf der Couch schlafen«, schlug Marie vor und erwog zugleich, die Wohnung ganz zu verlassen und in einem Hotel zu übernachten. Doch sie hatte auf dem Weg von der Metro hierher keines gesehen.

Dominique beobachtete Marie amüsiert.

»Es wird schon nicht so schlimm werden«, beschwichtigte sie. »Bleib besser in Pierres Zimmer! In der übrigen Wohnung streunt unsere Katze herum. Du wirst keine Ruhe finden, wenn du auf der Couch schläfst. Minouche lässt niemanden in Ruhe. Mich auch nicht. Wahrscheinlich ist sie gerade auf Beutezug. Sie gelangt durch eine kleine Klappe in der Wohnungstür hinein. Minouche ist ein autonomes Tier.« Sie lächelte süffisant und spürte amüsiert Maries Unbehagen.

»Du musst nachts die Tür geschlossen halten«, erklärte sie, »sonst springt sie rein. Sie legt sich besonders gern auf das Bett. Schätze, du magst es nicht, wenn Minouche erst draußen Mäuse fängt und dann in deinem Bett liegt.«

Marie schwieg. Hätte Dominique ihr das Horrorzimmer nicht beschreiben oder ihr ein Foto davon zeigen können? Warum hatte sie darauf bestanden, dass Marie herkam? Die Architektin zeigte ihr das Badezimmer. Dominique präsentierte eine alte Badewanne mit gusseisernen Füßen wie einen musealen Schatz. Sie schien Dominiques ganzer Stolz zu sein.

»Es ist der einzige Einrichtungsgegenstand mit Stil«, erklärte sie. »Pierre hatte einen hellen Moment, als ihm dieses gute Stück angeboten wurde. – Du musst aufpassen, der Wannenboden ist spiegelglatt.«

Sie beugte sich über den Wannenrand und strich liebevoll mit den Fingerkuppen über die Emaillebeschichtung.

»Was ist mit dir?«, fragte Dominique erstaunt, als sie sich wieder aufgerichtet hatte.

Marie rieb zitternd ihre Hände aneinander. Sie spürte, wie sich ihr Körper verkrampfte.

»Wir müssen hier nicht heizen«, sagte Dominique ruhig, »das heiße Wasser wärmt den Raum. – Du scheinst ein empfindsamer Mensch zu sein«, wunderte sie sich und wandte sich der Waschkommode zu. Sie verfügte über zwei Waschschüsseln.

»Du und ich nehmen nur die linke. Die rechte ist für Minouche«, stellte Dominique klar. »Wenn du ins Bad gehst, springt Minouche meistens mit rein und will am Hahn der rechten Schüssel schlecken. Dann machst du das Wasser an, mittelwarm, und lässt sie trinken, solange sie will. D'accord? – Und ich will, dass du die Waschschüssel nach jedem Gebrauch mit dem Handtuch trocken reibst.«

Marie nickte mechanisch.

»Dann mach dich jetzt fertig, wir gehen schlafen«, bestimmte Dominique. »Es ist spät geworden. Oder sollen wir noch etwas fernsehen?«

Marie sah auf ihre Uhr. Es war kurz vor Mitternacht. Eigentlich war sie noch nicht müde. Doch sie hatte kein Verlangen, sich mit Dominique zu unterhalten oder nur in ihrer Gesellschaft zu sein. Die Frauen passten nicht zueinander. Dominique füllte den Raum, beherrschte ihn atmosphärisch und erstickte jede Leichtigkeit, aus der heraus ein Wohlgefühl entstehen könnte.

Marie verneinte und zog sich in das schwarze Zimmer zurück. Sie vergewisserte sich, dass die Schiebetür bis zum Anschlag zugezogen war. Verschließbar war die Tür nicht. Nebenan war das Schlafzimmer von Dominique. Marie hatte einen flüchtigen Blick durch die halb geöffnete Tür werfen können, als Dominique ihr diesen Raum zeigte. Dominiques Zimmer war weiß getüncht und spartanisch eingerichtet. Auf dem Nachttisch neben ihrem Bett stand eine Marienstatue.

Draußen wurde der Regen stärker und trommelte hart gegen das kleine Fenster. Marie kroch in das Bett und zog die Decke bis zu ihrem Kinn. Das Zimmer war, wie die ganze Wohnung, unbeheizt. Marie griff nach ihrem Handy unter der Bettdecke und holte es hervor. Als sie Stephan eine SMS senden wollte, stellte sie fest, dass sie keinen Empfang hatte. Frustriert legte sie das Gerät zur Seite und versuchte zu schlafen. Dominiques gleichmäßiges, sägendes Schnarchen drang durch die dünne Spanplattenwand und mischte sich in das Prasseln der Regentropfen. Irgendwann schlief Marie ein.

9

Am nächsten Morgen versuchte Marie, Stephan von Dominiques Festanschluss aus zu erreichen. Die Architektin beobachtete belustigt ihre Ungeduld.

»Ihr macht euch noch richtig was vor«, schnarrte sie und setzte die Kaffeemaschine in Gang. Marie verspürte einen stechenden Kopfschmerz. Der Geruch der Farbe musste ihr zugesetzt haben.

Zum Zeitpunkt ihres Anrufs lag Stephans Handy in seinem Auto. Er befand sich im Gespräch mit Alexander Hilbig, den er am frühen Samstagmorgen in der Redaktion von Kult-Mund aufgesucht hatte. Stephan zeigte ihm den Ausdruck des für Franziska bestimmten Briefes von Pierre Brossard, der vom 15. Oktober datiert war.

Hilbig schüttelte den Kopf.

»Ein solcher Brief wäre mir aufgefallen«, war er überzeugt. »Das habe ich aber auch schon dem Staatsanwalt gesagt, der mich gestern zu Hause aufsuchte und mir diese merkwürdige Chiffrezuschrift zeigte. Der Brief wäre mir schon deshalb aufgefallen, weil wir fast nie den für den Inserenten bestimmten Text direkt in die Hände bekommen. Gewöhnlich befindet sich der eigentliche Brief doch in einem gesonderten – mit der Chiffrenummer versehenen – Umschlag, der seinerseits in einem weiteren Kuvert steckt. Und nur dieses ist an uns adressiert. Außerdem fällt auf, dass der Brief nicht handgeschrieben ist. Das ist zwar nicht so selten, aber es fällt auf, dass er nicht einmal persönlich unterschrieben ist.«

Stephan staunte.

Hilbig wehrte launig ab. »Sie können mich alles über die Sitten und Gebräuche bei den Kontaktanzeigen fragen, Herr Knobel. Ich wette, ich kann Ihnen fast jede Frage beantworten. Ich studiere jede Anzeige, die wir veröffentlichen, und jeden Briefumschlag, der hier eingeht. Jeden Poststempel, jeden Absender, wenn überhaupt einer draufsteht. Viele bleiben ja auch lieber anonym. Aber ich wette, dass jeder seinen Brief persönlich unterschreibt. Das macht man ja auch im Geschäftsleben so. Dann also erst recht hier.«

»Aber es handelt sich um eine Art Abschiedsbrief«, wandte Stephan ein.

»Gerade dann«, bekräftigte Hilbig. »Wenn der Schreiber wirklich will, dass Franziska ihn gehen lässt, wäre er besser beraten gewesen, sich nicht eines Schreibens zu bedienen, das der äußeren Form nach wie ›maschinell gefertigt, ohne Unterschrift gültig‹ aussieht.«

Er überlegte. »Vielleicht ist das Schreiben auch nie abgesandt worden«, meinte er. »Hier ist es jedenfalls nicht angekommen.«

»Wann hast du zum ersten Mal festgestellt, dass sich dein Mann verändert hat?«, fragte Marie beim Frühstück, das bei Dominique nur le petit déjeuner heißen durfte.

»Es gab keine schleichende Veränderung, Marie«, schnaufte die Architektin, als müsse sie Selbstverständliches erklären. »Es gab keinen Prozess, der irgendwann unauffällig begonnen und dann über einen längeren Zeitraum zum heutigen Zustand geführt hätte. Pierre und ich hatten seit Jahren unser Schweigen, aber das war kein Resultat irgendwelcher Entwicklungen. Wir schwiegen, weil wir uns nichts mehr zu sagen hatten. Mehr nicht. Geht vielen so, und vermutlich wird es irgendwann allen so gehen. Punkt.« Sie blickte abschätzend auf Marie. »Keiner denkt daran, dass man sich vielleicht wieder trennen wird, wenn man frisch verliebt ist. Aber man sollte daran denken. Die Trennung ist das Normale.«

»Warst du in Pierre einmal richtig verliebt?«, fragte Marie.

»Du fragst kindlich«, urteilte Dominique. »Ist dir einmal aufgefallen, dass du dich immer unterordnest? Du bist zu unterwürfig. Das musst du ablegen. So kannst du im Leben nicht bestehen.«

»Nein«, gab Marie zurück. Aber sie merkte, dass sie sich tatsächlich anders als gewohnt verhielt. Sie wagte nicht zu sagen, dass ihr Dominique die Luft zum Atmen nahm, Worte erstickte, die ein Gespräch hätten eröffnen können, in dem man sich auf gleicher Ebene begegnete.

Dominique schob ihren Milchkaffee zur Seite und zündete sich eine Zigarette an. Sie paffte und hing ihren Gedanken nach.

»Natürlich waren wir verliebt, als wir heirateten«, sagte sie schließlich. »Warum hätten wir es sonst tun sollen? Was erwartest du, Marie?«

Marie aß weiter. Sie bestrich das Croissant mit Konfitüre.

»Pierre war von einem Tag zum anderen ein anderer Mensch«, fuhr Dominique fort. »Ich meine nicht sein Schweigen. Ich meine seine Sehnsucht nach der Dunkelheit, dem Schwarzen in uns. Die Welt verfinsterte sich. Er flüchtete immer häufiger in diese Wohnung, denn zu Hause in Deutschland habe ich seine Marotten nicht geduldet. Wenn ich mit ihm sprach, wich er aus. Er hatte an nichts mehr Freude, weidete sich an Unglücksfällen und Schicksalsschlägen anderer Menschen, in denen er erfüllt sah, was nach seiner Meinung uns allen in den unterschiedlichsten Varianten als Schicksal vorherbestimmt ist.«

»Hatte er Kontakt zu einer Sekte?«, fragte Marie.

»Du stellst Fragen!« Dominique zog amüsiert an ihrer Zigarette. »Wie soll ich es wissen, wenn wir nicht einmal darüber sprachen, wer von uns den Müll nach unten bringt. – Ja, vielleicht hatte er Kontakt zu irgendwelchen Sektierern. Aber ich kann es mir nicht vorstellen. Denn wie es aussieht, hatte er zumindest eine Zeit lang Sex mit dieser Franziska. Zu dieser Zeit hatte er seine Bude hier schon geschwärzt. Er schien also noch freudentauglich gewesen zu sein.« Dominique grinste bitter, und Marie spürte für Augenblicke ihre aufblitzende Eifersucht.

»Menschen vom Schlage Pierre sind letztlich geerdet. Das ist meine feste Überzeugung«, bekräftigte Dominique. »Also habe ich sein Spektakel hier auch nicht sonderlich ernst genommen. Aber er hatte sich offensichtlich wirklich verändert. Natürlich kam der schwarze Anstrich nicht von jetzt auf gleich. Diesem äußeren Wandel waren etliche Monate vorausgegangen, in denen er begann, sich noch mehr zurückzuziehen, als ich es von ihm ohnehin schon kannte. Er wurde für mich unerreichbar.« Sie drückte die Zigarette aus und hielt einen Moment inne. »Aber ich habe ihn auch nicht zu erreichen versucht«, relativierte sie gelassen. »Das ist nicht meine Art, Kindchen! Jeder muss wissen, wo er bleibt.« Sie zuckte mit den Schultern. »War vielleicht falsch. Wer weiß das schon!«

»Wie denkst du über den Brief, den er Franziska zuletzt

geschrieben hat?«, fragte Marie. Sie hatte einen Weg gefunden, Dominique nüchtern sachlich und zugleich wie beiläufig Fragen zu stellen. Sie schaute die Architektin nicht an, sondern konzentrierte sich scheinbar auf ihr Croissant.

»Was denkst du von deinem Monsieur Stephan, wenn du einen Brief finden würdest, in dem er schonungslos bekennt, sich mit einer anderen Frau ausgelebt zu haben? – Ich sagte doch, Marie, du stellst kindliche Fragen. Es hat mich verletzt, was sonst? Obwohl unsere Ehe längst erkaltet war, verletzte es mich. Willst du das hören? Jede Frau ist verletzt, wenn sie ihr eigener Mann hintergeht. – Weidest du dich an mir?« Dominique sah Marie fest ins Gesicht, doch Marie wich ihrem Blick aus.

»Warum sollte ich?«, fragte Marie unschuldig zurück. »Schreibt Pierre persönliche Briefe immer auf dem Computer?«

»Er hat eine unleserliche und ungeübte Handschrift. Ich glaube, er hat seit Jahrzehnten keinen Brief mehr mit der Hand geschrieben.« Dominique lächelte flüchtig. »Die Zeit der Casanovas ist vorbei. Für Pierre ist der Computer sein Notizbuch und sein Schreibblock. Er vermerkt darin Börsenkurse genauso wie die Konzepte seiner vorgeblichen Gefühlsausbrüche, mit denen er offensichtlich dieser Nutte imponiert hat.«

»Ich habe noch immer nicht verstanden, wie du auf den Brief an Franziska – ich meine, den Ausdruck des Briefes – gestoßen bist«, gestand Marie und schmeckte Dominiques Kraftausdrücke nach. Es waren Zeugnisse ihrer Verbitterung.

»Was machst du, wenn du so etwas wie einen Abschiedsbrief deines Freundes findest?«, fragte Dominique überlegen zurück und antwortete sich selbst: »Du schaust natürlich nach, ob du irgendetwas findest, was sein Verschwinden erklärt. Und dieses Schriftstück mit Datum 15.10. lag, ob du es glaubst oder nicht, im Ablagefach seines Zimmers in der Dortmunder Wohnung, in dem er all das sammelt, mit dem er sich nicht beschäftigen will. Das können Rechnungen und Mahnungen, aber auch einfache Werbezettel sein. Und ich mutmaße, dass das Schreiben gefunden werden sollte. Fast alle Menschen, die sich verabschieden, wollen ihr Tun in irgendeiner Weise erklären.«

Dominique bewegte sich wieder auf sicherem Terrain. Marie würde sie nicht aus der Reserve locken können.

»Glaubst du, dass er Franziska etwas angetan hat?«, fragte Marie.

»Glaubst du, dass der liebe Gott ein alter Mann mit weißem Bart ist?«, fragte Dominique spitz zurück. »Was soll ich glauben, Marie? Diese Franziska ist von einem Zug zerfetzt worden. Und mein Mann hatte seine Affäre mit ihr abgebrochen. Sie schien sich an ihn geklammert zu haben. War Franziska eine Frau, die klammerte? Du warst doch ihre Freundin!«

»Ja, ich denke schon«, sagte Marie nach einigem Überlegen.

»Siehst du«, quittierte Dominique die erwartete Antwort. »Ich hasse diese menschlichen Fesselseile«, sagte sie. »Du brauchst nur eins und eins zusammenzuzählen, Marie.«

Dominique stand auf, drückte die Zigarette aus und nahm einen Wollmantel von der Garderobe.

»Willst du weg?«, fragte Marie überrascht.

»Ich treffe mich mit einem alten Bekannten in der Stadt. Wir sehen uns dann heute Abend, Marie.«

Dominique ging an eine kleine Kommode neben der Couchgarnitur und holte einen Netzplan der Metro hervor.

»Nutze die Gelegenheit und schau dir Paris an!« Sie warf den Plan im Vorbeigehen auf den Esstisch und zwinkerte Marie mit flüchtigem Lächeln zu. Dann zog sie den Mantel an und ging.

Marie verließ das Haus gegen halb zwölf, fuhr ins Zentrum und lief zunächst ziellos durch die regennassen Straßen. Sie telefonierte mit Stephan, der ihr von seinem Gespräch mit Hilbig berichtete. Marie erzählte im Gegenzug von Dominique, der eigenartigen Atmosphäre in ihrer Wohnung und der Kälte in Paris. Dann schwiegen beide. Sie fehlten einander.

Marie beschloss, vorzeitig zurückzukehren, konnte aber eine Fahrkarte erst für den morgigen Sonntagmittag kaufen, weil vorher alle Fahrten ausgebucht waren.

Nach Einbruch der Dunkelheit kehrte sie in Dominiques Haus zurück, die sie zufällig im Innenhof traf, als sie ihr Pariser Zweitauto mit rasantem Manöver einparkte. Dominique roch nach Alkohol. Sie ging konzentriert, um ihre Unsicherheit zu überspielen, und fuhr schweigend mit Marie in der roten Fahrstuhlkabine nach oben.

Marie wollte sofort ein ausgiebiges Bad nehmen. Sie hatte Paris als schmuddelig empfunden. Die Straßencafés waren wegen des diesig-feuchten Wetters leer geblieben. Es gab keine Musiker, deren Melodien dem unruhigen Treiben der Stadt auf den verstopften Straßen in kleinen Oasen Einhalt geboten hätten. Die Museen hatten auf Marie wie ein Fluchtort gewirkt, um der Tristesse zu entgehen. Es hatte nach feuchter Kleidung gerochen. Die Menschen hatten sich in die Ausstellungssäle gedrängt. Es war keine Muße gewesen, die sie hergeführt hatte. Es war nur darum gegangen, einen bleiernen Samstag zu vertreiben. In den Stollen der alten Metro hatten die Gebläseanlagen die abgestandene Luft verwirbelt und sie angewärmt im unterirdischen Labyrinth verteilt. Marie hatte Paris an diesem Tag wie eine Stadt voller Winkel empfunden, von denen keiner zum Verweilen einlud. Die letzten Stunden hatte sie in einem kleinen Café an der Oper gesessen. Selbst dieser kleine Ort gab ihr kein Wohlgefühl.

Sie öffnete die Schiebetür zu ihrem Zimmer und erschrak. Minouche lag auf der Bettdecke und starrte sie aus dem Halbdunkel mit grünen funkelnden Augen an.

»Du hättest die Tür richtig zumachen müssen!«, warf ihr Dominique vor. Sie hatte sich wie gewohnt auf ihren Platz an dem großen Esstisch gesetzt und ihren Laptop aufgeklappt. »Ich habe es dir gesagt, Marie. Du solltest auf mich hören.«

»Die Tür war zu«, beharrte Marie. »Ich habe sie geschlossen, bevor ich heute Mittag gegangen bin.«

»Aber nicht bis zum Anschlag«, bellte Dominique zurück. »Wenn die Tür nicht ganz zu ist, kommt Minouche mit der Pfote dazwischen.«

Marie schüttelte den Kopf und verscheuchte die Katze mit einer Handbewegung von der Bettdecke. Das Tier sprang mit einem Satz aus dem Zimmer und verschwand lautlos um die Ecke.

»Wechsel die Bettwäsche, wenn du willst«, sagte Dominique weich. »Man weiß nicht, wo das Vieh heute herumgestreunt ist.« Sie zündete sich eine Zigarette an, schwankte und hielt sich am Türrahmen fest. »Laken und Bezüge sind im Schrank. Soweit ich weiß, untere Schublade, wenn Pierre nicht umgeräumt hat. Ich kümmere mich nicht um seine Sachen.« Sie schnippte Zigarettenasche auf den Boden, schnalzte mit der Zunge und ging in die Küche.

Marie knipste das Deckenlicht an und schloss die Schiebetür hinter sich. Sie wollte sich von Dominique abgrenzen, allein sein, sich dieser Frau entziehen, die glatt und eisig war, die Stimmungen prägte und deshalb Marie stets frösteln ließ. Sie ging an den Schrank und öffnete die untere Schublade. Sie fand frisch gewaschene und sauber gefaltete Laken und Bettbezüge und suchte sich das Passende heraus. Gerade, als sie die Schublade wieder schließen wollte, sah sie, dass zwischen den übereinander geschichteten Laken und der Schubladenwange hochkant einige Schriftstücke klemmten. Sie nahm sie heraus. Es waren einige französische Dokumente, wahrscheinlich Versicherungspolicen und etliche Schreiben, auf denen oben das Pariser Stadtwappen prangte. Als Marie weiterblätterte, rutschte eine Postkarte heraus und fiel auf den Boden. Sie hob die Karte auf und betrachtete das Motiv. Es war eine Ansicht des Ortes Traben-Trarbach an der Mosel. Marie drehte die Karte um. Franziska hatte an Pierre geschrieben:

Mon cher Pierre, ich möchte die Zeit mit Dir festhalten, die wir hier verbracht haben. Ich will überhaupt alles festhalten, was sich mit Dir verbinden und verschmelzen lässt. Es ist alles in meinem Herzen, während die Zeit dahinfließt, wie der Fluss, an dem wir so lange saßen. Jetzt bist Du wieder in Paris. Stadt der Liebe. Unsere Stadt. Ich komme bald. Deine Franziska.

Marie betrachtete den Aufdruck auf der Kartenrückseite. Hotel-Restaurant Moselgold, stand dort in blasser grauer Schrift. Sie studierte den Poststempel. Die Karte war in Dortmund am 31. August abgestempelt worden. Vermutlich hatte Franziska die Karte bei ihrem Wochenendaufenthalt an der Mosel gekauft und erst zu Hause abgeschickt. Offensichtlich war Pierre von der Mosel direkt nach Paris gefahren. Franziska kannte seine hiesige Adresse, denn sie hatte sie vollständig und richtig in das Anschriftenfeld geschrieben. Marie kannte Franziskas Handschrift nicht mehr. Die gemeinsame Schulzeit lag Jahre zurück. Und das Schriftbild, das sich in Franziskas damaligen Schulklausuren zeigte, mochte sich verändert haben. Aber schon damals hatte sie die Angewohnheit, den Punkt auf dem Buchstaben i als kleinen Kreis auszuführen. So, wie auf der Postkarte. Marie lächelte: Hotel-Restaurant Moselgold in Traben-Trarbach am Wochenende vor dem 31. August. Das war ein Ansatzpunkt. Sie rief in ihrem Handy den Kalender auf. Der 31. August war ein Montag. Ein Sachverständiger würde klären können, ob die Schrift auf der Karte von Franziska stammte. Marie wollte die Postkarte gerade in das kleine Reißverschlussfach ihres Koffers stecken, als sie eine kalte Hand auf ihrer Schulter spürte und herumfuhr. Dominique stand hinter ihr und sah sie mit glasigen Augen an.

»Ich habe dich nicht kommen hören«, entfuhr es Marie.

»Die Tür kann auf ihren Rollen leise gleiten, lautlos wie die Katzenpfoten«, säuselte Dominique und legte den Zeigefinger ihrer rechten Hand auf ihre Lippen. »Ganz laut oder ganz leise, Marie, es kommt immer darauf an, wie man es macht.« Sie musterte Marie, dann sah sie an ihr vorbei auf den geöffneten Koffer.

»Was hast du denn da?«, fragte sie geschmeidig.

»Nichts«, erwiderte Marie tonlos. »Ich habe nur nachgeschaut, ob ich das Ticket für den Thalys in der Tasche habe. Ich werde schon morgen fahren. Ich bin in solchen Sachen immer etwas übernervös. – Kleine Neurose, verstehst du?« Ihr gelang ein schüchternes Lächeln.

»Was hast du in der Schublade gefunden?«, fragte Dominique unbeirrt. »Du hast doch etwas gefunden«, setzte sie milde nach und signalisierte, dass es Maries letzte Chance war, freiwillig zu gestehen, was Dominique offensichtlich ohnehin wusste.

»Eine Postkarte«, antwortete Marie leicht dahin, »eine Postkarte von Franziska an Pierre. Ich werde sie dem Staatsanwalt geben.«

Sie bückte sich, zog die Karte aus dem Kofferfach und reichte sie Dominique.

Die Architektin studierte die Karte, wendete sie mehrfach und gab sie schließlich Marie zurück.

»Schreibt deine Freundin so? Sind das die Worte, wenn es ihr einer besorgt hat?« Sie presste die Lippen hart aufeinander. Dominiques Gesicht war gefurcht, wenn sie verletzt war. Sie wirkte älter, als sie war.

»Ich weiß es nicht«, wich Marie aus.

»Du musst die Karte der Polizei geben, Marie, ist das klar?«, forderte Dominique. »Behalte die Karte nicht als Erinnerung an deine Freundin. Es geht hier um sehr ernste Dinge. Die Karte haucht der Affäre meines Mannes Leben ein. Dieses Dokument muss zur Polizei, klar?«

Dominique verließ mit harten Schritten das Zimmer und schob die Schiebetür dröhnend zu. Marie erschrak, als diese dumpf an den Rahmen schlug und schwingend zurückfederte. Sie steckte die Postkarte ein, schloss leise die Tür und blieb einige Minuten allein. Dann fasste sie sich ein Herz und ging zu Dominique ins Wohnzimmer. Die Architektin saß an ihrem Laptop und spielte Patience. Die Zigarette glühte im Aschenbecher.

»Warum bist du gerade in mein Zimmer gekommen, Dominique? Du hast dich angeschlichen.« Marie gelang, mit fester Stimme zu reden. Sie ängstigte sich vor dieser Frau, die ein unerfülltes Dasein führte und das Glück der anderen mit Hohn und Verachtung strafte.

»In dieser Wohnung gibt es keine Geheimnisse, Marie«, tadelte Dominique. »Es gibt keine verschlossenen Türen.«

»Doch«, erwiderte Marie. »Schon wegen der Katze. Ich möchte nicht, dass Minouche wieder auf die Bettdecke springt. Du hast es selbst gesagt.«

Dominique starrte eine Weile unbewegt auf das Display ihres Computers. »Du weißt schon, was ich meine, Kindchen«, sagte sie, zog an ihrer Zigarette und entließ den Rauch in kleinen Kringeln, die träge nach oben stiegen und sich in bläulichem Dunst verflüchtigten.

»Wie war dein Tag?«, fragte Marie versöhnlich. »Waren deine Geschäfte erfolgreich?«

»So wie immer«, beschied Dominique und konzentrierte sich auf ihr Spiel.

Marie zog sich zurück, ohne ihr eine gute Nacht zu wünschen. Als sie in ihr Zimmer ging, sah sie durch die geöffnete Tür in Dominiques Schlafzimmer. Auf dem Nachttisch standen um die Madonnenstatue herum fünf brennende Kerzen. Im zitternden Schein der Flammen wirkte das Gesicht der Madonna wie eine dämonische Fratze. Marie schob die Tür ihres Zimmers von innen bis zum Anschlag zu. Sie stellte ihren Rollkoffer als Barrikade innen vor die Tür, kauerte sich in das Bett und löschte das Licht. Irgendwann in der Nacht wachte Marie auf. Sie musste zur Toilette, sah auf die Uhr und wusste, dass sie nicht bis zum Morgen warten konnte. Sie stand auf, bewegte leise den Rollkoffer zur Seite und schob die Tür behutsam auf, tastete sich auf bloßen Füßen durch das Wohnzimmer an der Küchenzeile entlang zu der kleinen Toilette, die als enger Verschlag, getrennt vom Bad, zwischen Wohnbereich und Flur gezwängt war. Sie setzte sich auf den Toilettentopf und konnte nicht urinieren. Die Stille in der Wohnung war unheimlich. Sie hatte keinen Ton gehört, als sie sich zur Toilette schlich, nicht einmal Dominiques Schnarchen, das sonst eine irgendwie beruhigende Normalität vermittelte. Der Regen hatte aufgehört und spendete kein pulsierendes schützendes Prasseln mehr. Marie war, als werde jeder Atemzug von ihr belauscht. Ihr Körper sperrte sich. Sie konzentrierte sich, versuchte sich gedanklich abzulenken, versagte und sammelte sich erneut. Das leise Geräusch durchfuhr sie wie ein Schmerz. Es war ein Kratzen an der Tür, scharf und schneidend. Marie sah unwillkürlich auf den altmodischen Riegel, den sie zum Verschließen der Tür umgelegt hatte. Durch den Türspalt am Boden zwängte sich eine Pfote hindurch und spreizte langsam die Zehen. Die Krallen traten spitz hervor und zogen sich lautlos wieder zurück.

10

Marie wachte unruhig am frühen Morgen auf, wusch sich
und bereitete ihre Abreise vor. Dort, wo Marie am letzten Abend gesessen hatte, lag auf dem großen Tisch eine
Packung Pralinen, darunter ein Zettel mit den Worten
›Danke – und bon voyage. Dominique‹. Am anderen Ende
des Tisches stand aufgeklappt der Laptop. Der Bildschirm-
schoner trieb kleine Vögel über das Display. Daneben
stand eine leere Flasche Schnaps und der mit ausgedrück-
ten Kippen gefüllte Aschenbecher.

Marie sah zu Dominiques Schlafzimmertür. Sie stand
halb offen, wie immer. Dominique schlief tief und fest. Sie
schnarchte ungleichmäßig. Die Kerzen um die Madonnenstatue waren erloschen. Marie zog sich leise zurück,
nahm die Pralinen, verstaute sie in ihrem Koffer und zog
die Tür leise hinter sich zu, als sie die Wohnung verlassen hatte. Sie stand wieder im Hellen auf der das Haus
umschließenden Balustrade. Die Morgensonne stach rot
durch den Dunst. Marie blickte auf schmucklose Hoch-
häuser, in deren Fenster sich die aufgehende Sonne fun-
kelnd spiegelte. Aus den Häuserschluchten quollen dumpf
die Geräusche des Autoverkehrs. Es war Sonntag – und
dennoch kein Tag der Ruhe. Marie zog den Koffer über die
Holzplanken. Vor dem Aufzug saß Minouche und leckte
sich. Das Tier beäugte Marie aus schmalen Pupillen. Es
schien nie in Dominiques Schlafzimmer zu gehen.

Marie verbrachte die Zeit bis zur Abfahrt im McDo-
nald's-Restaurant am Gare du Nord. Als der Zug Paris

verlassen und die Schnellstrecke erreicht hatte, kam ihr die Idee, dass man den ohnehin erforderlichen Umstieg in Köln zu einem Umweg nutzen könnte. Sie rief Stephan an. Er sollte sie in Köln mit dem Auto abholen.

Zwei Stunden nach Maries Ankunft in Köln saßen beide im Hotel-Restaurant Moselgold oberhalb von Traben-Trarbach. Die Mosel zog träge glitzernd unterhalb der Veranda im Tal vorbei und wand sich in einer Schleife um die dicht aneinandergedrängten Häuser des Weinortes. Stephan hatte im Anschluss an Maries Anruf nach längerem Suchen in ihrem alten Schulatlas das Foto von der Abiturabschlussfeier gefunden, das Marie und Franziska zeigte.

Sie legten das Bild dem Hotelier vor, als er die bestellten Getränke an den Tisch brachte. Marie zeigte ihm dazu die von Franziska geschriebene Postkarte. Sie saßen in einem einfach eingerichteten Anbau des Restaurants. Die schlichten Holzstühle und -tische, die wuchtigen schmiedeeisernen Kerzenständer und die bauchigen Krüge auf den Zierregalen waren die biederen Attribute des Lokals.

»Sie ist vor rund anderthalb Wochen tödlich verunglückt«, erklärte Marie. »Und wir suchen den Mann, mit dem sie am letzten Augustwochenende hier war. Denn er ist spurlos verschwunden.«

Der Hotelier war ein kleiner rundlicher Mann, Ende 60, bekleidet mit grauer Tuchhose, weißem Hemd, bunter karierter Krawatte und darüber gezogenem, weinroten Pullunder. Er repräsentierte trefflich die Atmosphäre des kleinen Hauses, das seine Welt bedeutete. Die gewölbten Panoramascheiben ließen den Blick bis weit in die Eifel schweifen. Er betrachtete abwechselnd das Foto und die

Postkarte. Dann lief er an den Tresen zurück, beugte sich darüber und rief in die Küche. Nun erschien seine Frau, rundlich wie er, mit reinlichem weißem Kittel bekleidet, der sich um ihren fülligen Oberkörper spannte.

»Margarete, das waren doch die mit der Tür«, erinnerte sich der Hotelier. Er stand kerzengerade da, sein runder Bauch wölbte sich stolz nach vorn, während er seine Arme soldatisch hinter seinem Rücken verschränkte.

»Ja, es war diese Frau, mit dem, der immer etwas Französisches sagte. Ein bisschen komisch, wie er redete«, war er sich sicher.

Stephan sah ihn fragend an.

»Der konnte richtig gut Deutsch, aber er bestellte in einem deutsch-französischen Kauderwelsch«, erklärte er weiter.

»Dass der gut Deutsch konnte, haben wir genau gehört«, bestätigte Margarete. »Die saßen an dem Tisch, an dem Sie jetzt sitzen. Es war ein Sonntag. Das weiß ich noch. Das Haus war voll, wir hatten einen Reisebus hier, und immer, wenn wir an ihrem Tisch vorbeikamen, um die anderen Gäste zu bedienen, hörte man, wie er mit ihr redete. Sie redeten und lachten in einer Tour. Es war fast schon zu laut. Einige der anderen Gäste guckten komisch. Ich wollte, dass du was sagst, Karl, aber du hast es nicht gemacht.«

»Es waren halt fröhliche Gäste«, entschuldigte sich ihr Mann.

»Also mit ihr redete er gutes Deutsch mit nur etwas Französisch darin«, fuhr Margarete fort, »und nur, wenn er bestellte, mischte er viel mehr französische Worte darunter. Wie so ein Mann von Welt. Der war schon komisch, Karl, das hast du auch gesagt. Aber du sagst halt nie was.«

Sie sah ihn gespielt vorwurfsvoll und zugleich milde an. Karl würde auch in Zukunft niemals etwas sagen.

»Und was war das mit der Tür?«, fragte Stephan. »Sie erwähnten vorhin eine Tür.«

»Der ist mit dem Kopf gegen den Türrahmen gelaufen, als er auf die Toilette ging«, erinnerte sich der Hotelier. »Kam mit blutender Stirn wieder in die Gaststube und brauchte ein Pflaster. Der hätte nur aufpassen müssen. Die Tür ist nicht so hoch, aber auch nicht so niedrig, dass man sich gleich den Schädel einhauen muss.«

»Hatte er denn auf dem Zimmer keine Toilette?«, fragte Marie.

»Toilette auf dem Zimmer?«, fragte Karl verwundert. »Die haben hier doch nicht gewohnt. Sie waren hier nur zum Essen. Zweimal. Am Samstag und am Sonntag. Und am Sonntag waren sie zuvor auch schon zum Kaffee hier gewesen. So um drei. Das war, als der Reisebus hier war und die beiden so laut redeten. Und da ist das auch mit der Tür passiert. Ich hatte nämlich noch gedacht: Warum ist der so dumm und rennt heute vor die Tür? Die kannte er doch schon vom Abend vorher. Da war er mit der jungen Dame ja schon mal hier gewesen. Da war er bestimmt auch mal auf dem Klo gewesen. Die waren doch mehrere Stunden hier. Bis zum Schluss, so gegen zwölf.«

»Wo haben die beiden denn gewohnt?«, fragte Stephan.

»Ich glaube, die waren im Zelt«, meinte Margarete. »200 Meter weiter ist ein Zeltplatz. Da müssen Sie mal fragen. Anders kann ich mir das nicht erklären. Denn sie waren nicht mit einem Auto hier. Ich habe sie an dem Sonntag den Weg zu unserem Haus hochlaufen sehen, als ich gerade hier bediente. Und es läuft ja keiner freiwillig dreimal hintereinander unten von der Mosel bis hier oben hin.«

Stephan lächelte. Margarete und Karl ahnten die schwindende Attraktivität von Moselgold.

»Und die Frau war am Samstagabend ziemlich angetrunken, als sie gingen«, erinnerte sich Margarete. »Sonntags haben sie dann noch die Postkarte am Tresen gekauft. Die Frau hatte eine Karte ausgesucht, auf der das Haus abgebildet ist. Aber der Mann stellte sie zurück in den Ständer und zog eine mit einem anderen Motiv heraus. Er sagte noch, dass er ja ohnehin genug Erinnerung an unser Haus habe. Er meinte wohl seine Wunde an der Stirn.«

»Können Sie den Mann beschreiben?«, fragte Marie.

Margarete sah Karl an.

»Er war ein ganzes Stück größer als ich«, begann er, »ich kann das schlecht schätzen. Vielleicht so 1,80 Meter bis 1,85 Meter, ziemlich dünn, Geheimratsecken, zurückgekämmte dunkle Haare, schmales Gesicht, kein Bart.« Er sah fragend zu Margarete.

»Gepflegt«, ergänzte sie. »Im Ganzen eine feine Erscheinung.«

»Und keine Brille«, wusste Karl.

Marie erinnerte sich an das Foto von Pierre, welches Dominique dem Staatsanwalt gegeben hatte. Die Beschreibung des Hoteliers von Pierres Gesicht traf zu.

Stephan stand auf.

»Zeigen Sie mir doch bitte mal die Tür, an die er gestoßen ist!«

Karl ging voran. Sie durchquerten das Gastzimmer, das zugleich eine museale Ausstellung kleiner Gerätschaften aus dem Weinbau war. Der Linoleumfußboden quietschte unter den Schuhsohlen. Dann führte Karl Marie und Stephan eine enge hölzerne Treppe hinab, die unten in einen Kellerflur mündete. Damen- und Herrentoilette lagen direkt nebeneinander. Stephan betrachtete den Türrahmen.

Karl hatte recht. Die Tür schien keine Normhöhe nach modernen Maßstäben zu haben, aber der Keller war gut ausgeleuchtet, und am Türrahmen mahnte ein Schild zur Vorsicht. Stephan ging durch die Tür. Er zog den Kopf etwas ein, richtete sich im Türrahmen auf und stieß knapp an das Holz.

»Margarete hat das Blut sofort weggewischt«, sagte Karl. »Ich verstehe einfach nicht, dass er da so vorgelaufen ist. Aber er hatte damals auch kein großes Theater gemacht. Wollte kein Geld oder so. Wir wissen ja, dass die Tür etwas zu niedrig ist. Aber damals, als das Haus gebaut wurde, galten noch andere Maße. Und außerdem sind hier fast nur ältere Menschen zu Gast. Die sind sowieso kleiner. Wir wachsen ja mit den Jahren immer mehr Richtung Erde.« Karl lachte. »Schauen Sie mich an. Ich passe durch jede Tür.«

Der Platzwärter auf dem nahen Zeltplatz konnte sich genau erinnern. Ein Blick in das Gästebuch verriet, dass ein Pierre Brossard von Freitag, 28. August, bis Sonntag, 30. August, die Fläche 58 auf dem Zeltplatz angemietet hatte. Seiner Erinnerung nach hatten er und die ihn begleitende Frau, die er mit Blick auf das Foto von der Abiturabschlussfeier als Franziska ähnlich sehend beschrieb, ein älteres Zelt mitgebracht und auf dem Platz wohl keine weiteren Bekanntschaften geschlossen. Mehr könne er nicht sagen. Die Personalausweise der beiden habe er sich nicht zeigen lassen.

11

Noch bevor Marie am Montag die von ihr in der Pariser
Wohnung gefundene Postkarte Staatsanwalt Ylberi bringen konnte, erhielt sie einen Anruf von Dominique. Sie
befand sich noch immer in Paris und hatte telefonisch von
ihren Beschäftigten erfahren, dass die Polizei mit einer
Durchsuchung ihrer Wohnung im Kreuzviertel und dem
im selben Hause gelegenen Architekturstudio begonnen
habe. Sie verlangte Stephans Telefonnummer und hängte
Marie ab, noch bevor diese sich nach den Hintergründen
erkundigen konnte.

Stephan erschien gegen 13 Uhr im Polizeipräsidium. Dominique hatte die von ihm rasch nach Paris gefaxte Vollmacht
unterschrieben und auf demselben Wege zurückgesandt.
Er nahm das Mandat nicht gern an, doch er brauchte Geld.
Es fehlten neue Mandate, die Gewinn versprachen. Stephan legte Ylberi die Faxkopie auf den Tisch und versprach, das Original nachzureichen.

»Ist Frau Rühl-Brossard Zeugin oder Beschuldigte?«,
fragte Stephan.

Ylberi lehnte sich zurück. Die Hausdurchsuchung war
vor zwei Stunden zu Ende gegangen.

»Wir wissen noch nicht, wohin uns die Ermittlungen
führen werden«, antwortete er. »Im Moment ist Frau
Rühl-Brossard Zeugin. Aber es gibt im Todesfall Franziska Bellgardt reichlich offene Fragen. Und dies insbesondere auch im Hinblick auf den Ehemann von Frau

Rühl-Brossard. Ich weiß natürlich nicht, welche Erkenntnisse wir aus der Untersuchung der Gegenstände gewinnen werden, die wir heute beschlagnahmt haben. Aber wir versprechen uns Aufschluss über die Urheberschaft der Briefe von Pierre Brossard, die seine Ehefrau hier abgegeben hat. Sie wissen vermutlich, dass nur der an Dominique Rühl-Brossard gerichtete Brief eine eigenhändige Unterschrift enthielt. Ob der handgeschriebene Namenszug tatsächlich von Pierre Brossard stammt, werden wir durch Sachverständige klären lassen. Vielleicht reicht es für einen zu einem eindeutigen Ergebnis führenden Vergleich nicht aus, aber wir haben jedenfalls etliche Schriftstücke sicherstellen können, die Pierre Brossard eigenhändig ge- und unterschrieben hat. Ob er wirklich, wie seine Frau behauptet, nie eigenhändig geschrieben hat, möchte ich bezweifeln. Wir haben nicht nur Formulare gefunden, die er mit der Hand ausgefüllt und unterschrieben hat, sondern auch etliche Notizen in unterschiedlichen Zusammenhängen.«

Bekim Ylberi sah zufrieden auf.

»Wir haben jedenfalls Ansatzpunkte, die uns weiterbringen können«, erklärte er weiter. »Natürlich haben wir auch den Computer beschlagnahmt, der im Wohnbereich stand. Wir werden feststellen, ob die Briefe dort geschrieben worden sind. Unsere Spezialisten werden herausfinden, ob sie dort noch gespeichert sind oder einmal gespeichert waren. Und schließlich haben wir reichlich DNA-Spuren gesichert, unter denen auch welche von Pierre Brossard sind. Wir werden sie separieren und mit dem anderen Spurenmaterial abgleichen. Über Franziskas Tod haben wir bislang keine weiteren Erkenntnisse gewonnen. Ich muss auch überlegen, ob ich Ihnen etwas dazu sagen darf, Herr Knobel. Das Verschwinden von Herrn Brossard stellt uns vor Probleme. Seinen, wie ich vermute, auch Ihnen bekannten Brief an seine Ehefrau werten wir nach derzeitigem Stand nicht unbedingt als Abschiedsbrief. Wer aus dem Leben scheiden will, äußert sich nach unserer Erfahrung nicht so zurückhaltend. Aber das ist nur eine erste Einschätzung. Wir werden tiefer in das Verhältnis zwischen Franziska und Pierre eindringen müssen. Ich rätsele immer noch über das Dunkle, das sich seiner bemächtigt haben soll. Wir haben, das darf ich Ihnen verraten, im früheren beruflichen Umfeld von Pierre Brossard geforscht. Er galt mitnichten als ein dem dunklen Wesen zugeneigter Typ. Ganz im Gegenteil: Er galt als lebenslustig, optimistisch, wenngleich nicht als euphorisch oder unrealistisch. Herr Brossard wird übereinstimmend als Mensch beschrieben, der gern zupackte. Er galt nicht als zaghaft, zerbrechlich oder in irgendeiner Form düster in seinem Wesen. Es erscheint uns fragwürdig, dass ein Mensch dieses Typs eine solche Wandlung vollziehen soll.«

»Warum wurde er von seiner Firma entlassen?«, fragte Stephan dazwischen. »Soweit ich weiß, war er kaufmännischer Leiter bei der Baufirma, über die er anlässlich eines gemeinsamen Projekts Dominique kennenlernte.«

»Das ist richtig«, bestätigte Ylberi. »Gegen Brossard wurde der Vorwurf erhoben, dass er Mitarbeiter bespitzelt habe. Er soll Spinde danach durchsucht haben, ob einzelne Arbeiter Werkzeuge von den Baustellen mitgehen ließen, und sogar eine versteckte Kameraüberwachung in den Umkleideräumen und den Baucontainern installiert haben, um Mitarbeitern nachzuweisen, dass sie die Pausenzeiten ausdehnten. Die Geschäftsleitung wusste offensichtlich von diesen Vorfällen und billigte sie, musste aber äußerlich gegen Brossard vorgehen, als ihm die Belegschaft auf die Schliche kam und ihn anzeigte. Man kündigte ihm fristlos, um nach außen das zu tun, was man von der Geschäftsführung verlangte, zahlte ihm jedoch intern eine exorbitante Abfindung, wohl auch deswegen, damit er sein Wissen über die Herren in der Führungsebene für sich behielt, die vermutlich Initiatoren dieser Spitzelaffäre waren. Einen Prozess vor dem Arbeitsgericht gab es jedenfalls nie. Ich will also sagen: Ein Mensch mit diesen Strukturen passt nicht zu einem Typen, der irgendwann in dunkle Abgründe fällt.«

Ylberi hielt inne. Er war sich der Richtigkeit dieses Ergebnisses gewiss. Stephan dachte daran, was Marie ihm über die Gestaltung von Pierres Zimmer in der Pariser Wohnung erzählt hat. Er behielt sein Wissen für sich. Dominique war nun seine Mandantin.

»Von der Abfindung ließ sich gut leben«, folgerte Ylberi. »Er wurde also zum Privatier. Das führt zur nächsten Frage: Was macht so ein Mensch den ganzen Tag? Er lebt an der Seite seiner Frau, die in ihrem privaten und beruflichen Umfeld verschrien ist. Sie gilt als Workaholic, und – für uns bedeutender – als beinhart, rücksichtslos und herzlos. Sie drangsaliert ihre Mitarbeiter und beutet sie aus. An dieser Stelle, denke ich, haben wir eine bemerkenswerte Gemeinsamkeit zwischen ihr und Pierre, denn seine Bespitzelungsmechanismen in der Baufirma passen bestens zu der Art und Weise, wie Dominique mit ihren Mitarbeitern umgeht. Beide wertschätzen diejenigen nicht, die unter ihnen arbeiten, sondern treten sie. In gewisser Weise sind beide Herrenmenschen. Auch so etwas verbindet. Wir haben wenige Aussagen über den Zustand der Ehe erhalten. Manche Personen, insbesondere aus Dominiques beruflichem Umfeld, trauen sich offensichtlich nichts zu sagen, oder wissen vielleicht auch nur wenig. Man sah Pierre Brossard gelegentlich in dem in den oberen Stockwerken befindlichen Studio, vornehmlich dann, wenn er irgendwelche Utensilien suchte, die er unten im Wohnbereich benötigte. Ansonsten sah man ihn nur hin und wieder zufällig im Hausflur. Dominique und Pierre sah man nur selten zusammen. Einen gemeinsamen Bekanntenkreis gab es so gut wie nicht. Beide führten offensichtlich ein recht eigenständiges Leben, und das bedeutet, dass Dominique oft allein in Dortmund und Pierre allein in Paris war. Für ein Paar, das ersichtlich keine besondere innere Bindung hat, ist so eine Lösung ideal. Man geht sich mühelos aus dem Wege. Diese Ausgangslage muss man im Blick behalten, wenn man sich der Lösung unseres Falles nähern will.«

Ylberi machte eine bedeutungsvolle Pause, und Stephan schloss sich den Gedanken des Staatsanwalts an.

»Wenn ein Paar sozusagen nebeneinanderher lebt, ohne sich zu trennen, dann gibt es nur zwei Möglichkeiten«, fuhr Ylberi fort: »Entweder will man sich nicht trennen, weil es finanziell unerfreulich ist. Ich denke, dass in diesem Fall Dominique tief in die Tasche greifen müsste, aber das müssen wir noch prüfen. – Sie wollen mir nicht zufällig auf die Sprünge helfen, Herr Knobel?«, unterbrach sich Ylberi, lachte und winkte sofort ab.

»Selbst wenn ich die Frage beantworten wollte, könnte

ich es nicht tun«, sagte Stephan irritiert. »Ich weiß es nicht.«

»Vergessen Sie meinen Einwurf!« Ylberi sammelte sich. »Oder – und das ist die zweite Möglichkeit, die zu der ersten aber nicht im Widerspruch steht: Man lebt in loser Verbindung nebeneinander her – und will dies auch zukünftig tun. Was will ich damit sagen, Herr Knobel?« Ylberi machte eine Kunstpause. »Wenn die beiden – aus welchen Gründen auch immer – ihre nur lockere Ehe pflegen, dann wollen sie andersherum aber auch nicht, dass dieses lockere Band zerschlagen wird. Warum also soll ein Pierre Brossard mit einer anderen Frau eine Beziehung eingehen, der er schon nach kurzer Zeit signalisiert, in ihr seine Liebe gefunden zu haben, um für sie alles praktisch über Bord zu werfen? Denn der Brief Pierres an Franziska, dessen Ausdruck uns Frau Rühl-Brossard übergeben hat, liest sich so, als sei es zu schnell zu dieser Bindung gekommen. Warum macht ein Mensch wie Pierre Brossard, der nach unseren Ermittlungen eher kühl und abgezockt ist, so etwas? Kommen Sie mir nicht mit plötzlicher Liebe, Herr Knobel! So etwas passt nicht in unsere Geschichte. Denn hier geht es darum, binnen kürzester Zeit eine fast irreale Intimität aufzubauen, um sich dann genauso schnell wieder daraus zu entfernen. Man kann sich doch gar nicht vorstellen, dass dies ein Pierre Brossard macht, der abgeklärt über Jahre eine Ehe pflegt, in der er sich bequem eingerichtet hat und die er, das betone ich, doch gerade nicht aufgeben will. Stattdessen findet er – noch darüber über eine Kontaktanzeige im Kult-Mund – eine Frau, der er sich aus dem Stand heraus hingeben will, bevor er sich dann ganz schnell wieder von ihr abwendet.

So einem Typen wie Pierre Brossard traue ich, ohne ihn zu kennen, alle möglichen Verhältnisse und Eskapaden zu. Nur eines passt nicht zu ihm, und das macht mich stutzig. Nämlich …«

Ylberi lehnte sich entspannt zurück und musterte Stephan wie einen Schüler.

»Nähe, Herr Knobel«, vollendete er seinen eigenen Gedanken. »Ich sagte es doch gerade. Pierre Brossard ist kein Mensch, der Nähe aufbaut. Warum soll er es hier getan haben? Vergegenwärtigen Sie sich Franziskas Anzeigentext: Was soll einen Pierre Brossard daran reizen? Spontane Gefühle oder das mystische Dunkle?« Er lächelte milde. »Sie wissen, dass das Unsinn ist. Mag ja sein, dass auch ein Pierre Brossard sich tatsächlich einmal verlieben würde, aber das geschieht nicht von einem Augenblick auf den anderen. Da muss erst einmal eine innere Revolution stattfinden. Ein solcher Mensch gibt sich – schon aus Kalkül – keiner schnellen Beziehung hin, in der er eine Nähe zulässt und auslebt, die ihm gefährlich werden könnte.«

»Deshalb ja der Verdacht, dass er sich von Franziska gewaltsam getrennt hat, als sie nicht loslassen wollte«, wandte Stephan ein.

»Aber Ihr Ansatz ist ein anderer«, widersprach Ylberi. »Es erscheint nicht vorstellbar, dass es überhaupt zu dieser Nähe gekommen ist. Denn wer sich – und sei es durch Tötung eines anderen – gewaltsam nach kurzer Zeit von einem Menschen trennt, muss vorher schon Vorbehalte gehabt haben, sich überhaupt auf ihn einzulassen. Ein solch extremer Wechsel in kurzer Zeit ist nur bei glühender Leidenschaft denkbar. Aber nicht bei unserem Hauptdarsteller. Pierre Brossard ist wie seine Frau, nämlich kühl und kalkulierend. Solchen Menschen passiert so etwas nicht. Das ist meine These.«

Ylberi verschränkte zufrieden die Arme und blickte Stephan abwartend an.

»Franziskas Anzeige war schon etwas Besonderes«, meinte Stephan.

»Das relativiert nicht, was ich gerade gesagt habe«, beharrte Ylberi. »Wenn unsere Einschätzung des Charakters von Pierre Brossard zutreffend ist, passt die Affäre mit Franziska nicht zu ihm. Wir werden noch viel tiefer einsteigen müssen«, war er überzeugt. »Auch in Franziskas Struktur. Was für eine Frau war sie? Sie lebte mit Daniel zusammen, einem durchaus netten, aber gleichermaßen naiven und in mancher Hinsicht lebensuntauglichen Mann. Franziska wollte sich von ihm trennen. Aber suchte sie einen Pierre Brossard? Welche ihrer Sehnsüchte sollte er stillen können? Denken Sie daran, wie ich ihn skizziert habe. Franziska ihrerseits scheint ein problematischer Mensch gewesen zu sein. Ihre Lebensgefährtin, Herr Knobel, war nach eigenen Angaben nicht wirklich mit ihr befreundet. Genau das hat Franziska jedoch gegenüber Daniel behauptet. Das Gleiche gilt im Übrigen auch für ihre Freundin Frauke, die sie aus der Berufsausbildung kennt und die mittlerweile zu ihrem Freund nach Frankfurt gezogen ist. Ihre Nummer war in Franziskas Handy gespeichert. Auch zu Frauke bestand nur ein loser Kontakt, vielleicht schon wegen der räumlichen Entfernung. Man hat hin und wieder telefoniert, sich auch ein- oder zweimal im Jahr getroffen. Aber es war – jedenfalls nach Bekunden der Freundin Frauke –

keine intensive Beziehung, in der die eine vertieft Anteil am Leben der anderen nahm – und umgekehrt. Ein bisschen hört es sich so an, als sei Frauke froh darüber, dass die räumliche Distanz sie daran hinderte, den Kontakt enger werden zu lassen. Der letzte Kontakt war Mitte August. Da lieh sich Franziska von ihrer Freundin ein Zelt aus, in dem die beiden zu Zeiten ihrer gemeinsamen Ausbildung bei gelegentlichen Freizeiten in Holland campiert hatten. – Ist was, Herr Knobel?« Ylberi musterte Stephan.

»Nein.«

»Während der Ausbildung zur Krankenschwester war der Kontakt zwischen Frauke und Franziska recht eng. Ich sehe eine gewisse Parallele zu dem Verlauf der Beziehung zwischen Ihrer Freundin und Franziska, wenn ich Fraukes Andeutungen über Franziskas Charakter richtig verstehe. Franziska Bellgardt war allein. Sie hatte auch keine engeren privaten Kontakte zu dem Personal in dem Hospital in Kurl. Sie war vom Leben enttäuscht, und sie fand ihre Erfüllung auch nicht in ihrer Beziehung zu Daniel. Also inserierte sie. Aber ist ein Mensch wie Brossard derjenige, den sie wirklich suchte?«

Ylberi nahm die Akte zur Hand, blätterte darin und las langsam Franziskas Anzeigentext vor. Als er geendet hatte, wiederholte er seine Ausgangsfrage.

Stephan schwieg. Er dachte an das von Marie beschriebene Zimmer in Paris mit den an die Wand geklebten Zeitungsausschnitten über Katastrophen und Tragödien. Marie hatte gesagt, dass es in dem Zimmer nach Farbe gerochen habe. Dominique hatte dies zunächst bestritten. Pierre soll das Zimmer vor einigen Monaten mit schwarzer

Latexfarbe gestrichen haben. Die dubiose Vorliebe für das Düstere würde auf den ersten Blick erklären, was Pierre an Franziskas Anzeige fasziniert haben könnte. Aber was sollte in Pierres Leben passiert sein, das diese fundamentale Veränderung ausgelöst hat?

»Sie sagen ja gar nichts«, staunte Ylberi. »Kommen Ihnen etwa Zweifel?«

Er stand auf, verschwand kurz im Nebenzimmer und kehrte mit einer Klarsichthülle zurück, in der sich ein Schriftstück befand.

»Wir haben heute Morgen im Hause der Eheleute Brossard weitere Dokumente gefunden, unter anderem diesen Brief Pierres an Franziska.« Er reichte Stephan die Klarsichthülle. »Lassen Sie den Brief bitte in der Hülle, wir müssen ihn noch kriminaltechnisch untersuchen«, bat er.

Stephan sah auf das Blatt. Es handelte sich wieder um einen Ausdruck aus dem Computer. Oben links stand Franziskas vollständige Wohnadresse, rechts das Datum: Montag, 19. Oktober, also vier Tage vor Franziskas Tod.

Stephan las:

Hallo Franziska, alle meine Versuche, mit Dir zu reden, scheitern. Meinen letzten Brief hast Du verächtlich gemacht, nennst mich einen Lügner, weil ich unser Wochenende an der Mosel als Offenbarung eines Geheimnisses empfunden habe. Ich kann Dich sogar verstehen, denn ich weiß, dass ich Dich sehr verletzt habe. Du hast mir den Krieg erklärt. Ich bitte Dich um Verzeihung und weiß, dass ich Dich damit überfordere. Trotz allem: Ich bitte Dich, uns ohne Krieg auseinandergehen zu lassen. Du wirst mich vergessen und einen Menschen kennenlernen, der Dich liebt und ehrt und Deiner würdig ist. Ich bin es nicht. Pierre

Stephan gab Ylberi die Hülle zurück.

»Wieder keine eigenhändige Unterschrift«, sagte Ylberi. »Aber darüber wundere ich mich nicht mehr. Doch der Brief beweist etwas: Es ist mir sofort aufgefallen, als ich ihn gelesen hatte.«

Seine Stimme hatte sich triumphierend gehoben. Er machte wieder eine Pause und prüfte erneut Stephans Aufmerksamkeit.

»Der Brief ist direkt an Franziska adressiert«, sagte Stephan. »Also kein Umweg über die Chiffreadresse.«

»Richtig«, bestätigte Ylberi. »Das ist auf den ersten Blick eine neue Variante, aber sie ist letztlich nicht bedeutsam. Entscheidend ist Folgendes, Herr Knobel: Der Brief, den Sie gerade gelesen haben, nimmt inhaltlich auch Bezug auf den ersten, den Frau Rühl-Brossard als Ausdruck im Zimmer ihres Mannes in der Dortmunder Wohnung gefunden hat und das Datum 15. Oktober trägt. Dort heißt es nämlich, dass Pierre seinen Aufenthalt mit Franziska an der Mosel als Offenbarung eines Geheimnisses bezeichnet hat. Aber man muss das genau lesen!«, betonte er. Ylberi blätterte in der Akte, bis er das Schriftstück gefunden hatte, überflog die Zeilen, dann zitierte er aus dem früheren Brief: »Heute erkenne ich die Bedeutung dieses Wochenendes: Es war die Offenbarung eines Geheimnisses.«

Ylberi legte die Akte aus der Hand.

»Aus dieser Formulierung schließe ich, dass er diese Worte erstmals in seinem Schreiben vom 15. Oktober gewählt hat«, erklärte er. »Aber wir wissen von dem

Redakteur der Anzeigenabteilung von Kult-Mund, dass dieser erste, vom 15.10. datierte Brief dort nicht angekommen ist. Der Brief wäre Hilbig aufgefallen. Seine Argumentation ist nachvollziehbar. Also ist der Brief vom 15. Oktober auch nie bei Franziska angekommen. Damit kann sie von der ›Offenbarung des Geheimnisses‹ nichts wissen, und daraus folgt, dass sie Pierre auch nicht in Bezug auf diese Worte einen Lügner geschimpft haben kann, was sie ausweislich des zweiten Briefes aber getan haben soll. Wir können es kurz machen: Ich vermute, dass beide Briefe nie abgesandt worden sind – und auch nie abgesandt werden sollten. Deshalb ist der Umstand, dass der Ausdruck des vermeintlich zweiten Briefes an Franziska ihre Wohnadresse enthält, auch nicht von entscheidender Bedeutung. Er ist Franziska nie zugegangen. Beide Briefe scheinen eher Requisiten eines Theaterstücks zu sein, Herr Knobel. Ich bin gespannt, was unsere Spurentechniker herausfinden. Zum ersten Brief – oder besser: dem von Frau Rühl-Brossard übergebenen Ausdruck des ersten Briefes – haben wir bereits ein bemerkenswertes Ergebnis: Darauf befinden sich ausschließlich die Fingerabdrücke Ihrer Mandantin und diejenigen Ihrer Freundin Marie Schwarz, die den Brief vermutlich vor ihrem Besuch mit Frau Rühl-Brossard bei mir in ihren Händen gehalten hatte. Dass es nur die Fingerabdrücke dieser beiden Frauen sind, wissen wir aus einem Abgleich mit den Fingerabdrücken auf den Kugelschreibern, die wir Frau Schwarz und Frau Rühl-Brossard zur Unterzeichnung ihrer Aussagen gegeben haben: Ein schwarzer Kuli für Frau Schwarz, ein blauer für Frau Rühl-Brossard.« Er lachte. »So gewinnen wir häufig Fingerabdrücke, ohne dass wir sie offiziell nehmen müssen. – Es stellt sich doch die Frage, warum sich kein weiterer Abdruck auf dem Papier befindet. Pierre Brossard müsste den Ausdruck doch in die Hand genommen und dorthin gelegt haben, wo ihn seine Frau gefunden haben will.«

Stephan merkte, dass sich das Blatt zu drehen und sich nach Ylberis Worten die Ermittlungen gegen seine Mandantin zu richten begannen.

»Sie glauben also, dass es gar keine Wende in der Beziehung zwischen Pierre und Franziska gegeben hat?«, fragte Stephan.

»Vielleicht auch gar keine Beziehung«, ging Ylberi noch weiter. »Daniel hat ausgesagt, dass Franziska niemals über längere Zeit hinweg allein weg gewesen sei. Sie sei nach dem Dienst pünktlich nach Hause gekommen und an den Wochenenden nicht allein fort gewesen – bis auf das eine Wochenende Ende August, für das die Freundin Frauke aus Frankfurt ein Alibi verschaffen sollte. Wenn man eine Beziehung unterhält, muss man doch auch Zeit füreinander haben, oder? Daniel hat nichts bemerkt, aber das sollte er natürlich auch nicht. Franziska selbst legte ja Wert darauf, dass er nicht einmal von den Chiffrezuschriften erfahren konnte. Dennoch: Irgendwie hätte die Beziehung zwischen Franziska und Pierre auch gelebt werden müssen. Das braucht Zeit. Wir werden Daniel mit der Chiffre-Geschichte konfrontieren müssen. Die Ermittlungen haben Vorrang. Bisher wissen wir nur, dass Franziska unter der Chiffrenummer 0829 eine Anzeige mit dem uns bekannten Wortlaut aufgegeben hat. Aber wir haben keine Erkenntnis, dass Pierre Brossard tatsächlich auf dieses Inserat geantwortet hat. Es sind weder in der

Wohnung von Franziska und Daniel noch sonstwo Briefe von Pierre aufgefunden worden. Sie müsste ja zumindest den ersten Brief von Pierre erhalten haben, mit dem er auf die Anzeige geantwortet hat.«

»Aber es sind auch nicht die Zuschriften der anderen Interessenten gefunden worden«, gab Stephan zu bedenken.

»Jedenfalls fehlt jeder Beweis, dass es zwischen den beiden zu irgendeinem Kontakt, dann zu der leidenschaftlichen Beziehung und schließlich zu dem fast theatralisch dargestellten Zerwürfnis gekommen ist, von dessen Existenz uns der Computerausdruck dieses obskuren Briefes glauben machen will«, schloss Ylberi.

»Franziska und Pierre haben sich gekannt«, trumpfte Stephan auf. Er holte die Postkarte hervor und legte sie wie eine Trophäe auf den Tisch.

»Beide waren zusammen in Traben-Trarbach«, überraschte er Ylberi. »Dort waren sie auch zelten.« Stephan berichtete nüchtern, woher die Postkarte stammte und was er und Marie an der Mosel erfahren hatten.

Ylberi studierte Motiv und Text der Karte, dann steckte er sie in eine gesonderte Folientasche und nahm sie fast missmutig zur Akte.

»Sie erzählen nichts freiwillig«, bemerkte er vorwurfsvoll. »Die Karte ist Spurenträger, das wissen Sie doch. Und es ist Ihnen bekannt, dass ein Ausflug an die Mosel in dem einen der Briefe von Pierre eine Rolle spielt. Sie spielen mit Beweismitteln, Herr Knobel!«

»Alles zu seiner Zeit«, wehrte Stephan ab. »Ich hätte die Postkarte gar nicht offenbaren müssen. Vielleicht belastet sie meine Mandantin. Ich merke doch, dass Sie Frau

Rühl-Brossard in den Fokus nehmen. Ich verstehe nur noch nicht, was Sie ihr konkret vorwerfen.«

»Man kann nicht schlecht genug denken«, blieb Ylberi gelassen.

»Aber man sollte realistisch bleiben«, hielt Stephan dagegen. »Es ist bewiesen, dass es einen Mann gab, mit dem Franziska offensichtlich zusammen war. Es ist offensichtlich, dass es Franziska selbst war, die an dem besagten Wochenende im Moselgold oberhalb von Traben-Trarbach war. Und es gibt eine Postkarte, die dort gekauft und offensichtlich von Franziska geschrieben und wie auch immer in die Pariser Wohnung von Pierre Brossard gelangt ist. Und schließlich bleiben ganz wesentliche Fragen offen, wenn man der These näher treten will, die ich aus Ihren Worten heraushöre, Herr Ylberi: Warum bleibt meine Mandantin nicht schlicht mit Pierre Brossard verheiratet? Muss sie sich seiner entledigen, weil er eine Affäre mit einer anderen Frau hatte? Sie stellen doch selbst die These auf, dass man gut nebeneinanderher lebte. Welches Ehepaar in dieser Situation genießt schon den Luxus, völlig ungestört voneinander in zwei Wohnungen, sogar in verschiedenen Ländern leben zu können?«

»Vielleicht hat Madame Rühl-Brossard einen anderen«, erwiderte Ylberi.

»Das ist schwach, Herr Ylberi! Wenn es so wäre, würde sie ohne Rücksicht auf Pierre Brossard mit ihrem Mann brechen.«

»Vielleicht würde Pierre sich dann von ihr scheiden lassen, und das könnte sehr teuer werden«, entgegnete Ylberi lakonisch.

»Reine Mutmaßung«, sagte Stephan. »Und schließlich: Irgendwo muss Pierre Brossard doch stecken!«

»Manche Leichen werden nie gefunden«, wusste Ylberi. »Aber vielleicht ist es ja für den Fall von Bedeutung, dass Pierre nach unseren Ermittlungen in der Vergangenheit durchaus häufiger mal für längere Zeit abgetaucht ist. Das sagen jedenfalls Mitarbeiter aus Dominiques Architekturbüro, denen gegenüber Frau Rühl-Brossard dies geäußert haben soll.«

Stephan überlegte. »Welche Vermutung haben Sie wirklich, Herr Ylberi?«

»Ich muss gestehen, dass die Postkarte vielleicht zu einer neuen Sicht der Dinge zwingt«, antwortete der Staatsanwalt. »Wir werden die Karte genau untersuchen. Bis gerade war ich mir sicher, dass es niemals eine Affäre zwischen Franziska und Pierre gegeben hat.«

»Und das heißt?«, fragte Stephan.

»Dass alles nur ein Fake ist«, sagte Ylberi ungerührt. »Es lohnt sich, die Dinge immer etwas differenzierter zu betrachten. Diese Chiffre-Geschichte mit den Briefen passt nicht, Herr Knobel. Dessen bin ich mir sicher. Erklären Sie mir, warum wir auf Franziskas Handy nicht einmal Brossards Handynummer gefunden haben?«

»Das lässt sich erklären«, meinte Stephan. »Beide haben sich stets direkt für das jeweils nächste Treffen verabredet. Keine Telefonate. Bereits dem ersten Treffen ging kein Telefonat voraus. Vielleicht wollten beide vermeiden, dass man auf den Handys die Nummer des jeweils anderen finden kann. Beide lebten schließlich noch in ihren Beziehungen.«

Doch Ylberi ließ sich nicht überzeugen.

»Erregt dies nicht Ihr Misstrauen, Herr Knobel? Ich frage mich immer, wie sich ein Anwalt gegenüber seinem Mandanten positioniert, wenn sich die Schlinge um den Hals des Klienten zuzieht. – Vielleicht ist es gut für Frau Rühl-Brossard, dass sie jetzt anwaltlich vertreten wird. Gut möglich, dass wir sie bald verantwortlich als Beschuldigte vernehmen werden.«

»Weswegen?«, fragte Stephan.

»Vielleicht ist sie Urheberin der Briefe. Ich weiß es noch nicht. Aber wenn sie es ist, hat dies ganz sicher auch mit Franziskas Tod und mit Pierres Verschwinden zu tun. Wir werden die Sache aufklären, auch wenn sie verzwickt ist.«

Staatsanwalt Ylberi erhob sich. Stephan merkte, dass ihm die Postkarte aus Traben-Trarbach nicht aus dem Kopf ging.

»Franziska hat übrigens ihrer Freundin das Zelt nicht zurückgeschickt«, fügte Ylberi an.

»Sie sagen auch nicht sofort alles, Herr Ylberi«, konterte Stephan. »Und was schließen Sie daraus?«

»Es gibt keinen DNA-Spurenträger, der nachweisen könnte, wer da mit wem zusammen war, Herr Knobel. Das fiel mir gerade ein, als Sie sagten, dass Franziska und ihr Begleiter nicht im Moselgold genächtigt haben. Auf der Rasenfläche eines Zeltplatzes finden Sie nach mehreren Wochen nichts mehr, in einem Hotelzimmer schon. Es ist so ähnlich wie auf dem menschenleeren Bahnhof Kurl bei Starkregen. Sie verstehen, was ich meine: In diesem Fall ist wenig greifbar und vieles – im Wortsinne – flüchtig. Würden Sie in einem Zelt schlafen, wenn ein paar Meter weiter ein passables Hotel ist?«

»Vielleicht fanden die beiden das romantisch«, meinte Stephan.

»Meinen Sie denn, die beiden hätten in ihrem Zelt zärtlich zueinander sein können, wenn drum herum die anderen in ihren Zelten und Wohnwagen lauern?«, fragte Ylberi amüsiert. »Wie naiv denken Sie denn?«

»Vielleicht fanden sie das erregend«, mutmaßte Stephan.

Ylberi winkte ab.

»Denken Sie an meine Worte, Herr Knobel: Sowenig ich daran glaube, dass die in den Briefen romanhaft beschriebene Beziehung zwischen Franziska und Pierre zu dem Typ Brossard passt, wie er sich im Leben darstellt, sowenig passt zu diesem Menschen ein Wochenende in einem kleinen Zelt. Brossard suhlt sich im Luxus. Sehen Sie sich die Wohnung im Kreuzviertel an, in der er sich doch offensichtlich sehr wohlfühlte! Übernachtet so ein Mensch unbequem in einem kleinen Zelt? Der Mann ist längst aus seiner Jugendzeit heraus!«

»Und wer soll dann der Mann sein, mit dem Franziska an der Mosel war?«, fragte Stephan zurück.

12

Als Stephan gegen 15 Uhr Ylberis Büro verließ, kreisten seine Gedanken noch lange um das Gespräch, das ihm unvermittelt bewusst gemacht hatte, dass er mit der Vertretung Dominiques einen Fall übernommen hatte, der mit jedem weiteren bekannt werdendem Detail mehr Fragen aufwarf als löste. Die Zweifel des Staatsanwaltes schienen logisch und fast zwingend, und es stimmte, dass alles, was man über die Beziehung zwischen Franziska und Pierre wusste oder zu wissen glaubte, nur aus den Ausdrucken der beiden Briefe stammte, die für Franziska bestimmt zu sein schienen, sie aber augenscheinlich nie erreicht hatten. Die Postkarte aus Traben-Trarbach und die Aussagen des Hotelier-Ehepaares vom Moselgold gaben die ersten Hinweise auf die tatsächliche Existenz einer Affäre zwischen Franziska und einem Mann, der möglicherweise tatsächlich Pierre Brossard war. Wenn es diese Beziehung gegeben haben sollte, musste sie auch andernorts gelebt worden sein, denn es war auszuschließen, dass sich Franziska und ihr Partner in ihrer eigenen Wohnung trafen, die sie mit Daniel teilte, oder aber in Dominiques Wohnung im Kreuzviertel. Sie mussten sich irgendwo getroffen und miteinander geschlafen und das Gefühl gelebt haben, was sie in ihrer ersten Zeit getragen und glücklich gemacht zu haben schien. Stephan wusste, dass die Veröffentlichung des von Dominique an die Staatsanwaltschaft ausgehändigten Passfotos von Pierre in den Medien keinen Aufschluss über Pierres Aufenthaltsort ergeben hatte. Er hatte die Zeitungsartikel gelesen, in denen auf Bitten der Staatsanwaltschaft nach dem verschwundenen Pierre B. gesucht wurde. Die Ermittlungsbehörde vermied jeden Hinweis auf einen möglichen Zusammenhang mit dem Tod von Franziska Bellgardt, und so waren die Artikel über Pierre B. auffallend unaufgeregt, als gehe es nur darum, einen Verschwundenen an seine überfällige Heimkehr zu erinnern. Stephan vermutete, dass die Presse, deren Redakteure hinter Pierre B. den Ehemann von Dominique erkannt haben dürften, die sich aufbauende Story nur deshalb noch nicht ausschlachteten, weil Dominiques unbestreitbare Reputation in der Öffentlichkeit noch zur Zurückhaltung mahnte. Doch es war absehbar, dass sich die Medien zunehmend auf diese Geschichte fokussieren würden, erst recht dann, wenn der von der Polizei noch nicht nach außen getragene Zusammenhang mit Franziskas Tod bekannt werden würde. Immerhin zeugte die ausbleibende Resonanz auf den Pierre Brossard betreffenden Artikel davon, dass es keine exponierten Stellen gab, an denen er sich mit Franziska längere Zeit aufgehalten hatte. Man kannte Pierre Brossard in der Öffentlichkeit nicht und man erkannte ihn nicht, weil er sich nirgends so lange oder so auffällig aufgehalten hatte, dass man sich seiner beim Betrachten des Fotos in der Zeitung erinnerte. Stephan war sich dieses Ergebnisses umso sicherer, als die Medien die Suchanzeige ein weiteres Mal abdruckten. Also lag es nahe, dass sich Pierre und Franziska an Orten aufgehalten hatten, die jenseits des Verbreitungsgebietes der örtlichen Zeitungen lagen. Ylberi war nach seinen bisherigen Ermittlungen zu sehr darauf fokussiert, dass es die Beziehung zwischen Franziska und

Pierre überhaupt nicht gegeben hatte, als dass er nach Spuren suchte, die ihr Bestehen belegten. Und Stephan war sich sicher, dass die Postkarte aus Traben-Trarbach und die Schilderungen des Hotelier-Ehepaares Ylberi erst dann dazu veranlassen würden, in eine andere Richtung zu denken, wenn aus Sicht der Staatsanwaltschaft zweifelsfrei feststünde, dass es sich bei den Gästen im Moselgold tatsächlich um Franziska und Pierre gehandelt hatte. Stephan gewann bis dahin einen gewissen Vorsprung, den er für seine Mandantin nutzen wollte, die er bisher nur ein einziges Mal kurz in seinem Büro gesehen und spontan als unsympathisch empfunden hatte. Stephans These stand in Widerspruch zu derjenigen Ylberis: Er war davon überzeugt, dass es eine Beziehung zwischen Franziska Bellgardt und Pierre Brossard gegeben hatte.

13

Stephan holte Marie am frühen Abend von der Schule ab. Es hatte bereits die dritte Lehrerkonferenz im laufenden und noch jungen Schuljahr stattgefunden. Marie war mit Widerwillen hingegangen. Die Konferenzen erinnerten an nutzlose Fernsehdiskussionen, in denen die Teilnehmer einander ins Wort fielen und sich zu profilieren suchten. Marie äußerte in den letzten Wochen häufiger Zweifel, ob der Lehrerberuf für sie der richtige war. Die undisziplinierten Schüler forderten sie, Teile des Kollegiums behagten ihr nicht und einige der Eltern kritisierten Maries konservativen Lehrstil. Stephan wunderte sich, dass Marie schon nach wenigen Monaten Abwanderungsgedanken hegte und die Schüler, derentwegen sie diesen Beruf ergriffen hatte, zuweilen respektlos als Blagen betitelte. Als Marie offen mit der Idee spielte, sich mit einer Privatdetektei selbstständig zu machen, wehrte Stephan ab. Aber er merkte, dass Marie jenseits ihrer unzweifelhaft vorhandenen Betroffenheit über Franziskas Tod auch deshalb in dieser Sache besonderen Eifer entwickelte, weil die Recherchen eine willkommene Abwechslung zu dem Beruf versprachen, den Marie einst unbedingt gewollt hatte und der sie in der Realität unverhofft schnell enttäuschte.

Sie fuhren zu Daniels Wohnung in der Dortmunder Nordstadt. Hier, in der Heroldstraße, direkt an der Einmündung zu der von vielen ausländischen Geschäften und Lokalen geprägten Münsterstraße, hatte Franziska mit

Daniel gewohnt. Sie hatte ihr ganzes Leben in dem Viertel verbracht, in dem sie einst großgeworden war, bevor ihre Eltern nach Osnabrück zogen, weil der Vater durch die Schließung eines metallverarbeitenden Betriebes in Dortmund arbeitslos wurde und in Niedersachsen eine Anstellung fand, in der er seine Fähigkeiten einbringen konnte. Franziska war damals 23 Jahre alt gewesen.

Marie und Stephan hatten sich nicht angemeldet. Daniel stand in Jeanshose und T-Shirt an der Tür. Er war unrasiert und wirkte ungepflegt. Der Besuch war ihm lästig, aber er war zu schwach, um sich zu behaupten, bemühte einige Ausreden und gab schließlich nach. Marie und Stephan folgten ihm durch einen dunklen Flur. Sie betraten das schlicht eingerichtete Wohnzimmer der kleinen Wohnung, die mit ihrem einfachen Mobiliar und in ihrer Unordnung derjenigen Maries ähnelte, die sie vor Kurzem in der nicht weit entfernten Brunnenstraße aufgegeben hatte. Marie wusste von Franziska, dass sie der Nordstadt entfliehen und in ein Viertel umziehen wollte, das ihrem Drang nach einem wirtschaftlich besseren Leben sichtbaren Ausdruck verliehen hätte. Daniel hingegen fühlte sich der Nordstadt und ihrem Ambiente auf Dauer verbunden. Franziska hatte Marie Daniel als eine Art Sozialromantiker beschrieben, der die nicht durchgehend positiven Entwicklungen im Viertel ignorierte und die zunehmende soziale Verelendung mit dem Programmsatz abtat, dass Geld nicht alles sei. Jetzt, als Marie die Wohnung sah, verstand sie, dass Franziska und Daniel längst unterschiedliche Wege eingeschlagen und die gemeinsame Basis verlassen hatten, von der aus sie einst zusammen in ihr Leben gehen wollten.

Daniel saß breitbeinig auf einem verschlissenen Stoffsofa neben einem zusammengerollten Schlafsack und sah seine Besucher eher misslaunig an. Er fügte sich wie ein beim Wettlauf geschlagener Läufer, als Stephan ihm mit knappen Worten klar machte, dass sich Daniel der Realität zu stellen und mit Fragen auseinanderzusetzen habe, die ihm über kurz oder lang auch Staatsanwalt Ylberi stellen werde. Marie hatte sich über Stephans harte Worte gewundert, die ihm so unähnlich und zugleich so wohltuend anders waren als der in einem Tiegel verschmelzende Brei seichter Ankündigungen und Wünsche, in dem die soeben zu Ende gegangene Konferenz versunken war.

Stephan nahm Daniel in die Pflicht.

»Was ich Ihnen sagen werde, ist nicht angenehm, aber ich werde es tun müssen, und ich hoffe, dass Sie mich nicht persönlich dafür verantwortlich machen, dass Sie etwas über Franziska erfahren werden, was Ihr Bild von ihr verändern wird. Zumindest aber wird es dazu beitragen, Klarheit zu gewinnen und die Dinge in einem anderen Licht zu sehen, was Ihnen aber auch helfen kann.«

Stephan saß Daniel in einem alten Korbsessel gegenüber, Marie neben ihm in einem anderen. Er schlug die Beine übereinander. Marie spürte, dass Stephan unwohl, aber entschlossen war, Daniel nicht in der Welt dümpeln zu lassen, die er selbstgefällig modelliert und die Marie nicht anzutasten gewagt hatte, als sie sich mit Daniel im Café Strickmann getroffen hatte.

Daniel rührte sich nicht.

»Franziska wollte sich von Ihnen trennen«, fuhr Stephan fort. »Sie hatte eine Kontaktanzeige im Magazin Kult-Mund geschaltet und Marie gebeten, die eingehenden Antworten entgegenzunehmen. Franziska hat sie sich dann bei Marie abgeholt.«

Stephan hielt inne. Er hatte Daniel hart ins Gesicht gesagt, was sein Bild von Franziska zerstören würde, doch Daniel blieb unbewegt.

»Wussten Sie das?«, fragte Stephan unsicher.

Daniel schüttelte unmerklich den Kopf.

»Sie hat, wie aus den aufgefundenen Briefen ersichtlich ist, über die Anzeige einen Mann kennengelernt, der womöglich in Franziskas Tod verwickelt ist«, fuhr Stephan fort.

Daniel, der bislang merkwürdig teilnahmslos stur vor sich hin gesehen hatte, hob den Kopf, nahm Stephan fest ins Visier, scheinbar bereit, der Wahrheit ins Gesicht zu sehen, die zu offenbaren Franziska sich nicht getraut hatte.

»Und weiter?«, fragte Stephan. »Ich meine, dass Ihnen nicht entgangen sein kann, dass Franziska sich von Ihnen abgewandt hatte. Es ist doch mehr als wahrscheinlich, dass Sie sich fremd wurden.«

Marie stieß Stephan unauffällig mit dem Fuß an. Stephan fragte und schlussfolgerte wie in einem Verhör, doch Daniel hielt stand.

»Ist Franziska in der letzten Zeit, sagen wir, so etwa ab Mitte August, häufiger weggegangen, ohne dass Sie wussten, wohin sie wollte, oder ist sie abends später heimgekehrt?«, fragte Stephan unbeirrt weiter. »Ich vermute, dass sie hin und wieder längere Zeit unterwegs war, denn es gibt Anhaltspunkte, dass sie sich mit dem betreffenden Mann nicht hier in der unmittelbaren Umgebung getroffen hat.«

Daniel schwieg eine Zeit. Er blickte weiter vor sich hin,

hielt die Arme verschränkt und schien sich in weitschweifenden Gedanken zu verlieren.

»Daniel!«, sagte Marie sanft und im Ton einer fast mütterlich beschützenden Anteilnahme, mit der sie sich als Alternative zu Stephan anbot, der Daniel hart, direkt und förmlich siezend ansprach.

»Also der Typ mit dem Fahrrad«, schnaufte Daniel schließlich und hob den Kopf.

»Welcher Typ mit dem Fahrrad?«, fragte Stephan.

Daniel lehnte sich zurück. Seine Blicke irrten durch den Raum, suchten Fixpunkte und fanden sie nicht. Er stand auf, sah eine Weile schweigend aus dem Fenster, verschwand in der Küche und kam mit einer geöffneten Bierflasche zurück. Er blieb im Türrahmen stehen.

»Natürlich bin ich nicht blind«, sagte er leise. »Ich wusste, dass Franziska immer mehr wollte. Viel mehr, als ich geben konnte. Und das meine ich anders, als es sich anhört.« Er nahm einen Schluck Bier, setzte die Flasche ab und betrachtete sie fast zärtlich.

»Wir leben alle in unserer Struktur«, sagte er schließlich eigentümlich abgeklärt, »und sie bestimmt auch, ob, wann und wie wir zu einem Punkt im Leben kommen, in dem wir mit uns selbst im Reinen sind und erkennen, dass wir das erreicht haben, was uns gut und richtig erscheint. Das hat nichts mit Geld und Karrieren zu tun. – Wissen Sie, Herr Knobel, ich scheiße auf das, was man allgemeinhin im Leben für erstrebenswert hält. Ich brauche kein Haus, ich brauche keinen beruflichen Erfolg, den die meisten nur zu dem Zweck benötigen, um sich darin zu sonnen und vor anderen glänzen zu können. Ich bin mir in meiner Welt genug. Und das bedeutet, dass ich all das, was unsere verlogene Gesellschaft zum Ziel erhebt, nicht brauche. Irgendwann, das wissen wir alle, beenden wir hier unsere Zeit, und ob ich meinen Arsch bis dahin mit glitzernden Diamanten geschmückt habe oder nicht, ist irrelevant. Ich bleibe ein Arsch.«

Marie lächelte.

»Ich habe Franziska über das Internet kennengelernt«, fuhr er fort. »Es war ein schnörkelloses Hin- und Herschreiben in einem dieser Foren, und das, gerade das, war es, was uns ausgemacht hat. Da ging es nicht darum, wer was erreicht hat oder vermeintlich bald erreichen wird. Wir lernten uns auf einer Ebene kennen, die vor allem eines hatte: Ehrlichkeit. Du, Marie, brauchst mir nichts von dem zu erzählen, was problematisch an Franziska war. Ich weiß, wie fordernd sie sein konnte, wie besitzergreifend. Aber weißt du was: Ich habe sie bedient, sie umsorgt, alles getan, damit sie ein angenehmes Leben hatte. Sie brauchte sich um nichts zu kümmern. Sie hat hier gefunden, was ihr bis dahin unbekannt war. Sie war in ihrem Leben angekommen. Offensichtlich versteht kein Mensch, dass diejenigen in unserer Gesellschaft, die immer auf sich aufmerksam machen und in fast übersteigerter Form geliebt werden wollen, eigentlich nur eines wollen: Sie wollen nur einmal wirklich angenommen werden, und wenn man das tut, sie beschützt, zugleich ihre Macken sieht und in der Weise akzeptiert, dass man ihnen Freiräume gibt, ohne sie dominant werden zu lassen, dann schleifen sich diese Sonderbarkeiten ab. Wer von uns ist denn vollkommen?«

Marie schämte sich. Doch sie erkannte auch, dass Daniel Franziska nicht verstanden hatte. Stephan empfand seine Worte als verklärend pastoral.

Daniel stützte den Ellbogen in den Türrahmen.

»Franziska war eine wunderbare Frau«, sagte er mit fester Stimme. »Man musste sie nur sie selbst sein lassen. Und dann war sie eine starke Frau«, wiederholte er, was er bereits Ylberi gesagt hatte. »Das gilt für jeden von uns. Man kann nur existieren, wenn einen die anderen lassen. Unsere Gesellschaft gestattet das in der Regel nicht. In diesem Land ist man im Idealfall reich und schön, zeigt sich in unserem Sozialverständnis wohlgefällig, heiratet und zeugt zwei oder drei Kinder, um der Deutschland drohenden demografischen Katastrophe entgegenzuwirken. Aber Deutschland ist ein Spielzeugland«, diagnostizierte Daniel ernst, »in dem sich alle etwas vormachen. In Wirklichkeit stehen wir am Abgrund.« Er trank wieder. »Die Welt, die uns vorgegaukelt wird, ist dem Untergang geweiht«, prophezeite er nicht ohne Wohlgefallen. »Die Welt hier«, er deutete ausladend mit der Bierflasche in der Hand auf das Fenster, »ist real und deshalb ehrlich. Im Fernsehen sprechen sie von Migration und Integration. Hier in unserer Nordstadt wird sie gelebt. Und hier finden die sozialen und wirtschaftlichen Probleme unserer Gesellschaft eine Antwort. Wir leben hier eine machbare Welt, und deshalb liebe ich sie, auch wenn sie nicht das Wunderland ist, das uns die Politik immer wieder verheißt. Politikerlügen.«

»Und Franziska?«, fragte Stephan dazwischen.

»Franziska hat diese Welt gemocht«, erwiderte er. »Sie hatte ihre Ausbildung zur Krankenschwester beendet und zuletzt die Stelle im Hospital in Kurl bekommen. Ich hatte zunächst einen Job in einer Softwarefirma. Der Laden machte pleite. Was machen Sie dagegen? Nichts.

War eigentlich ein sicherer Job. Zukunftsstarke Branche, wie man sagt. Aber was hilft das bei einer desolaten Geschäftsführung?«

»Aber du wirst doch bald wieder einen gut dotierten Job finden«, sagte Marie.

Daniel zuckte gleichgültig mit den Schultern.

»Und Franziska?«, fragte Stephan wieder.

»Wir hatten hier unser Nest«, antwortete Daniel, sichtlich selbst davon überrascht, dass er diesen spießig anmutenden Begriff benutzt hatte. »Und das Wesen eines jeden Nestes ist, dass es für eine bestimmte Zeit zum Leben taugt. So war es auch mit Franziska. Sie hatte bei mir gefunden, was sie suchte. Ich nahm sie, wie sie war, und umgekehrt war es genauso. Wir hatten eine gute Zeit, ruhige und stürmische Phasen, aber immer getragen von dem Wissen, sich dem anderen hingeben und sich fallen lassen zu können.«

Marie dachte an die einleitenden Worte in Franziskas Anzeige. Hatte sie sich wirklich Daniel hingegeben?

»Wir Menschen haben ein Grundproblem«, dozierte Daniel weiter. »Wir sind mit dem, was wir erreicht haben, nie zufrieden. Wir wertschätzen es nicht mehr, wenn wir uns daran gewöhnt haben. Als Franziska bei mir gefunden hatte, was sie suchte, war das der Anfang vom Ende. Sie war kein Mensch, der für sich erkennen konnte, dass ihn das Erreichte zufrieden machen würde. Man muss Zufriedenheit zulassen können. Aber sie gehörte zu den Menschen, die nach dem Erreichen eines Zieles beginnen, ein neues zu suchen. Solche Menschen sind rastlos. Sie sind nicht überlebensfähig. Denn sie gieren nach einem Glück, das sie letztlich nicht finden können.«

»Wie kam es zu dem Kontakt mit dem Mann mit dem Fahrrad?«, bohrte Stephan nach.

»Es war bloßer Zufall, dass ich von ihm erfuhr«, antwortete Daniel. »Es war an einem Freitag, ich glaube, in der dritten Augustwoche, als ich Franziska abends vom Krankenhaus abholen wollte. Es sollte eine Überraschung werden, aber ich war zu Hause zu spät losgefahren und schaffte es nicht mehr rechtzeitig. Wenn ich sie sonst mal abholte, was gar nicht häufig vorkam, parkte ich das Auto auf dem Parkplatz vor dem Krankenhaus und ging zur Pforte, wo ich auf sie wartete. An diesem besagten Tag fuhr ich mit dem Auto die Straße entlang, die am Krankenhaus vorbeiführt. Und da sah ich sie, etwa 200 Meter vor dem Krankenhausparkplatz, auf der Straße stehen und sich mit einem Mann unterhalten, der ein rotes Fahrrad festhielt. Ich wunderte mich zunächst, warum sie überhaupt an dieser Stelle der Straße stand, weil sie genau in die entgegengesetzte Richtung hätte laufen müssen, um zum Bahnhof zu gelangen. Deshalb fuhr ich an ihr vorbei und parkte auf dem Krankenhausparkplatz, weil ich davon ausging, dass sie wieder zurückkommen würde. Sie kam aber nicht, und als ich etwa 20 Minuten gewartet hatte, bin ich dorthin gegangen, wo ich die beiden gesehen hatte. Aber es war niemand mehr da. Ich bin zu meinem Auto zurückgegangen, beide Richtungen abgefahren und habe auch am Bahnhof nachgeschaut, aber sie war nicht da. Ich habe sie über Handy angerufen, aber nur ihre Mailbox erreicht. Dann bin ich nervös nach Hause gefahren, weil ich dachte, sie wäre irgendwie anders gefahren, weil sie vielleicht von jemandem mitgenommen worden war. Franziska kam dann etwa eineinhalb Stunden später nach

Hause und sagte, es habe einen Notfall im Krankenhaus gegeben, weshalb sie dort länger hätte bleiben müssen. Hin und wieder hatte es so etwas auch schon mal in der Vergangenheit gegeben, aber eine Verspätung von eineinhalb Stunden war ungewöhnlich. Ich sagte damals nichts dazu, obwohl ich wusste, dass sie mich belogen hatte. Sie hatte nicht einmal ein rotes Gesicht bekommen, als sie mir diese Geschichte auftischte.«

»Dem Staatsanwalt haben Sie gesagt, dass so etwas nie vorgekommen sei«, wandte Stephan ein.

Daniel nickte ungerührt. »Hat diese Geschichte denn irgendeine Bedeutung?«, fragte er.

»Sie wissen doch, dass es so ist«, erwiderte Stephan ruhig. »Wie ging es mit diesem Mann weiter?«

»Ich bin natürlich misstrauisch geworden«, sagte Daniel. Er nahm einen tiefen Zug aus der Flasche und schien für einen Moment zu überlegen, ob er fortfahren sollte. Er hatte Schweißperlen auf der Stirn.

»Franziska hatte ab da häufiger längere Dienstzeiten, weil Notfälle dazwischen kamen. Gleich am nächsten Tag passierte das wieder. Ich sollte mir keine Sorgen machen. Es gäbe nicht genügend Personal, um den Bedarf zu decken, und deshalb müsse jeder ran. Es waren damals heiße Temperaturen draußen, und das Krankenhaus hatte eine Menge akuter Fälle wegen Herz- und Kreislaufversagen zu bewältigen. Diese Zeit gehe wieder vorüber, beruhigte sie mich. Telefonisch könne ich sie dann nicht erreichen, weil sie auf der Station oder vielleicht unten im Intensivbereich unterwegs sei.«

»Wann haben Sie die beiden wieder zusammen gesehen?«, fragte Stephan.

»Nur ein paar Tage später. Nachdem Franziska bis dahin immer wieder Notdienst hatte, bin ich zum Krankenhaus gefahren und versteckte mich kurz vor ihrem regulären Dienstende schräg gegenüber vom Eingang hinter einem Gebüsch. Franziska verließ das Krankenhaus kurz nach zehn und ging Richtung Bahnhof. Sie lief die Hauptstraße entlang, unterquerte kurz hinter dem Krankenhaus die Bahnstrecke und nahm dann rechts den Fußweg zum Bahnhof. Als sie sich auf dem Fußweg befand, dachte ich, dass sie wohl den Zug nehmen werde. Aber ich bin dann doch auf dem Rückweg zu meinem Auto hinter der Bahnunterführung nach links auf das Bahngelände gegangen und wollte sie von dem alten Güterschuppen aus beobachten, bis der Zug kam. Und dann sah ich ihn. Er saß in dem kleinen Wartehäuschen, befand sich aber etwas im Schatten. Deshalb hatte ich ihn nicht sofort wahrgenommen. Aber er war es, da besteht kein Zweifel.«

Er nahm wieder einen Schluck aus der Flasche.

»Und dann?«, fragte Stephan.

»Franziska und er haben sich umarmt. Sie haben danach noch eine Weile miteinander geredet, dann haben sie den Bahnsteig über die Treppe in den Fußgängertunnel verlassen. Ich weiß nicht, wo sie geblieben sind. Ich habe auch weder sein Fahrrad noch ein Auto gesehen, in das sie eingestiegen sind.«

»Und du?«, fragte Marie.

»Ich bin rasend vor Wut zu meinem Auto gelaufen und nach Hause gefahren. Franziska kam etwa zwei Stunden nach mir nach Hause. Sie erzählte mir wieder etwas von einem Notfall. Ich hätte kotzen können.«

»Wie war sie?«, fragte Stephan. »Wirkte sie verändert? Irgendwelche Auffälligkeiten?«

»Nichts«, erwiderte Daniel.

»Warum haben Sie sie nicht zur Rede gestellt?«, fragte Stephan weiter. »Es wäre doch die normalste Reaktion gewesen.«

»Hätte es was geändert?«, fragte Daniel fatalistisch. Es war eine seiner meistgestellten Fragen. Er trat wieder ans Fenster. Unten auf der Münsterstraße herrschte reger Verkehr. Autos zwängten sich hupend in die wenigen Parklücken. Der Ladenschluss nahte.

»Wenn ein Mensch meint, dass er weiterziehen muss, dann werden Sie ihm das nicht ausreden können«, war Daniel überzeugt. »Sie hatte ja nicht einmal den Mut, mir von diesem Mann zu erzählen.«

»Gerade deswegen war sie sich wohl auch nicht sicher«, mutmaßte Marie.

»Du hast Franziska nicht gekannt«, stellte Daniel fest, ohne den Blick von dem abendlichen Treiben auf der Straße abzuwenden. »Sie war sehr stur.«

»Aber du sagst doch selbst, dass ihr eine wunderbare Beziehung hattet«, entgegnete Marie.

Daniel sah unbewegt aus dem Fenster.

»Kannst du den Mann beschreiben?«, fragte sie weich.

»Wie soll ich ihn beschreiben? Ich habe ihn nur diese beiden Male gesehen. Ich schätze ihn auf Ende 40, normal groß, unauffällig, dunkelblonde Haare, ziemlich kurz, keine Auffälligkeiten. Franziska mochte Männer, die älter waren als sie. Alter stand für Reife. Albern.«

»Brille?«, fragte Stephan.

»Ich glaube ja. Weiß ich aber nicht genau«, antwortete Daniel.

»Sie werden sich den Rivalen doch angesehen haben«, insistierte Stephan. »Sie waren doch extra hingefahren, um ihn zu sehen.«

»Das stimmt nicht«, widersprach Daniel. »Ich bin hingefahren, um Franziska zu sehen. Ich wollte wissen, wie sie sich verhält. Wie sie lachte, wie sie mit dem Typen scherzte. Wie sie sich verstanden. Wie sie einander festhielten. Das war wichtig und zeigte mir, dass es ernst war. Das war das Signal, dass es nun endgültig vorbei sein würde. Dafür musste ich nicht wissen, wie der Typ aussah. Es reichte, dass es ihn gab. Ich will auch nichts über ihn wissen.« Er rülpste.

»Und Sie haben Franziska nie wieder nachspioniert?«, vergewisserte sich Stephan ungläubig.

»Jeder muss wissen, ob er für sich am Ziel ist oder etwas anderes sucht«, antwortete Daniel hart. Er schlug mit der Faust gegen den Fensterrahmen.

»War sie nie länger weg, vielleicht mal einen ganzen Tag oder über Nacht?«

Daniel schüttelte den Kopf. »Sie war nur einmal mit ihrer Freundin an einem Wochenende irgendwo an der Mosel. Ansonsten hatte Franziska nur ihre Notdienste, die keine waren.«

»Sie waren vorhin nicht sonderlich überrascht, als ich Ihnen sagte, dass Franziska eine Anzeige geschaltet hatte«, stellte Stephan fest.

»Als die Polizei hier war und danach fragte, ob und wo Franziska Briefe aufbewahre, wusste ich, dass es um private Briefe gehen musste, die mich nichts angingen. Mir ist egal, um was für Briefe es sich handelte und auf welchem Wege sie Franziska erreicht haben. All das sollte an mir vorbeigehen, also kümmert es mich auch nicht.«

»Haben Sie die Briefe versteckt?«, fragte Stephan.

Daniel wandte sich abrupt um.

»Verdammt noch mal, nein!«, brüllte er mit blitzenden Augen. »Ich habe sie nie gesehen. Und ich schwöre, dass ich Franziskas Sachen nicht danach durchsucht habe. Wenn man sie hier nicht gefunden hat, sind sie hier auch nicht.«

Dann rannte er heulend aus dem Zimmer und schlug die Tür hinter sich zu.

Marie und Stephan verließen still die Wohnung. Vor dem Haus stand ein demontiertes altes Bettgestell für den Sperrmüll. Sie blickten die Fassade hinauf. Oben stand Daniel am Fenster der hell erleuchteten Küche. Er starrte geistesabwesend in die einbrechende Nacht. Warum hatte er Ylberi gegenüber sein Wissen um den Mann verschwiegen, mit dem sich Franziska getroffen hatte? Und warum gab er gegenüber Marie und Stephan seine Beobachtungen bereitwillig preis? Wenn Daniel die Wahrheit sagte, hatte Franziska außer ihrem Wochenende an der Mosel niemals längere Zeit mit dem Mann verbracht. Die vermeintlichen Notfälle in der Klinik ließen sie nur ein bis zwei Stunden später als gewöhnlich nach Hause kommen. Dann musste sie sich mit Pierre in der näheren Umgebung getroffen haben. Warum meldete sich dann niemand auf die Suchmeldungen in der Zeitung?

14

Am Dienstagmorgen verkündete Staatsanwalt Ylberi Stephan nicht ohne Genugtuung das Ergebnis der kriminaltechnischen Untersuchung. Beide Briefe Pierres an Franziska, von deren Existenz nur die im Hause von Dominique Rühl-Brossard gefundenen Ausdrucke zeugten, waren auf dem Computer geschrieben worden, der sich im Wohnbereich im Erdgeschoss des Hauses befand und sowohl von Dominique als auch von Pierre genutzt wurde. Die Briefe waren nach ihrer Erstellung und dem Ausdruck gelöscht worden, konnten aber noch auf der Festplatte des Rechners rekonstruiert werden. Danach war der vom 15. Oktober datierte Brief, den Ylberi nun den Streitbrief nannte, am selben Tage um 14.14 Uhr geschrieben worden. An diesem Tag gab es in Dominiques Studio eine lange Besprechung über ein französisches Bauprojekt. Der zweite, vom 19. Oktober datierte Brief, der an Franziskas Wohnadresse gerichtet war und von Ylberi nun der Trennungsbrief genannt wurde, trug wie der andere keine Fingerabdrücke. Er war am 19. Oktober um 16.10 Uhr geschrieben worden. An beiden Tagen befanden sich sowohl Dominique als auch Pierre jeweils – zumindest zeitweise – in der Wohnung. Wer von beiden zu den jeweiligen Uhrzeiten Zugriff auf den Computer hatte, konnte nicht geklärt werden. Man hatte herausgefunden, dass die Eheleute Brossard ein gemeinsames Passwort für den Computer benutzten, das nach den Ermittlungen keinen weiteren Personen bekannt war. Auf der

Tastatur des Computers befanden sich sowohl Pierres als auch Dominiques Fingerabdrücke, mehrheitlich jedoch diejenigen von Frau Rühl-Brossard, was bereits dadurch erklärbar war, dass Dominique nach dem Verschwinden ihres Mannes den Computer mehrere Male benutzt hatte und deshalb auf den häufiger gebrauchten Tasten ausschließlich ihre Fingerabdrücke zu finden waren. Ob der handschriftliche Namenszug Pierre auf dem für Dominique bestimmten Abschiedsbrief tatsächlich von Pierre Brossard stammte, konnte nicht geklärt werden. Nach der Auswertung des reichlich aufgefundenen Vergleichsmaterials, insbesondere der von Pierre Brossard unterschriebenen Zweitausfertigungen von Versicherungsverträgen und Unterschriften auf notariellen Urkunden, bestand zwar eine bereits auf den ersten Blick sichtbare Ähnlichkeit zu der fraglichen Unterschrift, aber die Sachverständigen fanden auch einige Unterschiede, die jedoch keine Rückschlüsse für oder gegen die Urheberschaft von Pierre Brossard zuließen. Man stellte Abweichungen im Andruck und auch in einzelnen Schleifenführungen fest, die indes auch dadurch erklärbar waren, dass die Unterschrift eines jeden Menschen, je nach seiner aktuellen Verfassung, durchaus unterschiedlich ausfallen konnte. Der Name Pierre war zu kurz, als dass er im Vergleich mit Originalschriftproben zu sicheren Erkenntnissen hätte führen können. Stephan sah sich bestätigt, dass Pierre die an Dominique gerichteten Zeilen selbst unterzeichnet hatte und maß dem Umstand, dass Pierre persönliche Briefe üblicherweise auf dem Computer schrieb, keine entscheidende Bedeutung bei. Pierres Unterschrift auf den in der Wohnung sichergestellten Dokumenten, insbesondere einer Reiseroutenplanung aus dem letzten Sommer, war unleserlich und flüchtig. Deshalb lag nahe, dass Pierre seine Briefe an Franziska und Dominique schon der besseren Lesbarkeit wegen mittels Computer schrieb, zumal Stephan unterstellte, dass sich Pierre in einem psychischen Ausnahmezustand befand, als er diese Briefe geschrieben hatte.

Staatsanwalt Ylberi nahm Stephans Vermutungen mit hörbarer Belustigung entgegen, bevor er seinen Trumpf ausspielte: Er war noch am gestrigen Abend nach Traben-Trarbach gereist und hatte die Tür im Haus Moselgold in Augenschein genommen, an dessen oberen Rahmen sich Pierre den Kopf gestoßen hatte. Ylberi hatte die beim Einwohnermeldeamt gespeicherten Daten abgerufen. Danach war Pierre Brossard 1,83 Meter groß und hätte, wenn er den Türrahmen aufrecht gehend durchschritten hätte, sich nicht an der Stirn verletzen, sondern allenfalls auf dem Schädel eine Wunde davontragen können.

»Verstehen Sie, Herr Knobel, er hätte sich strecken müssen, um die Verletzung zu erleiden, die er so wirksam demonstriert hatte. Die Eigentümer vom Moselblick haben mir glaubhaft versichert, dass er die Wunde oben an der Stirn hatte. Sie sind sich da absolut sicher, und ich glaube ihnen. Ganz klar, Herr Knobel: Diese Verletzung kann sich Pierre Brossard an dieser Tür nicht in der behaupteten Art und Weise zugefügt haben.«

»Vielleicht stimmt die Angabe im Personalausweis nicht«, entgegnete Stephan.

»Und wieder muss ich Sie enttäuschen, Herr Knobel: Die Körpergröße stimmt. Sie entspricht auf den Zentimeter genau dem Körpercheck, den Brossard in einem Fitnessstudio gemacht hat, um ein auf ihn abgestimmtes

Trainingsprogramm auszuloten. Und wir haben uns vergewissert, dass er dort auch tatsächlich vermessen wurde und nicht schlicht irgendeine Zentimeterzahl in den Erfassungsbogen eingetragen hat. Wir haben an einem Tag ziemlich viel herausgefunden, Herr Knobel!« Er schnaufte zufrieden. »Ich möchte nun Ihre Mandantin vernehmen, Herr Knobel. Einstweilen noch als Zeugin. Wir müssen wissen, inwieweit Ihre Mandantin in diese Sache verstrickt ist. Ich habe Frau Rühl-Brossard für kommenden Donnerstag, 10 Uhr, vorgeladen und ihr das telefonisch mitgeteilt. Die Dame wird aus Paris zurückkehren müssen. Die Sache eilt! Ihr Hinweis auf Moselgold war Gold wert, wirklich!« Ylberi lächelte.

Stephan beschlich das dunkle Gefühl, ungewollt seine Mandantin verraten zu haben.

15

Am Vormittag des folgenden Tages kam Dominique Rühl-Brossard in Stephans Büro. Sie trug einen weißen Hosenanzug, einen violetten dünnen Schal und trotz der diesigen Witterung eine Sonnenbrille. In ihrer rechten Hand hielt sie eine Handtasche aus Krokodilleder. Die Kanzleiangestellte, die die Architektin in Stephans Mansardenzimmer geführt hatte, zog sich leise zurück.

»Ich hoffe, Sie haben einen guten Grund, wenn Sie mich vorzeitig aus Paris in Ihre kleine Stube zitieren«, eröffnete sie.

Sie nahm die Sonnenbrille ab und steckte sie in ihre Handtasche. Stephan wiederholte, dass die Staatsanwaltschaft ihre baldige Vernehmung wünsche und es ratsam sei, sich auf das Gespräch vorzubereiten.

»Sie wissen so viel oder so wenig wie ich oder Ihre kleine Freundin, die sich einen Ausflug nach Paris gegönnt hat und sich von mir dort nicht einmal verabschiedet, geschweige denn für meine Gastfreundschaft bedankt hat«, sagte sie barsch.

»Das tut mir leid, aber Marie sagte, Sie hätten noch geschlafen.« Er unterdrückte die Anmerkung, dass Dominique infolge ihres Alkoholkonsums am letzten Sonntagmorgen nicht ansprechbar gewesen wäre.

»Marie ist gewiss nicht undankbar«, setzte er versöhnlich hinzu und ärgerte sich, Dominiques Allüren zu bedienen. Er wusste, dass sie mit Menschen nach Belieben spielte, Abhängigkeiten schuf und ausnutzte und der von ihr erzwungenen Nähe kalte Zurückweisung folgen ließ. Dominique suchte Statisten und lebte von ihnen. Sie umgab sich mit Menschen, die sie bestätigten. Dass Marie vorschnell abgereist und sich Dominique nicht unterworfen hatte, traf sie, und der Umstand, dass Stephan sie förmlich in sein Büro bestellt hatte, erzürnte sie. Dominique fühlte sich nicht umworben. Also fühlte sie sich missachtet.

»Ist das so?«, fragte Dominique spitz zurück und musterte Stephans Büro. Sie verzog die Lippen zu einem kalten Lächeln.

»Hatte ich tatsächlich noch geschlafen?«, fragte sie rhetorisch und fixierte das kleine Fenster seines Büros. »Sie sollten vor Wintereinbruch das Fenster abdichten, Herr Rechtsanwalt. Was Sie sich hier leisten, ist der Baustandard aus der Mitte des letzten Jahrhunderts.«

Stephan spürte ihre Feindseligkeit, ihre demonstrierte und zur Waffe gewordene Kälte.

»Frau Rühl-Brossard …«, setzte er einladend an.

»Non!«, blitzte sie zurück. »Ich habe Sie nicht zuletzt deshalb als Anwalt gewählt, weil ich aus dem gefälligen, interessierten Wesen Ihrer Freundin geschlossen habe, dass Sie in gleicher Weise strukturiert sind. Aber ich habe mich offensichtlich sowohl in Ihnen als auch in Ihrer Freundin geirrt. Was ich sagen will: Ich erwarte, dass Sie – und nicht ich! – die offenen Fragen beantworten, Herr Knobel! Dafür bezahle ich Sie!«

Stephan verstand die Signale zu deuten. »Ich handele nur in Ihrem Interesse«, versicherte er und bediente sich der Worte, die er zu gebrauchen pflegte, wenn das Vertrauen des Mandanten zu ihm schwand, ohne dass er dafür einen Anlass gegeben hatte.

Er bat Frau Rühl-Brossard, Platz zu nehmen, doch sie zog es vor, stehen zu bleiben.

»Ich werde nicht lange bleiben, Herr Knobel, d'accord? – Fragen Sie, dann werde ich entscheiden.«

»Was entscheiden?«, fragte Stephan irritiert.

»Ob ich mich weiter von Ihnen vertreten lasse, Herr Knobel. Ich habe mir nichts zuschulden kommen lassen. Also gibt es kein Gespräch mit dem Staatsanwalt vorzubereiten. Wenn Sie eine solche Vorbereitung für erforderlich halten, haben Sie Zweifel an mir. Also sind Sie nicht der Richtige.«

»Dann müssen wir uns trennen«, erwiderte Stephan trocken und überspielte, dass ihn ihre Worte bestürzten.

»Verstehen Sie mich nicht falsch«, sagte sie unerwartet weich. »Ich weiß, wovon ich spreche. Wenn ich in meinem Beruf mit Menschen umgeben würde, die alles hinterfragen und nicht bedingungslos hinter mir stehen, stünde ich heute nicht da, wo ich bin. Es gibt unverrückbare Parameter des Erfolges.«

Sie trat vor und reichte Stephan die Hand. Er war von der plötzlichen Trennung überrascht und suchte nach korrigierenden vermittelnden Worten, wollte sich erklären und um Vertrauen werben. Ihm stach ins Bewusstsein, dass er dieses Mandat wirtschaftlich brauchte und fürchtete, es leichtfertig verspielt zu haben. Es schadete, zu direkt zu sein.

»Irgendwann werden Sie mich verstehen, Herr Rechtsanwalt«, belehrte sie ihn aus dem Schatz ihrer reichen Lebenserfahrung. »Ich brauche einen Anwalt, der keine Fragen stellt, sondern sie beantwortet. Erstellen Sie Ihre Rechnung und schicken Sie sie mir nach Hause. Es wird keine Schwierigkeiten geben.«

»Ich werde das Mandat niederlegen«, bestätigte Stephan matt. Es verletzte ihn, wie sie ihn gönnerhaft abservierte. »Aber Sie sollten sich unbedingt einen Anwalt nehmen, Frau Rühl-Brossard! Es kann sein, dass der Staatsanwalt unangenehme Fragen stellt. Sie sollten vorbereitet sein.«

»Werde ich«, versicherte sie. »Ich habe schon einen Termin vereinbart.«

Es war offensichtlich, dass sich seine Mandantin schon gegen Stephan entschieden hatte. Warum hatte sie das Mandat nicht telefonisch gekündigt? Es wäre weniger demütigend gewesen.

»Wer wird Sie vertreten, wenn ich fragen darf?«

»Herr Löffke«, antwortete sie knapp.

»Löffke?«, staunte Stephan. »Sie hatten der Kanzlei Hübenthal damals den Rücken gekehrt, weil Sie unzufrieden waren. Die besseren Anwälte sitzen doch in Düsseldorf, oder irre ich?«, fragte er gereizt.

»Sie sind nicht souverän, Herr Knobel«, lächelte sie überlegen. »Im Geschäft müssen Sie immer wieder neue Wege gehen – und manchmal auch alte Wege neu beschreiten. Es ist wie in der Architektur: Kein Gedanke, keine Idee ist verboten. Nur so entsteht Neues.«

Dominique Rühl-Brossard wirkte eigenartig entrückt. Als sich Stephan erhob, um die Mandantin zu verabschieden, klopfte es an seine Bürotür, die zeitgleich von Hubert Löffke geöffnet wurde. Der bullige Kollege füllte im schwarzen Dreiteiler den Türrahmen. Er trug tadellos geputzte Lackschuhe, ein elegantes, modern geschnittenes weißes Hemd und eine korrekt gebundene rote Seidenkrawatte.

»Gnädige Frau, darf ich Sie in mein Büro begleiten«, säuselte er galant.

Frau Rühl-Brossard warf ihren Kopf nach hinten, schlug den violetten Schal über die Schulter und folgte bereitwillig.

»Darf ich fragen, ob Sie nach wie vor einen Latte Macchiato bevorzugen?«, erkundigte sich Löffke artig, indem er die Tür weit öffnete und seiner Mandantin den Vortritt ließ.

»Ich habe vorausschauend geordert, natürlich zusammen mit dem feinen englischen Gebäck, Frau Rühl-Brossard. Ganz wie in alten Zeiten«, übte er sich salbungsvoll in ihm sonst fremden Gepflogenheiten.

Dominique strebte entschlossenen Schrittes aus Stephans Büro.

Löffke blinzelte Stephan kurz an, als er sich abwandte.

»Tut mir leid, Kollege Knobel«, schnaufte er leise. »Es gilt freie Anwaltswahl. Sie kennen den Grundsatz.«

Er wischte sich den Schweiß von der Stirn. Der Anzug war zu warm.

Stephan blickte nachdenklich an die Decke seines Büros. Die alte Leuchtstoffröhre warf ihr künstliches Licht in den Raum. Er sah auf den Notizzettel, auf dem er die Fragen aufgeschrieben hatte, die er Dominique stellen wollte: Wer könnte bezeugen, dass Pierre, wie Dominique gegenüber Marie behauptet hatte, in letzter Zeit sonderbar geworden war, und wie zeigte sich dies? Warum war Pierres Zimmer in Paris erst vor Kurzem schwarz gestrichen worden und wie kam es dazu? Hatte Pierre jemals Interesse gehabt zu zelten? Wie erklärte sich Dominique, dass Pierre die fraglichen Briefe auf dem Computer geschrieben hatte?

Hatte sie selbst nach Pierres Verschwinden den Computer intensiver benutzt, sodass man im Wesentlichen nur ihre Fingerabdrücke auf der Tastatur fand? Warum hatte Dominique nichts davon erzählt, dass Pierre angeblich schon häufiger für eine gewisse Zeit einfach verschwand? Wusste sie, wo er sich in dieser Zeit aufgehalten hatte? Besaß Pierre ein rotes Fahrrad?

Stephan hatte noch weitere Fragen, die zu stellen er sich vorbehalten hatte und auf den Kern zustießen: Hatte Dominique die Briefe selbst geschrieben? Hatte sie Marie am Ende nur nach Paris gelockt, damit sie Zeugin der angeblichen inneren Wandlung von Pierre sein konnte? Sollte sie Augenzeugin der schwarz gestrichenen Wände mit den aufgeklebten Katastrophennachrichten sein? War am Ende der Fund der Postkarte durch Marie seitens Dominique arrangiert worden, indem sie die Tür zu Pierres Zimmer etwas geöffnet und so den Sprung der Katze auf das Bett provoziert hatte, der den kalkulierten Tausch der Bettwäsche nach sich zog?

Stephan steckte den Notizzettel wieder in die Innenseite seines Sakkos. Er würde diese Fragen Dominique nicht mehr stellen müssen. Stephan sah auf die Uhr. Punkt zwölf. In einer halben Stunde hatte sich ein neuer Mandant angekündigt: Beratung in einer Nachbarschaftsstreitigkeit. Der von der Empfangssekretärin im Erdgeschoss gefertigte Vermerk enthielt das Kürzel BH. Das hieß: Mandant ist nicht vermögend, er kommt auf Beratungshilfeschein. Stephan lächelte bitter.

Als er am frühen Abend sein Büro abgeschlossen und dem Ausgang im nobel ausgestatteten Erdgeschoss zustrebte, fiel noch Licht aus Löffkes Büro in den Flur.

Stephan tastete sich über die Marmorfliesen vor und spähte vorsichtig hinein. Löffke saß behäbig hinter seinem Schreibtisch und schien Stephan erwartet zu haben. Er schmauchte eine Zigarre.

»Wir haben die Gräfin wieder eingefangen«, dröhnte er stolz und lehnte sich zurück. »Sie wird jetzt mit allen Sachen nur noch zu mir kommen. Die Düsseldorfer sind raus. Habe alles klar gemacht.« Er schlug entspannt die Beine übereinander.

»Haben Sie sie auf den Termin mit Ylberi vorbereitet?«, fragte Stephan nüchtern.

»Ich weiß im Groben, worum es geht«, antwortete Löffke generös. Er blickte versonnen auf die auf seinem Tisch stehenden leeren Gläser, in denen Latte Macchiato serviert worden war. Auf dem kleinen Silbertablett lag noch etwas von dem feinen englischen Gebäck. Löffke beugte sich vor, wählte verzückt aus und führte ein Stück mit spitzen Fingern genussvoll in den Mund. »Sie wissen doch, dass die Staatsanwaltschaft alles beweisen muss«, sagte er mit gefüllten Backen. »Also wird meine Mandantin alle Fragen, deren Antwort sie belasten könnte, erst gar nicht beantworten. Ich rate sowieso immer dazu, nichts zu sagen. Wer nichts sagt, sagt nichts Falsches, also macht er auch nichts falsch. Das gilt für alle Strafverteidigungen.« Dann zog er wieder an der Zigarre.

»Ist das Ihre Taktik?«, wunderte sich Stephan. »Der Fall ist überaus kompliziert.«

»So kompliziert, dass er Sie überfordert hat, Knobel«, diagnostizierte Löffke arrogant. »Bei der Gräfin muss man klotzen. Also schlage ich voll drauf.«

»Das heißt?«, forschte Stephan.

»Ich fertige eine Dienstaufsichtsbeschwerde gegen den Staatsanwalt an«, verkündete Löffke stolz.

»Weshalb?«

»Weil er mit seiner Herrenart Madame Rühl-Brossard auf die Nerven geht. Der gute Mann scheint ein bisschen überengagiert. Man bestellt eine Frau Rühl-Brossard nicht einfach ein. Das macht man im Übrigen auch nicht als Anwalt mit Klientel dieses Formats«, belehrte Löffke.

»Es geht um ein Verbrechen«, hielt Stephan dagegen. »Ylberi macht nichts falsch. Und es sollte in Dominiques eigenem Interesse sein, die Wahrheit ans Licht zu bringen.«

»Es geht ums Geschäft, Knobel«, korrigierte Löffke. »Das wollen Sie einfach nicht lernen. Rechtlich richtig ist, was Geld bringt. Und auf Befindlichkeiten lasse ich mich ein. Ich bin doch sensibel, Knobel. Eine Frau Rühl-Brossard ist eben très fragile.« Er verdrehte kokettierend die Augen.

»Die Gräfin«, merkte Stephan gedehnt und zynisch an.

»Nein, die renommierte Architektin Dominique Rühl-Brossard«, stellte Löffke richtig.

16

Stephan ärgerte sich, Löffkes Büro überhaupt aufgesucht zu haben. Was war anderes zu erwarten gewesen als dessen selbstverliebtes Resümee, alles richtig gemacht zu haben. Löffkes Triumph war gepaart mit der unverhohlenen Freude, Stephan das Mandat abgejagt und mit Frau Rühl-Brossard eine Auftraggeberin zurückgewonnen zu haben, die sich einst von der Kanzlei Hübenthal abgewandt hatte. Alle Gründe, die sie damals bewogen hatte, sich neu zu orientieren, waren offensichtlich bedeutungslos geworden und schienen sich unter dem Eindruck der schmeichelnden Worte eines Hubert Löffke in Luft aufgelöst zu haben. Stephan half wenig, dass er im Vergleich zu Löffke der bessere Jurist sein mochte. Entscheidend war, dass Löffke mit seinen häufig plumpen und über die Stränge schlagenden Prahlereien bei vielen Mandanten gut ankam und auf diese Weise in eigener Person spiegelte, was die Welt der Geschäfte ausmachte: Vordergründiger Erfolg, Entschlussfreudigkeit und Kampfeswille, verbunden mit Schaumschlägerei. Während Stephan mit Löffke geredet hatte, war eine SMS auf seinem Handy eingegangen: Kommen Sie heute Abend zum Bahnhof Kurl. Treffen uns um 22.30 Uhr auf dem Bahnsteig. Gruß, Ylberi.

Stephan parkte sein Auto um Viertel nach zehn vor dem von der Bahn aufgelassenen Gebäude des Kurler Bahnhofes. Das ursprünglich für eine Vorortstation recht repräsentative Haus aus der Gründerzeit war seit Jahren seines ursprünglichen Zwecks entledigt. Die Fenster waren mit Holzplatten zugenagelt, die Wände mit Graffiti besprüht und die Eingangshalle, durch die hindurch der Zugang zu einem kurzen Fußgängertunnel und von dort über eine Treppenanlage hinauf zu dem Mittelbahnsteig zwischen den beiden Gleisen führte, stank nach Erbrochenem und Urin. Marie und Stephan waren übereingekommen, dass sie nicht mitkam, weil nicht abzuschätzen war, ob Ylberi Maries Anwesenheit gewollt hätte. Die Uhrzeit entsprach derjenigen des Zeitpunktes, als Franziska am 23. Oktober tödlich vom Zug erfasste wurde, und war von Ylberi sicher nicht zufällig ausgewählt worden.

Stephan durchschritt den schwach beleuchteten Fußgängertunnel. An seinem Ende führten zwei entgegengesetzt angeordnete Treppen in eine düstere und ebenfalls mit Sprayfarben verzierte Betoneinhausung auf den Bahnsteig. Stephan entschied sich für den linken Aufgang und gelangte auf den mit rötlichem Klinkerpflaster ausgelegten Bahnsteig. Es regnete, wenn auch längst nicht so stark wie zum Zeitpunkt des Unglücks. Stephan sah auf ein schmuckloses Wartehäuschen aus Beton. Er ging hin, doch es war leer. Der Regen fiel sanft auf den Boden, sammelte sich in Rinnen und floss glucksend in die Kanalisation. Im gelblichen Schein der Lampen glitzerten und funkelten die Tropfen auf dem unwirklich schimmernden rötlichen Pflaster. Es war still. Stephan ging unsicher weiter bis zum östlichen Ende des Bahnsteigs. Neben dem rechten, in die Dunkelheit führenden Gleis, warf ein Signal gelbes, weit hinten ein rotes Licht in die Nacht. Stephan kehrte um, passierte das Wartehäuschen, schließlich die graue Wand des Wetterschutzes der zum Ausgang führenden Treppen. Dann stand Ylberi plötzlich vor ihm. Stephan erschrak unwillkürlich. Er hatte den anderen nicht gesehen. Ylberi war aus dem Schatten des überkragenden Daches hervorgetreten, der wie ein Deckel die Treppenanlage nach oben gegen die Witterung abschirmte. Er begrüßte Stephan.

»Sie haben mit mir gerechnet, und ich habe Sie dennoch überraschen können«, stellte der Staatsanwalt fest und schlug den Kragen seines Mantels hoch, als er in den Regen trat. Ylberi trug eine randlose Brille mit kreisrunden Gläsern, auf denen die Regentropfen Perlen bildeten. Er nahm die Brille ab, wischte über die Gläser und setzte sie wieder auf.

»Schauen Sie sich um, Herr Knobel«, sagte er. »Es gibt im weiten Umfeld meines Wissens keinen Bahnhof, auf dem sich ungestörter töten lässt. Ein verlassenes Bahnhofsgebäude, nur ein Bahnsteig, auf dem sich ohnehin nur selten Fahrgäste aufhalten, weil die wenigsten Züge hier halten, ein dunkler Wetterschutz aus Beton und diese monströse düstere Überdachung der Treppenabgänge. Sie finden überall Nischen und Verstecke. Jenseits der beiden Gleise sprießt üppige Vegetation. Zuschauer von außen gibt es nicht. Von den Wohnhäusern auf der Seite, auf der das Empfangsgebäude steht, hat man zumindest im Sommer und im Herbst, wenn sich noch Laub an den Bäumen befindet, keinen Einblick in das Bahngelände. Kein vernünftiger Mensch hält sich hier freiwillig auf. Ich vermute, einige nutzen die Bahn schon wegen dieser örtlichen Verhältnisse nicht und fahren lieber mit dem Auto oder mit den städtischen Bussen. Der Tunnel unten ist ein Geisterort, und überall stinkt es bestialisch.«

»Ist es hier passiert?«, fragte Stephan beklommen.

»Ja, an der Stelle, an der ich Sie gerade empfangen habe, Herr Knobel. In Höhe des oberen Absatzes der westlichen Treppe. Aber nicht auf dieser Bahnsteigseite, sondern gegenüber.« Er wandte sich um. »Kommen Sie!« Sie gingen auf die andere Seite und standen nun an dem Richtung Hauptbahnhof führenden Gleis.

»Hier an dieser Stelle lag Franziska bereits im Gleis oder wurde auf das Gleis gestoßen«, sagte er. »Was genau geschah, können wir immer noch nicht weiter aufklären. Tatsache ist, dass im Falle eines Mordes der Täter oder die Täterin Franziska im Schutze des Treppenaufganges aufgelauert haben könnte. Man bemerkt niemanden, der sich dort versteckt hält. Das haben Sie gerade selbst festgestellt. Hat die Person dort Franziska aufgelauert, müsste sie sie maximal über eine Distanz gestoßen haben, die von der Außenkante dieser Wand bis zur Bahnsteigkante reicht. Das sind nach meiner Messung genau 185 cm. Eine kräftige Person kann das ebenso wie eine weniger kräftige, wenn der Stoß technisch richtig ausgeführt wird, zumal natürlich das Überraschungselement hilft. Wir wissen, dass der Lokführer Franziska erst Sekundenbruchteile vor dem Zusammenstoß wahrgenommen hat. Das ist glaubhaft. Wir haben vor einigen Tagen, als nachts ähnlich starker Regen war, eine Führerstandmitfahrt gemacht. Bei starkem Regen ist nachts nicht zu erkennen, ob etwas auf den Gleisen liegt und was es ist. Die Scheibenwischer der Lokomotiven haben keinen Schnellgang, der mit jenen der Autos vergleichbar wäre. Lokomotivführer müssen nicht jede Einzelheit wahrnehmen können, sondern fahren sicher, wenn die Streckensignale erkennbar sind. Folglich sind auch die Lichter an den Lokomotiven keine Scheinwerfer, die die Strecke ausleuchten sollen. Sie dienen vielmehr den anderen Verkehrsteilnehmern als Warnsignal. Also war die Tatzeit, nämlich später Abend, somit Dunkelheit und naturgemäß kein oder allenfalls wenige Zeugen, gut ausgesucht. Aber das allein reichte nicht. Es bedurfte noch des Starkregens, um auch den Lokführer als Zeugen für den Tathergang auszuschließen. Wenn Sie mal über dieses Gleis in die Gegenrichtung, also Richtung Hamm schauen …«, Ylberi drehte sich in die beschriebene Richtung, streckte seinen linken Arm aus und wies mit der Hand in die Ferne, »dann sehen Sie, dass das Gleis eine leichte Krümmung nach rechts beschreibt. Der Führer eines aus Richtung Hamm kommenden Zuges, der nicht in Kurl halten wird, hat von dem Zeitpunkt an, an dem er erstmals die gesamte Bahnsteigkante mit den eigenen Augen erfassen kann, bis zu diesem Punkt, an dem wir jetzt stehen, maximal 15 Sekunden Zeit. Ist es dunkel, ohne dass es regnet, kann der Lokführer erkennen, ob eine Person oder ein größerer Gegenstand bereits im Gleis liegt oder dorthin gestoßen wird. Er würde darüber hinaus eine Zwangsbremsung einleiten können, die zwar den Zug bis hierhin nicht zum Stillstand brächte, aber der verunglückten Person einige Sekunden schenkt, um sich vielleicht noch aus dem Gleis retten zu können. Daraus schließen wir zweierlei: Wenn es sich nicht um einen Zufall handelt, dann waren sowohl der Tatort, nämlich genau diese Stelle am Ende der westlichen Zugangstreppe, als auch die äußeren Begleitumstände, nämlich Dunkelheit und starker Regen, unabdingbare Voraussetzungen, um die Tat in der geschehenen Weise durchzuführen und sicherzustellen, dass der Anschlag klappt. Die Dunkelheit war insoweit natürlich das kleinste Problem. Franziska hatte häufig Spätschicht, die in dieser Jahreszeit zwangsläufig in der Dunkelheit endet. Die Begehung der Tat an dieser konkreten Stelle war schon bedeutend schwieriger, denn das setzt voraus, dass Franziska sich gerade auch an dieser Stelle befand, als sich der Zug näherte. Nun mögen einige Menschen die Gewohnheit haben, bei ihren Berufspendlerfahrten immer an ein- und derselben Stelle am Bahnsteig zu warten. Ob dies bei Franziska Bellgardt der Fall war, können wir nicht feststellen. Aber es spricht alles dafür, dass sie nicht von sich aus an diesem Ort wartete, weil alle Nischen, die die unseligen Betonbauten auf diesem Bahnsteig haben, unheimlich und uneinsehbar sind. Zumal als Frau wird man dort nicht freiwillig warten, und unsere Beobachtungen an den vergangenen Abenden haben bestätigt, dass sich keiner der Wartenden, seien es Männer oder Frauen, im Wartehäuschen oder im Schutz dieser überdachten dunklen Treppenaufgänge aufgehalten hat. Alle warten lieber im Licht der Bahnsteiglampen. Nun werden Sie einwenden, dass es am Tattag stark geregnet hat. Da hält man sich natürlich eher in den witterungsgeschützten Bereichen auf, selbst wenn sie einem sonst unheimlich sind. Franziska könnte sich also hier aufgehalten haben, weil sie sich unterstellen wollte. Aber das schließen wir aus. Nach Mitteilung des Wetteramtes herrschte zur Tatzeit ein von Westen nach Osten treibender Starkregen. Also wäre Franziska gerade an dieser Seite der Treppenaufgänge nass geworden. Warum hat sie nicht auf der Ostseite gewartet? Sie wird doch nicht einen Ort verlassen haben, an dem sie geschützt stand, um sich einem Zug zu nähern, der hier gar nicht hielt. Der Zug, von dem sie erfasst wurde, fuhr bekanntlich durch, was Franziska gewusst haben dürfte, weil sie oft um diese Uhrzeit fuhr und unterstellt werden kann, dass sie den Fahrplan der Züge kannte. Also wusste sie auch, dass vor der Ankunft ihres hier haltenden Zuges ein vorausfahrender Zug planmäßig mit hoher Geschwindigkeit den Bahnhof passierte. Folglich stellen wir uns die Frage: Warum stand sie am fraglichen Abend genau an dieser Stelle? Warum auf der Westseite, auf der sie sich dem Regen aussetzte? Und unsere Antwort lautet: Sie ging nicht von allein dorthin, sondern war in Begleitung einer anderen, ihr vermutlich bekannten Person, die sie, wie auch immer, dorthin locken konnte. – Kommen wir zu dem Starkregen. Er war für die konkrete Tatausführung unabdingbar. Ich habe es eben erklärt. Ein normaler Regen wie am heutigen Abend hindert die Sicht des Lokführers nicht sonderlich. Das schaffen die Scheibenwischer. Wenn es also kein Zufall war, dann spricht viel dafür, dass der Täter oder die Täterin nicht nur am Tatabend, sondern häufiger an dieser Stelle war, um den geeigneten Zeitpunkt, nämlich jenen, in dem es stark regnete, abzuwarten. Dies und der Umstand, dass nicht damit kalkuliert werden konnte, dass sich zur Tatzeit niemand auf dem Bahnsteig aufhielt, der die Tat hätte beobachten können, führt zu der Annahme, dass Franziska, sollte sie sich nicht selbst umgebracht haben, von einer Person ermordet wurde, die sie kannte und mit der sie häufiger am Ende ihrer Spätschicht hier wartete.«

Stephan vollzog Ylberis Schlussfolgerungen nach.

»Wenn das so ist, werden Sie durch Befragung aller Lokführer, die in den vergangenen Wochen diesen Haltepunkt Richtung Hauptbahnhof passiert haben, erfahren können, ob dort eine Frau häufig mit einer anderen Person wartete«, sagte Stephan.

Ylberis Augen funkelten hinter den nassen Gläsern.

»Sehr gut«, urteilte er. »Wir haben diese Befragung durchgeführt, zumal das Bahnpersonal auch aus vielen anderen Städten stammt und deshalb nicht unbedingt die Dortmunder Zeitungen liest. Und tatsächlich konnte sich der Lokführer, der zwei Tage vor der Tat, also am 21. Oktober, den in Kurl durchfahrenden Zug steuerte, erinnern, dass eine Person, die Franziska sein konnte, mit einem Mann auf dem Bahnsteig stand, und zwar genau im Schein einer dieser Bahnsteiglampen.«

»Und das wusste der so genau?«, staunte Stephan.

»Er wusste es, weil er mit seinem Zug wegen eines angekündigten Haltesignals deutlich langsamer durch den Bahnhof fuhr und der Mann, den der Lokführer jedoch nicht näher beschreiben konnte, kurz vor Durchfahrt des Zuges eine leere Coladose wie einen Fußball auf das Gleis trat. Die Frau musste sich darüber aufgeregt haben, denn sie boxte den Mann daraufhin in die Seite. Deshalb hat der Lokführer an sie eine etwas genauere Erinnerung. Sie trug nämlich eine rosafarbene Steppweste. Und eine solche haben wir bei Franziska Bellgardt zu Hause gefunden.«

»Aber wenn es einen Mann gab, der an mehreren Tagen mit Franziska am Bahnsteig stand, um den geeigneten Moment abzupassen, an dem er seine Tat begehen konnte, dann muss dieser Mann doch irgendwo abgeblieben sein«, wandte Stephan ein.

»Wenn er mit Franziska zusammen war, müsste er mit ihr in den Zug eingestiegen sein, mit dem sie abends jeweils von Kurl nach Dortmund fuhr«, lächelte Ylberi. »Das meinen Sie doch?«

Stephan nickte.

»Haben wir überprüft«, bestätigte Ylberi. »Wir haben das Personal aller in Betracht kommenden Züge befragt und ein Foto von Franziska vorgelegt. Einige Schaffner erkannten sie wieder oder meinten dies jedenfalls. Sie saß gewöhnlich allein im Steuerwagen des Zuges, nahe dem Führerraum. Das tun viele Frauen, wenn sie nachts mit der Bahn fahren. Sie fühlen sich dort sicherer. Es ist uns heute gelungen, die Schaffnerin zu sprechen, die den Zug begleitete, den Franziska an dem Abend nahm, an dem sie die rosafarbene Weste trug, also am Abend des 21. Oktober. Die Schaffnerin war im Urlaub und bis heute nicht erreichbar gewesen. Wir haben ihr das Foto von Franziska vorgelegt, und sie erkannte sie zweifelsfrei wieder. Franziska saß an jenem Abend wieder vorn im Steuerwagen. Sie war nicht allein. Sie war in Begleitung des Mannes, mit dem sie mutmaßlich zuvor hier auf dem Bahnsteig gewartet hatte. Die beiden hatten Streit. Der Mann war laut geworden und fuchtelte, wie sie sagte, erregt mit den Händen. Die Schaffnerin kontrollierte die Fahrkarten. Franziska hatte eine Dauerkarte, der Mann eine Einzelfahrkarte. Währenddessen stritten die beiden weiter. Der Mann soll einen deutlichen französischen Akzent gehabt und Franziska gesagt haben, dass es so nicht weitergehe. Er fühle sich erdrückt. Was Anlass des Streites war, konnte die Bahnmitarbeiterin nicht sagen. Sie ist dann weitergegangen und hat andere Fahrgäste kontrolliert. Wir haben ihr auch das Foto von Pierre Brossard vorgelegt. Aber sie hat ihn nicht zweifelsfrei erkannt. Eher meinte sie, dass er es nicht gewesen sei. Das Passfoto von Brossard ist zwar einige Jahre alt, trifft ihn jedoch nach Angaben von Personen, die ihn kennen, recht gut und ist deshalb noch aktuell. Es ist übrigens der einzige Hinweis, dass Franziska jemals in Begleitung eines anderen den Zug nach Dortmund nahm. Sonst ist sie offensichtlich immer allein gefahren. Das führt natürlich zu der Frage, wo der Mann, wenn er der Täter war, an den anderen Abenden geblieben ist, wenn Franziska in den Zug stieg. Nach meiner These wird er häufiger auf dem Bahnsteig gewesen sein.«

Stephan berichtete von dem Mann mit dem roten Fahrrad, von dem ihm Daniel erzählt, wo und wie er ihn beobachtet hatte und von seiner Behauptung, dass Franziska, bis auf ihre häufige verspätete Rückkehr von der Spätschicht und dem Wochenende an der Mosel, nicht längere Zeit fortgeblieben sei.

Ylberi sah Stephan überrascht an.

»Aus diesem Daniel werden wir nicht schlau. Warum erzählt er uns das nicht?«

»Vielleicht will er verdrängen, dass ihn Franziska verlassen wollte«, meinte Stephan. »Wie es aussieht, verbannt er Franziska jetzt aus seinem Leben. Wie es aussieht, hat er schon das gemeinsame Bett in den Sperrmüll gegeben.«

Sie schwiegen eine Weile.

»Glauben Sie, dass Daniel als Täter in Betracht kommt?«, fragte Stephan.

»Wir haben ihn sofort überprüft, insbesondere, nachdem wir erfuhren, dass Franziska einen neuen Partner suchte. Aber Daniel scheidet als Täter aus. Er war zum Tatzeitpunkt zweifelsfrei in einer Spielhalle in der Münsterstraße, die er häufiger aufsucht. Er ist ein skurriler Typ, aber harmlos. Und er ist kein Stratege, der ein raffiniertes Verbrechen planen könnte. Es gibt keine einzige Spur, die für seine Täterschaft spricht. Wir schließen ihn aus.«

Sie traten fröstelnd auf der Stelle. Der Regen zog in die Kleidung. Keiner wollte unter die Dächer der düsteren Wartehäuschen.

»Warum erzählen Sie mir das, Herr Ylberi, und warum haben Sie mich überhaupt hierher gebeten?«

Der Staatsanwalt verschränkte die Arme und grinste.

»Sie sind raus aus dem Fall, Herr Knobel. Ihr Kollege Löffke hat Sie abgelöst. Ich bekam heute Nachmittag sein wortgewaltiges Fax. Und da Sie jetzt unbefangen sind, tausche ich mich umso lieber mit Ihnen aus. Sie sind jetzt frei. Sie haben einen Bezug zum Fall und über Ihre Freundin einen Einblick in den Charakter von Franziska, der mir helfen kann. Ich sauge Sie aus, Herr Knobel, seien Sie also vorsichtig!« Er lachte.

»Ich habe Frau Rühl-Brossard gut vertreten«, verteidigte Stephan. »Ich war ihr offensichtlich nur nicht aggressiv genug. Insbesondere Ihnen gegenüber.«

»Ich weiß«, sagte Ylberi gelassen. »Sie sollen die Dame auch nicht verraten, Herr Knobel. Aber ich vermute, dass Sie ihr die richtigen Fragen gestellt haben, Herr Knobel. Warum wird sie sich sonst von Ihnen getrennt haben? Was meinen Sie?«

»Ich konnte die Fragen nicht einmal stellen«, hielt Stephan dagegen.

»Aber Dominique wusste, dass Ihre Fragen kommen werden«, war sich Ylberi sicher. »Und ich bleibe dabei, dass sie in irgendeiner Weise über diese merkwürdige Chiffre-Geschichte in Franziskas Tod verstrickt ist. Ich denke, Sie sind für eine Dominique Rühl-Brossard zu kritisch, Herr Knobel«, wagte sich Ylberi vor. »Vielleicht sind Sie an dieser Stelle nicht der geborene Anwalt.«

Stephan fielen sofort Löffkes Worte ein.

»Sie gelten in Löffkes Augen als – sagen wir – übereifrig«, erwiderte Stephan. »Er will Dienstaufsichtsbeschwerde einlegen.«

»Hat er schon«, winkte Ylberi ab. »Das Hündchen bellt nur. Wir wissen doch, dass er damit nicht durchdringt. Im Übrigen hat er auch bereits angekündigt, dass seine Mandantin nicht zur Vernehmung kommen werde. Sie sei nicht vernehmungsfähig. Das Attest will er nachreichen. Es soll ein neuer Termin gemacht werden. Lächerlich! Sie hätte den Verdacht gegen sich zerstreuen können. Dabei will ich sie zunächst nur als Zeugin vernehmen. Dass Sie das nicht will, weiß ich zu werten. Sie macht sich durch ihr gesamtes Verhalten immer verdächtiger, Unschuldsvermutung hin oder her.«

»Warum ermitteln Sie selbst?«, fragte Stephan. »Von Anfang an sehe ich nur Sie und nicht die Polizei. Vielleicht ist es das, was Löffke reizt.«

»Die Staatsanwaltschaft ist die Herrin des Vorverfahrens, § 160 der Strafprozessordnung, das wissen Sie doch. Es gab in letzter Zeit häufiger Suizide auf Bahnstrecken. Der Vorstand der Bahn ist sensibilisiert und der Leitende Oberstaatsanwalt in Dortmund hat Bahnleichen zur Chefsache gemacht. Es gibt immer wieder Delikte oder Unglücke, die im Fokus stehen. Mal sind es die Graffitisprüher, dann die Hundebisse in den Erholungsparks. Unser Leitender Oberstaatsanwalt hat ein Näschen dafür, was die Öffentlichkeit gerade besonders erregt. Im Moment haben Todesfälle auf Bahngleisen Konjunktur. Unser Chef wünscht, dass die Staatsanwaltschaft in all diesen Fällen sofort präsent ist. Und hier erscheint es mir in der Tat besonders angebracht, denn es deutet nichts auf einen Suizid hin, mit dem wir es in diesen Fällen häufig zu tun haben. Ich ermittle natürlich nicht allein, Herr Knobel. Wir arbeiten alle zusammen: Das Kommissariat, die Institute und die Staatsanwaltschaft. Wir sind uns sicher, dass ein Suizid Franziskas ausscheidet. Es gibt in diesem Fall noch eine andere Ebene, da sind wir uns alle sicher. Ich möchte nichts versäumen. Denken Sie daran, dass wir immer noch nach Pierre Brossard suchen, der vom Erdboden verschwunden zu sein scheint. Wir haben keine Anhaltspunkte, wo er sein könnte. Es gibt keine Hinweise aus der Bevölkerung. Nichts. Das ist das Merkwürdige: Auf der einen Seite scheint es ihn an der Seite von Franziska gegeben zu haben, auf der anderen Seite scheint er jedoch nicht der tatsächliche Pierre Brossard gewesen zu sein. Moselgold ist dafür der erste Beweis. Mein Trumpf! Und der Umstand, dass ihn kein Zeitungsleser trotz des recht guten Fotos wiedererkannt hat, ist ein weiteres Indiz. Vielleicht ist er der Typ auf dem Bahnsteig gewesen, aber ich persönlich glaube, dass es nur jemand war, der Pierre Brossard gewesen zu sein scheint. Wer weiß? Jedenfalls werden wir die Strategie ändern: Wir fahnden jetzt in der Öffentlichkeit nicht mehr nach Pierre Brossard, sondern nach dem Mann an der Seite von Franziska Bellgardt. Über Franziska müssen die Zeugen gefunden werden, die uns etwas über die Identität dieses Mannes sagen können.«

Weit hinten funkelte schwach zitternd ein weißes Licht, das bald ein sich schnell näherndes Dreieck bildete. Die Schienen begannen zu singen, Sekunden später dröhnte der Zug vorbei und zerstob den schwachen Regen im Lampenschein in milchige Fahnen. Die Druckwelle zwängte die Luft zur Seite. Sie traf Stephan wie eine dichte feuchte Masse.

Sie blickten dem Zug nach.

»Haben Sie gerade daran gedacht?«, fragte Ylberi, als sich die roten Lichter des Zuges in der Dunkelheit verflüchtigt hatten.

»Sie etwa nicht?«, fragte Stephan zurück. »Was wollen Sie wirklich von mir, Herr Ylberi?«

»Ich suche jemanden, der die richtigen Fragen stellt. Mehr nicht, glauben Sie mir!«, versicherte Ylberi. »Sie gelten in Justizkreisen als Analytiker. Das ist ein Fall für den Kopf, nicht für die Kriminaltechniker. Es ist ein Fall ohne greifbare Spuren. Sehr ungewöhnlich.«

»Ich werde nicht preisgeben, was mir Frau Rühl-Brossard anvertraut hat«, stellte Stephan klar.

»Das sollen Sie auch nicht, Herr Knobel«, besänftigte Ylberi. Er schmunzelte. »Aber es gibt ja auch nichts preiszugeben. Denn sie wird Ihnen nichts erzählt haben.«

17

Am nächsten Morgen, es war Donnerstag, der 5. November, veröffentlichten die örtlichen Tageszeitungen Franziskas Foto. Die begleitenden Artikel beschrieben nüchtern, dass Franziska Bellgardt die in den bisherigen Berichten namentlich anonym gebliebene Frau war, die am Freitag, 23. Oktober, im Bahnhof Dortmund-Kurl vom Zug überfahren worden war. Erstmals legte sich die ermittelnde Staatsanwaltschaft auch darauf fest, dass es sich um ein Verbrechen gehandelt habe, und bat um Hinweise, wer Franziska ab Anfang August, wann, wo und mit wem in Begleitung gesehen habe und lobte für sachdienliche Informationen einen stattlichen Betrag aus. Die von der Staatsanwaltschaft redaktionell vorbereiteten Beiträge wiesen darauf hin, dass die gesuchte Begleitperson als Täter in Betracht komme, aber nicht zwingend der Täter gewesen sein müsse.

Bis zum Wochenende ging eine Vielzahl von Hinweisen ein, deren Überprüfung jedoch im Sande verlief. Teilweise war die vermeintlich erkannte Person nicht Franziska, teilweise verloren sich die Hinweise in dem diffusen Bewusstsein, sie oder eine ihr ähnlich sehende Frau in den letzten Wochen irgendwo gesehen zu haben. Ylberi wusste, wie sehr die Erinnerung täuschen konnte, dankte freundlich für die Hilfe und sammelte die über die Aussagen gefertigten Protokolle, ohne sie zunächst weiter zu beachten. Die einzige wertvolle Aussage stammte von drei 15-jährigen Schülerinnen, die am Donnerstag, 27. August, das Freibad Stockheide besucht und Kopfsprünge vom Dreimeterbrett geübt hatten.

Ylberi las aufmerksam den vom Kommissariat gefertigten Bericht:

Eines der Mädchen, die Zeugin Jessica Schneider, hatte eine Digitalkamera bei sich, und so fotografierten sich die Mädchen wechselseitig, wie sie vom Brett ins Wasser sprangen. Dies hatte eine Frau beobachtet, die mit ihrem Freund auf einer Wolldecke in der Nähe der Mädchen auf dem das Becken umgebenden Rasen lag und sich anbot, mit der Kamera alle drei Mädchen zu fotografieren, wenn sie zu dritt ins Wasser sprangen. Die Mädchen waren davon begeistert und ließen sich gleich mehrfach ablichten. Als sie genug davon hatten, bat der Mann darum, dass die Mädchen ihn und seine Freundin beim Sprung fotografieren, was die Mädchen verwunderte, aber wunschgemäß taten. Der Mann betrachtete anschließend die von insgesamt drei Sprüngen gefertigten Bilder. Er bat, eines zu löschen, weil er darauf, wie er sich ausdrückte, dumm aussehe. Er soll dafür auch irgendeinen französisch klingenden Begriff gebraucht haben. Die Mädchen löschten daraufhin in seinem Beisein dieses Bild. Die zwei Bilder von den beiden anderen Sprüngen gefielen dem Mann, und er bat darum, sie per E-Mail erhalten zu dürfen. Die von ihm angegebene E-Mail-Adresse, die sich Jessica Schneider notierte, war jedoch falsch. Nachdem sich die Bilder nicht verschicken ließen, ließ Jessica die Sache auf sich beruhen. Die Fotos von dem Paar sind noch in Jessicas Kamera gespeichert und konnten gesichert werden. Die Auswertung ergab, dass die auf dem Foto abgelichtete

Frau zweifelsfrei Franziska Bellgardt ist. Man erkennt ihr Gesicht, das sie während des Sprunges der Kamera zuwandte. Ihr Begleiter kann auf den Bildern nicht eindeutig erkannt werden. Er befand sich beim Sprung rechts neben Franziska Bellgardt und wird von dieser auf dem Foto teilweise verdeckt. Im Gegensatz zu Frau Bellgardt wandte er sein Gesicht auch nicht der Kamera zu, mit der Jessica Schneider aus rückwärtiger Position, nämlich links neben dem Sprungturm mit Blick in das Schwimmbecken, fotografierte. Weder die Zeugin Schneider noch ihre Freundinnen konnten zum Aussehen des Begleiters von Franziska Bellgardt nähere Angaben machen. Nach Vorlage des Passfotos von Pierre Brossard erklärten sie übereinstimmend, dass der Mann Herrn Brossard durchaus ähnlich sehe. Sie könnten dies aber nicht mit Sicherheit sagen. Die Mädchen schätzten ihn auf etwa 50 oder älter, was aber im Hinblick auf ein abweichendes Altersempfinden der jungen Zeuginnen nicht entscheidend sein mag. In deutlicher Erinnerung ist allen dreien vor allem der französische Akzent. Die Körperlänge des Begleiters von Frau Bellgardt kann aus den Bildern nicht ermittelt werden. Bei beiden fotografisch dokumentierten Sprüngen hielt er die Beine stark angewinkelt und auch den Kopf nach vorn gebeugt. Genaue Feststellungen sind auch im Hinblick auf den Umstand, dass Frau Bellgardt auf den Fotos den Körper ihres Begleiters weitgehend verdeckt, nicht möglich. Die genaue Analyse zeigt auf einem Bild auf seinem linken Schulterblatt einen Fleck, der eine Warze, ein Bluterguss oder ein Muttermal sein könnte. Nach Angaben von Frau Rühl-Brossard, die sich insoweit über ihren Anwalt Hubert Löffke äußerte, habe ihr

Mann an der bezeichneten Körperstelle keine derartige Auffälligkeit. Es konnten auch keine entsprechenden ärztlichen Befunde sichergestellt werden. Pierre Brossard hat, soweit bekannt, keinen Arzt, bei dem er sich in Behandlung befindet oder befand.

18

Staatsanwalt Ylberi las den Bericht mit Genuss. Jedes Detail dieser Ermittlungen passte in das sich in seinem Kopf zusammenfügende Bild. Es würde sich vollenden, wenn Pierre Brossard gefunden wurde – oder die Person, die ihn gespielt hatte.

Überraschend kündigte Löffke für seine Mandantin nun doch sein Einverständnis in eine baldige Vernehmung an und drängte sogar auf einen zeitnahen Termin. Das ärztliche Attest, das das Fernbleiben von Dominique Rühl-Brossard zum vorgesehenen Vernehmungstermin am letzten Donnerstag entschuldigen sollte, lag noch nicht vor. Ylberi wusste, dass es auch nicht mehr kommen würde. Er setzte den Vernehmungstermin auf den morgigen Dienstag, 10. November, 16 Uhr, fest.

Ylberi hatte sich im Vorfeld dieses Termins nochmals eingehend mit allen bisher bekannten Fakten vertraut gemacht. Rechtsanwalt Löffke hatte noch kurzfristig Akteneinsicht beantragt, sie aber nicht gewährt bekommen. Ylberi nahm ihm – einer mutmaßlich weiteren nutzlosen Dienstaufsichtsbeschwerde zuvorkommend – den Wind aus den Segeln: Er wolle Dominique immer noch als Zeugin, nicht als Beschuldigte vernehmen, und solange sich daran nichts ändere, sei Löffke auch nicht ihr Verteidiger, weshalb er – wie die Zeugin selbst – kein Akteneinsichtsrecht habe. Löffke, mit dem Strafprozessrecht nicht vertraut und nur deshalb so engagiert, weil es ihm weniger um diesen Fall als vielmehr um die Rückeroberung der mit Dominique Rühl-Brossard verbundenen streitwertträchtigen zivilrechtlichen Mandate ging, hatte sich schnaubend ergeben und sich mit Ylberi darauf verständigt, dass er sich bei der Vernehmung zurückhalten werde und nur dann eingreifen wolle, wenn er die Befürchtung habe, dass sich Dominique mit der Beantwortung einer Frage selbst des Verdachts aussetze, eine Straftat begangen zu haben. Ylberi verschwieg, dass er diesen Verdacht längst hatte und die Vernehmung nur aus dem Grunde durchführen wollte, um Hintergrundwissen zu erlangen, das die sich in seinem Kopf ausprägende Geschichte abrunden könnte. Löffke fühlte sich in der Absprache mit Ylberi ernst genommen und nahm seine bereits erhobene Dienstaufsichtsbeschwerde, die außer Ylberi noch niemand in der Behörde gelesen hatte, mit großherziger Formulierung zurück.

Der Staatsanwalt empfing Frau Rühl-Brossard und Löffke in seinem kleinen Büro. Löffke beeilte sich eingangs zu erwähnen, dass er in einem solchen Zimmer viele Stunden seines Referendariats verbracht hatte, als er einem Staatsanwalt zuarbeiten musste, der sein Dasein mit der Bearbeitung von Bagatelldelikten fristete.

Ylberi überging lächelnd Löffkes Anwurf, den er als Gestaltungselement der Hubert Löffke eigenen und für seine Mandantin bestimmten Darstellungskunst zu deuten wusste. Er bat beide, Platz zu nehmen, und schenkte Kaffee ein.

Löffke öffnete umständlich seinen dickbauchigen Aktenkoffer, entnahm diesem eine dicke rote Gesetzessammlung und zwei grau eingebundene Kommentare zum Strafgesetzbuch und zum Strafprozessrecht, die er wie eine kleine Mauer vor sich auf dem Schreibtisch platzierte. Dann zückte er einen Block und einen Kugelschreiber, brachte sich in Stellung und sah Ylberi erwartungsvoll an.

Ylberi vergewisserte sich zunächst, ob die von Frau Rühl-Brossard bisher aufgenommenen Personalien zutreffend waren, dann stieg er in den Fall ein.

»Ich werde einige präzise Fragen stellen, Frau Rühl-Brossard, und ich bitte Sie, mir ebenso präzise zu antworten. Sie brauchen keine Angaben zu machen, soweit Sie sich damit selbst oder Ihren Ehemann belasten würden«, belehrte der Staatsanwalt. »Ich denke, Sie haben sich insoweit mit Ihrem Anwalt beraten, der überdies darauf achten wird, dass Ihre Rechte hier gewahrt werden.«

»Auf jeden Fall«, polterte Löffke pflichtbewusst und lehnte sich behäbig zurück.

»Darf ich zunächst fragen, warum Sie selbst nun auf einen schnellen Termin gedrängt haben, nachdem ich zuerst den Eindruck hatte, dass Ihnen damit nicht sehr eilig war?«

Frau Rühl-Brossard trug ein graues Strickkleid, das sie über ihren übereinandergeschlagenen Beinen glatt strich. Sie wirkte angespannt und sah Löffke unsicher an.

»Frau Antje Swoboda, das ist eine junge Architektin, die für meine Mandantin arbeitet, hat Frau Rühl-Brossard darüber informiert, dass gestern früh, etwa gegen acht Uhr, ein Mann an sie herangetreten sei, der in aggressiver Art und Weise Frau Rühl-Brossard zu sprechen wünschte. Zu dieser Zeit war sonst noch niemand im Büro, auch meine Mandantin nicht, die noch im Wohnbereich weilte. Dieser Mann behauptete, in den letzten Tagen bereits mehrfach versucht zu haben, mit Frau Rühl-Brossard in Kontakt zu treten, und er kündigte wörtlich an, rabiater zu werden, wenn ihm dies nicht endlich gelinge. Als Frau Swoboda meiner Mandantin hiervon berichtete, hat sie ihre Mitarbeiterin zu beruhigen versucht, aber diese hat gesagt, dass sie den Vorfall der Polizei melden werde, wenn Frau Rühl-Brossard das nicht selbst tue. Der Mann muss Frau Swoboda sehr eingeschüchtert haben. Das nehmen wir natürlich sehr ernst. Deshalb habe ich Sie gestern angerufen und um einen baldigen Termin gebeten. Es kam uns also recht, dass Sie die Anhörung am heutigen Tage angesetzt haben.«

Löffke lehnte sich zurück und vergewisserte sich mit einem Seitenblick, dass die Mandantin seine Schilderung billigte. Dominique nickte zustimmend.

»Und? Hat dieser Mann in den letzten Tagen mehrfach vergeblich versucht, Sie zu erreichen?«, fragte Ylberi.

»Non!«, antwortete Dominique entschieden. »Ich weiß nicht, wer er ist und was er will.«

»Wie hat Frau Swoboda ihn beschrieben?«, fragte Ylberi weiter.

»Ich weiß nicht, sie hat es mir nicht gesagt«, antwortete Dominique.

»Frau Swoboda war sehr erschrocken«, erläuterte Löffke. »Das kann ich bestätigen. Ich habe vorhin noch mit ihr gesprochen. Sie konnte nur wenig über den Mann sagen. Er hat keinen Namen genannt und auch nicht gesagt, was er wollte, und auch keine Nummer hinterlassen. Der Mann ging dann einfach, aber es steht außer Zweifel, dass sich Frau Swoboda zu recht bedroht gefühlt hat.«

»Bedroht Sie jemand, Frau Rühl-Brossard?«, erkundigte sich Ylberi. »Gibt es jemanden, der noch eine Rechnung mit Ihnen offen hat?«

»Nein!«, bekräftigte sie irritiert. »Ich gebe das auch nur so weiter, weil Frau Swoboda so verstört ist.«

Ylberi machte sich Notizen. »Erstatten Sie eine Anzeige gegen ihn, Frau Rühl-Brossard?«

»Anzeige?« Sie lachte hämisch auf. »Was soll eine Anzeige bringen? Hängen Sie ein Fahndungsplakat auf, mit dem dieser Typ gesucht werden soll? Das ist doch albern! Fragen Sie Antje! Vielleicht reißt sie sich mal etwas zusammen und kann dann doch etwas über diesen Menschen aussagen. Ich jedenfalls weiß gar nichts.«

»Vermuten Sie, dass er etwas mit dem Verschwinden Ihres Mannes zu tun hat?«, fragte der Staatsanwalt.

»Nein«, antwortete Löffke für seine Mandantin. »Es ist kein Zusammenhang ersichtlich. Frau Rühl-Brossard hat niemandem etwas getan und schuldet auch keinem was. Sie hat Neider, wie jeder andere Mensch auch, der durch seine Persönlichkeit und seine Werke exponiert ist. – Frau Rühl-Brossard ist nicht eine schlichte Architektin, sie ist Künstlerin«, trumpfte er auf und verschränkte zufrieden die Hände vor der Brust.

Ylberi wechselte das Thema.

»Wie bezeichnen Sie den Zustand Ihrer Ehe, Frau Rühl-Brossard?«

»Sie haben mich das schon einmal gefragt«, antwortete sie unwillig. »Soll sich etwas geändert haben?«

»Manchmal fallen die Antworten auf derartige Fragen unterschiedlich aus. Je nachdem, in welcher Verfassung man sich gerade befindet«, beschwichtigte Ylberi.

»Es ist so, wie ich es Ihnen gesagt habe: Unsere Ehe ist seit einiger Zeit kühl«, erwiderte sie. »Man kann nicht drum herum reden. Aber es hat mich überrascht, dass

Pierre offensichtlich gehen wollte. Wir hatten das Agreement, uns wechselseitig so zu lassen, wie wir sind. Ein jeder von uns hat sein Leben gelebt. Manchmal war Pierre für eine Weile in seiner Wohnung in Paris, manchmal auch nur ein paar Tage für einen Trip nach Hamburg oder München. Er nahm manchmal sein Auto, manchmal meins. Oft machte er abends nochmal eine kurze Spritztour mit meinem Porsche. Dann suchte er irgendwelche Kneipen- und Vergnügungsviertel auf. Hin und wieder begleitete er mich, wenn ich beruflich in anderen Städten zu tun hatte. Alles war ungezwungen, bis zum Schluss. Trotzdem oder gerade deswegen gingen wir immer mehr auseinander. Und zuletzt hat er sich sehr verändert.« Dominique berichtete von dem schwarzgestrichenen Zimmer in Paris mit den auf die Wand geklebten Berichten aus Magazinen und Zeitungen sowie von Pierres diffuser Wandlung zu einem in düsteren Gedanken verfangenen Menschen.

»Fragen Sie Frau Schwarz«, forderte Dominique. »Sie war in Paris und hat alles selbst gesehen.«

Für Ylberi war all dies neu. Er machte sich wieder Notizen.

»Aber wenn Ihre Beziehung zueinander abgekühlt war, werden Sie doch gar nicht mehr in dem Umfang in seine Gedanken Einblick bekommen haben«, folgerte er.

»Die Dunkelheit war sichtbar«, erklärte Dominique, »nicht nur in seinem Zimmer in Paris, sondern in allem, was er sagte. Er entzog sich den Freuden dieses Lebens.«

»Sehr gut erklärt!«, lobte Löffke und schnaufte zufrieden.

»Er schien im Verhältnis zu Franziska die Lebensfreude

wiedergefunden zu haben«, sagte Ylberi. »Jedenfalls muss das zu Beginn der Beziehung so gewesen sein.«

»Ich weiß dazu nichts«, erwiderte Dominique. »Ich weiß nur das, was in den Chiffrebriefen steht, die ich in Pierres Sachen gefunden habe.«

»Sie haben einmal gesagt, dass Pierre fast nie eigenhändig geschrieben habe«, erinnerte sich Ylberi. »Das stimmt nicht. Wir haben viele Dokumente gefunden, die er selbst geschrieben hat. Können Sie sich das erklären?«

Löffke hob mahnend die Hand. »Heikle Frage«, urteilte er und sah seine Mandantin besorgt an. »Sie müssen diese Frage nicht beantworten, wenn Sie die Antwort belasten könnte.«

»Ich kenne diese Dokumente nicht«, antwortete Dominique, ohne Löffkes Einwand zu beachten.

»Aber es sind teilweise ältere Schriftstücke, manche sind vielleicht schon Jahre alt«, hielt ihr Ylberi vor. »Haben Sie die denn nicht schon einmal früher gesehen, als bei Ihnen noch alles stimmte?«

»Non!«, bekräftigte sie ungeduldig.

»Warum haben Sie sich nicht scheiden lassen?«, fragte Ylberi weiter.

»Warum sollten wir? Wir hatten vor seiner dunklen Phase durchaus gute Zeiten. Vielleicht wäre irgendwann wieder alles besser geworden. So, wie es früher war. Man muss einander nur lassen können. Wir brauchten keine himmlischen Sphären.«

»Haben Sie Pierre nicht geraten, in seinem Zustand einen Arzt zu konsultieren? Nach Ihrer Schilderung sieht es doch so aus, dass Ihr Mann psychisch erkrankt sein könnte.«

»Er wollte keinen«, erwiderte sie knapp. »Ich kann ihn nicht zwingen.«

»Wir haben zwar keine Menschen finden können, die mit Ihrem Mann näheren Kontakt gepflegt haben, weil er so sehr zurückgezogen lebte, aber diejenigen, die mit ihm verkehrten, wussten von keinen Auffälligkeiten zu berichten«, sagte Ylberi. »Er war nach Eindruck dieser Beobachter wie immer: Etwas verschlossen, aber durchaus nicht der Dunkelheit verfallen, von der Sie sprechen, Frau Rühl-Brossard. Wie erklären Sie sich das?« Ylberi hatte seine Frage wie beiläufig formuliert. Er mied es, Dominique direkt anzusehen.

»Er wird schauspielern«, mutmaßte sie. »Kranke können das bestimmt über einen gewissen Zeitraum hinweg. Draußen tragen sie eine Maske und zu Hause brechen sie zusammen«, meinte sie. »So etwas weiß jeder.«

»Ich nicht«, bekannte Ylberi. »Glauben Sie, dass Ihr Mann tot ist?«, fragte er.

»Wie soll ich das wissen?«, gab sie verwundert zurück.

Ylberi merkte, dass sich Frau Rühl-Brossard munitionierte.

»Ich werde mit lauter unerklärlichen Situationen konfrontiert, Herr Staatsanwalt. Sie stellen mir Fragen, deren Beantwortung Ihre Aufgabe ist. Ich kann Ihnen nicht weiter behilflich sein. Ich weiß nicht mehr als das, was ich Ihnen gesagt habe.«

»Haben Sie eine Ahnung, wer Franziska Bellgardt getötet haben könnte, wenn der Täter nicht Ihr Mann gewesen sein sollte?«

Dominique runzelte die Stirn.

»Verdächtigen Sie mich?«, keifte sie. »Sie sollten diese fixe Idee ganz schnell wieder vergessen!«

»Dass Sie selbst nicht die Täterin waren, wissen wir«, beschwichtigte Ylberi. »Sie haben für die Tatzeit ein Alibi. Sie saßen am späten Abend des 23. Oktober noch mit Mitarbeiterinnen Ihres Studios im Büro. Das ist belegt. – Fühlen Sie sich angegriffen, wenn ich diese Frage stelle?« Der Staatsanwalt sah Dominique lauernd ins Gesicht.

»Ja klar, Frau Rühl-Brossard wird Ihnen jetzt einen Täter präsentieren«, knurrte Löffke. »Was soll diese Frage?«

Ylberi schwenkte um. Der Anwalt hatte recht.

»Eine letzte Frage«, sagte Ylberi weich. »Sie gelten in der Öffentlichkeit wegen Ihres Erfolges als reiche Frau. Ihnen gehören im Kreuzviertel nicht nur das Haus, in dem Sie wohnen und arbeiten, sondern noch zwei weitere Häuser, die vermietet sind. Drei Luxusimmobilien im Jugendstil im besten Wohnviertel. Ein Millionenvermögen, wie ich annehmen darf. Haben Sie jemals kalkuliert, was Sie die Scheidung von Pierre Brossard kosten würde?«

Jetzt schlug Löffke auf den Tisch.

»Das reicht nun! Das geht zu weit«, dröhnte er, griff entschieden zu seinen Büchern und warf sie in demonstrativer Wut in seine Tasche.

»Gnädige Frau, wir haben hier nichts weiter verloren!«, bellte er entrüstet mit gekonnt erhobener Stimme.

Dominique gefiel Löffkes Entschlossenheit, aber sie zauderte. Staatsanwalt Ylberi protestierte nicht gegen das Gebaren ihres Anwalts, er bat nicht einmal zu bleiben oder wenigstens ein Protokoll zu unterschreiben.

»Kann ich Ihnen nicht doch irgendwie helfen?«, fragte Dominique, die instinktiv spürte, dass Ylberi gegen sie arbeitete.

»Offenbar nicht«, antwortete Ylberi lächelnd. »Sie haben mir nichts Neues erzählen können.« Er schüttelte den Kopf. »Oder Sie wollten es nicht«, fügte er bedauernd hinzu.

»Aber Sie stellen nur absurde Fragen«, erwiderte sie verständnislos.

Löffke stand bereits an der Tür und drängte.

»Kommen Sie, Frau Rühl-Brossard! Sie müssen sich diesen Fragen nicht stellen.«

Doch Dominique zögerte noch immer.

»Ich wünschte, ich könnte Ihnen mehr sagen, Herr Ylberi!«, sagte sie.

»Ich hatte selten einen solchen Fall, der in mancher Hinsicht eher ein Theaterstück zu sein scheint«, sagte Ylberi.

»Nach Theater steht mir nicht der Sinn«, erwiderte Dominique ernst.

»Hat Ihr Mann ein rotes Fahrrad?«, fiel Ylberi ein. »Als wir Ihr Haus durchsucht haben, wurde keines gefunden.«

»Non! Er besitzt keines. Fahrräder interessieren ihn nicht!«

»Keine weiteren Fragen, Herr Ylberi!«, bestimmte Löffke und führte seine Mandantin entschlossen aus dem Büro.

19

Ylberi vernahm Antje Swoboda noch am selben Tag gegen 18 Uhr in ihrem kleinen Büro im Studiobereich des Hauses von Dominique Rühl-Brossard. Frau Swoboda wies sich mit ihrem Personalausweis aus. Die 34-jährige zierliche Frau wirkte verstört, als Ylberi sie eindringlich dazu ermahnte, nur ihre tatsächlichen Beobachtungen wiederzugeben und kein aus der Phantasie entspringendes Bild zu zeichnen. Antje Swoboda nickte schüchtern. Sie schloss die Tür ihres Büros. Ylberi nahm auf einem alten Drehstuhl in dem funktional eingerichteten Zimmer Platz, dessen Sitzfläche mit einem verschlissenen grauen Stoff bezogen war. Auf dem gegenüberliegenden Arbeitsplatz der Architektin standen zwei großformatige Bildschirme.

»Ich hätte Reißbretter in Ihrem Büro erwartet«, staunte Ylberi und wollte das Gespräch entkrampfen. »Mein Vater war Architekt. Ich erinnere mich noch an die großen Zeichenplatten im Keller unseres Hauses in Prizren, eine wunderschöne Stadt im Kosovo. Dort hat er gearbeitet und mich und meine Schwester Bjonda verscheucht, wenn wir als kleine Kinder spielen wollten und ihn bei der Arbeit störten. Kurze Zeit später sind wir nach Deutschland gegangen. Als Student wollte ich meinem Vater nacheifern, bis ich merkte, dass mir Architektur überhaupt nicht liegt. Also studierte ich aus Verlegenheit Jura und wurde, als ich die deutsche Staatsangehörigkeit erlangt hatte, Beamter. So begann meine Karriere als Staatsanwalt.«

»Die Zeiten haben sich überall geändert«, meinte Frau

Swoboda. Sie band ihr schulterlanges blondes Haar mit einem Haargummi zu einem Zopf und lächelte unsicher.

»Wie lange arbeiten Sie schon für Frau Rühl-Brossard?«, fragte Ylberi.

»Im kommenden Februar werden es drei Jahre. Es ist eine gute Arbeit hier. Es sind interessante Projekte. So etwas findet man woanders kaum. Der durchschnittliche Architekt plant gewöhnliche Häuser oder Industrieanlagen. Dominique hingegen zaubert Kunstwerke.«

»Also ist Ihre Arbeit hier ein Karrieresprungbrett«, folgerte Ylberi, »oder werden Sie längerfristig bleiben?«

»Ich weiß es noch nicht«, antwortete Frau Swoboda. »Es gibt viele Optionen.«

»Aber die Arbeit hier ist nicht immer einfach«, griff Ylberi vor. »Jedenfalls eilt den Arbeitsverhältnissen mit Frau Rühl-Brossard ein entsprechender Ruf voraus.«

Frau Swoboda schwieg unsicher.

»Probleme gibt es überall«, relativierte sie. »Jeder muss sehen, dass er seine Chancen nutzt. Was ich hier lerne und an Kontakten aufbaue, ist unbezahlbar. Dominique ist keine Chefin, die ihre Angestellten in einem Käfig hält. Wir dürfen sie auf alle Baustellen begleiten und häufig auch an Besprechungen mit den Bauherren teilnehmen. – Vielleicht tut sie dies auch nur, um sich noch etwas wichtiger zu machen«, schränkte sie mit scheuem Lächeln ein. »Aber es ist okay. Wir haben alle etwas davon.«

»Sie haben Frau Rühl-Brossard von diesem Mann erzählt, der gestern Morgen in den Büroräumen auftauchte. Wie ist er hineingekommen?«

»Normal durch die Tür«, antwortete sie. »Derjenige von uns, der morgens als erster kommt, schließt die Haustür und die Tür zum Studio auf. Besucher müssen unten nicht klingeln. Dominiques Wohnbereich ist natürlich verschlossen. Da kommt auch tagsüber keiner rein. Sie will nicht, dass da jemand ungefragt eintreten kann.«

»Sie haben den Mann nie zuvor gesehen?«, vergewisserte sich der Staatsanwalt.

»Nein, nie!«, bekräftigte sie.

»Beschreiben Sie ihn!«, bat Ylberi. »Und denken Sie dabei an meine einleitenden Worte. Wenn Sie, vielleicht wegen des Schrecks, etwas nicht genau wissen, dann ist das völlig in Ordnung. Der Mann war ja wohl auch nur kurz da. Die Fantasie spielt einem manchmal in solchen Dingen einen Streich. Das ist bekannt.«

Antje Swoboda schien erleichtert.

»Ich kann wirklich nicht viel sagen«, gestand sie. »Er stand unvermittelt im Studio. Er war barsch, fordernd und irgendwie schien es, als sei er nicht das erste Mal hier. Ich schätze ihn auf Mitte 40, einigermaßen groß …«

»Größer als Pierre Brossard?«, unterbrach Ylberi.

»Ich habe beide nicht vermessen«, lächelte sie. »Ich weiß es nicht. Aber es kann sein, dass der Typ von gestern etwas größer als Pierre war. Aber beschwören könnte ich es nicht.«

»Französischer Akzent?«, fragte Ylberi.

»Nein, reines Hochdeutsch.«

»Gewicht, Kleidung, Haare, Gesicht?«, forschte Ylberi weiter.

»Normales Gewicht, vielleicht ein wenig stämmig, dunkle Haare, beginnende Glatze in den Ecken, schmales Gesicht, Zähne gepflegt.« Frau Swoboda schloss die Augen und versuchte, sich den Mann in Erinnerung zu rufen.

»Haare nach hinten gekämmt«, fiel ihr noch ein. »Dunkle Lederjacke, blaue Jeanshose, soweit ich weiß. Schuhe weiß ich nicht mehr«, entschuldigte sie sich.

»Was machte den Mann so bedrohlich?«, wollte Ylberi wissen.

Antje Swoboda dachte nach. Die Bilder des gestrigen Tages schienen präsent.

»Es waren die gesamten Umstände«, meinte sie. »Dass er lautlos erschienen war, die Art, wie er sprach und die Ankündigung, dass er – wie er wörtlich sagte – rabiater werde, wenn er nicht endlich Dominique sprechen könne. Das machte mir Angst, weil seine Worte ja auch bedeuten können, dass er hier im Büro rabiater auftritt, wenn er an Dominique nicht herankommt. Darum habe ich ihr gesagt, dass sie das der Polizei melden solle, denn ich möchte nicht, dass ich hier in etwas reingezogen werde. Es ist genug passiert in diesem Hause.«

Ylberi verstand.

»Haben Sie den Eindruck, dass Dominique die Sache nicht ernst nimmt?«, fragte Frau Swoboda.

»Doch, das tut sie«, beruhigte Ylberi. »Sonst wäre sie heute nicht in mein Büro gekommen, um von diesem Vorfall zu berichten. Sie hatte auch ihren Anwalt mitgebracht.«

»Einen Herrn Knobel, ich weiß«, nickte Frau Swoboda. »Dominique hat mir erzählt, dass sie ihn beauftragt hat.«

»Nein, er heißt Löffke«, korrigierte Ylberi. »Sie wurde zuvor von Herrn Knobel betreut und ist jetzt zu Löffke gewechselt. Er sitzt im selben Kanzleigebäude. Es ist eine Bürogemeinschaft.«

»Und was sagt Dominiques Anwalt zu diesem Vorfall?«, fragte Frau Swoboda.

»Ich glaube, Herr Löffke hat Frau Rühl-Brossard geraten, sich uns anzuvertrauen«, schätzte Ylberi. »Und das war ein guter Rat.«

20

Staatsanwalt Ylberi vermerkte den Inhalt der Aussage von
Frau Swoboda in seiner Akte. Die Beschreibung des Mannes, der in der Frühe des gestrigen Tages das Haus von
Frau Rühl-Brossard betreten hatte und sie zu sprechen
verlangte, war zu allgemein, als dass auf ihrer Basis eine
Fahndung erfolgversprechend gewesen wäre. Er veranlasste, Hausbewohner in der näheren Umgebung danach
zu befragen, ob sie den Mann bemerkt hatten.

Die Gedanken des Staatsanwaltes kreisten um die Aussagen der Zeugen, die Franziska Bellgardt in Begleitung
eines Mannes gesehen hatten, der Pierre Brossard hätte
sein können. Abgesehen von dem französischen Akzent
passte auch seine äußere Beschreibung im Groben zu
derjenigen des Ehemannes von Dominique, während
im Detail Abweichungen bestanden, die möglicherweise
objektiv erklärbar waren, jedoch Ylberis Zweifel bestärk-
ten: Die Kopfverletzung am Türbalken der Kellertoilette
im Moselgold oder der Fleck auf der Schulter des Mannes, der gemeinsam mit Franziska Bellgardt vom Turm
in das Schwimmbecken sprang. Der Staatsanwalt erfuhr,
dass Pierre in der Tat ein begeisterter Schwimmer war und
gelegentlich auch Sprünge vom Dreimeterbrett machte.
Ylberi, der nach wie vor davon ausging, dass Pierre Brossard keine leidenschaftliche Liebesaffäre zu Franziska
Bellgardt gepflegt haben konnte, war sich sicher, dass die
Person, die Pierre Brossard in der Rolle des Partners von
Franziska Bellgardt spielte, den tatsächlichen Pierre Bros-

sard so gut wie möglich zu kopieren versuchte, ohne dass es gelang, jene Fehler zu vermeiden, die ihm im Schauspiel des gelebten Alltags zwangsläufig unterlaufen mussten. Ylberi war sich sicher, dass die Zeugin Jessica Schneider eines der drei Bilder von den Sprüngen, die Franziska gemeinsam mit ihrem Partner machte, nicht deswegen löschen musste, weil er – wie er sich ausdrückte – dumm auf diesem Foto aussah, sondern allein deswegen, weil dieses Foto vermutlich bewiesen hätte, dass es sich bei dem Mann nicht um Pierre Brossard gehandelt hatte. Entsprechende Nachfragen bei den Schulfreundinnen bestätigten dies. Sie konnten sich daran erinnern, dass das gelöschte Bild das Gesicht des Mannes gezeigt hatte, vermochten es jedoch nicht mehr im Detail zu beschreiben.

Ging es somit darum, lediglich Pierre Brossard in seiner Rolle als Liebhaber einer Frau vorzutäuschen, konnte dies nur Sinn machen, wenn es hierbei nicht auf die Person Franziska ankam. Denn wenn sich Franziska und der Mann über die Chiffreanzeige kennengelernt hatten, musste aus Franziskas Sicht gleichgültig sein, ob dieser Mann ausgerechnet der Ehemann von Dominique Rühl-Brossard war oder ein beliebiger Dritter. Die Aufrichtigkeit der Worte von Franziskas Anzeige unterstellt, konnte es ihr nur darum gehen, den Mann zu finden, dem sie sich hingeben konnte. Umgekehrt ging es dem Mann, der in die Rolle des Pierre Brossard schlüpfte und ein Verhältnis zu Franziska pflegte, wesentlich nur um die Präsentation, dass gerade Pierre Brossard ein außereheliches Verhältnis unterhielt. Denn ganz im Gegensatz zu dem üblichen Verhaltensmuster, dass untreue Ehemänner ihre außerehelichen Beziehungen versteckt hielten und sich in der

Öffentlichkeit zurückhielten, zeigte dieser Mann allein schon durch seine gezielt eingesetzte auffallende Sprache, Pierre Brossard sein zu wollen. Ylberi hatte von Anfang an dieses auffällige Verhalten nicht verstanden, das nur dann erklärbar war, wenn Pierre Brossard das Scheitern seiner Ehe mit Dominique Rühl-Brossard und die Offenbarung seines Verhältnisses gleichgültig gewesen wäre. Doch gerade dies stand nach Ylberis Analyse der Persönlichkeit Pierres nicht zu vermuten. Zu Pierre Brossard passte keine leidenschaftliche Liebe, allenfalls eine flüchtige geheime Affäre. Wenn sich also der Mann an Franziskas Seite bewusst gänzlich anders verhielt als sich Pierre Brossard verhalten hätte, wenn es ihm um die Beziehung zu einer anderen Frau gegangen wäre, dann konnte es im Kern nur darum gehen, der Außenwelt vorzuspielen, dass Pierre Brossard eine außereheliche Beziehung unterhielt, die nicht versteckt, sondern umgekehrt sogar entdeckt werden sollte. Ob diese Frau Franziska Bellgardt oder eine andere war, schien unerheblich. Staatsanwalt Ylberi wandelte seine unbestimmte Ahnung zur präzisen These: Franziska Bellgardt war in diesem Schauspiel lediglich Statistin – und als solche ein Zufallsopfer.

Er ordnete seine Gedanken auf dem Papier, setzte die Akteure schaubildlich in ein Beziehungsgeflecht, wertete seine Ermittlungsergebnisse aus und verweilte schließlich bei der aus seiner Sicht einzigen Frage, die er aus seinem Theorienmodell nicht schlüssig zu beantworten vermochte: Warum hatte der Mann, der in die Figur des Pierre Brossard geschlüpft war, ein rotes Fahrrad benutzt, obwohl Pierre nach Dominiques Angaben keines besaß. Der Staatsanwalt durchdachte die möglichen Antworten: Entweder sagte Dominique die Unwahrheit oder dem Täter war ein Fehler unterlaufen, indem er fahrlässig mit der Benutzung des Fahrrades von den Verhaltensmustern des tatsächlichen Pierre Brossard abwich. Ylberi durchdachte die erste Variante. Fokussierten sich seine Gedanken immer mehr auf Dominique Rühl-Brossard als treibende Kraft hinter dem ganzen Geschehen, würde sie jedes Verhalten der Doublette des Pierre Brossard als Gewohnheit ihres Mannes bestätigen. Sie hätte die Existenz eines roten Fahrrades bejaht, auch wenn es nie eines gab. Dass sie das nicht tat, löste in Ylberi kurz ein Störgefühl aus, dem er sich aber nicht weiter hingab, weil alle anderen Bausteine zueinander passten und einen ausgefeilten Plan offenbarten, der eindrucksvoll Dominiques überlegenes Handeln und Denken belegte. Ylberi schloss die erste Variante aus.

Der Staatsanwalt konzentrierte sich auf die zweite Variante, doch die Annahme, dass der Täter einen solchen Fehler begangen haben könnte, passte nicht zu seiner geradezu akribischen Vorgehensweise, mit der er erfolgreich der Feststellung zu entgehen wusste, dass er eben nicht mit Pierre Brossard identisch war. Ylberi war sich sicher, dass der Täter im Schwimmbad seine ganze Perfektion entfaltet und verhindert hatte, dass man ihn über die Fotos hätte identifizieren können. Er hatte es elegant geschafft, nur von hinten und dazu teilweise von Franziska verdeckt abgelichtet zu werden – und zugleich durch die Mitteilung einer falschen E-Mail-Adresse die Versendung des Fotos vermieden. Ylberi war sich sicher, dass hier nichts dem Zufall überlassen war, und er wusste auch, dass ein Täter dieses Profils nicht unüberlegt ein Fahrrad benutzen würde, wenn der von ihm kopierte Pierre Brossard in Wirklichkeit keines besaß. Der Staatsanwalt konzentrierte sich folglich auf die verbleibende dritte Variante: Hatte Daniel die Unwahrheit gesagt?

Ylberi wollte diese für ihn letzte offene Frage klären, bevor er seine Theorie und die Beweise ihrer Richtigkeit dem zuständigen Richter vortragen und Haftbefehl gegen Dominique Rühl-Brossard beantragen würde.

Ylberi verließ unruhig sein Büro. Er fuhr zu der Papierfabrik im Dortmunder Westen, in der Daniel auf 400-Euro-Basis seine Computerkenntnisse anzuwenden wusste und sich als Systemverwalter um die firmeneigene Datenverarbeitung kümmerte. Daniel arbeitete auf Abruf, wurde dort eingesetzt, wo gerade Probleme aufgetreten waren, und schaffte es, sich unersetzlich zu machen, indem er niemals darüber aufklärte, wie die häufig leicht zu behebende Störung durch richtige Bedienung hätte vermieden werden können. Daniel arbeitete sich dann mit gespielter Anstrengung und großem Zeitaufwand in die beklagten Probleme ein, stöpselte mehrpolige Stecker ein und aus, betete kanonartig Fachbegriffe hinunter und präsentierte die ersehnte Lösung wie ein nur durch äußerste Mühen erzielten Erfolg, dessen Eintritt nicht abzusehen war. Daniel war geschickt und füllte die Nische aus, die man ihm in der Papierfabrik einräumte, doch ihm fehlte jeder Ehrgeiz, aus seinem Talent wenigstens so viel zu machen, dass es für ein Einkommen sorgte, dessen Höhe eine bessere als die kleine schäbige Mietwohnung in der Dortmunder Nordstadt ermöglicht hätte. Doch Daniel war zufrieden, weil er vor allen Neuerungen und Möglichkeiten, die sich ihm boten, die Augen verschloss und genügsam sein Dasein zum Ideal erhob, das ihn nur deshalb befriedigte, weil er jede Alternative stoisch ignorierte. Daniel erkannte, dass die sich immer mehr perfektionierende Gesellschaft noch einige Nischen bot, und er selbst hatte für sich bestimmt, nur in einer Nische leben zu wollen.

Als der Staatsanwalt Daniel vor dem Werkstor der Papierfabrik in Empfang nahm, dunkelte es bereits. Es war ein feuchtkalter Tag und nach Ylberis Meinung genau das richtige Wetter, um Daniel vor Ort auf den Zahn zu fühlen.

Er wies Daniel an, in sein Auto zu steigen, schlug die Beifahrertür zu, umkreiste sein Auto, schlüpfte auf den Fahrersitz und ließ Daniels protestierende Fragen unbeantwortet. Ylberi gab sich stur und streng, er forderte ihn barsch auf, sich endlich anzuschnallen, und schwieg beharrlich die ganze Fahrt über. Als sie den Bahnhof Kurl erreichten, befahl er Daniel, auszusteigen und ihm zu folgen.

Auf dem Bahnsteig stehend, packte ihn Ylberi hart an die Schulter.

»Sie sind ein Lügner!« Der Staatsanwalt stieß Daniel zurück, der sich mühsam fing und mit zitternden Beinen stehen blieb.

»Sie haben gelogen, indem Sie behauptet haben, Franziska sei außer den wegen vermeintlicher Notfälle verlängerten Schichtzeiten und dem Wochenende mit ihrer Freundin Frauke nie länger weggewesen. In Wirklichkeit war Franziska häufiger weg – und auch über längere Zeit. Am 27. August zum Beispiel war sie nachmittags stundenlang mit ihrem neuen Freund im Schwimmbad. Und wir sind uns einig, dass dies nicht der einzige Tag gewesen ist. Sie war immer wieder weg, stundenlang. Blieb sie auch über Nacht fort?«

»Nein!«, beharrte Daniel.

»Sie haben gelogen, indem Sie behauptet haben, Franziska hier auf dem Bahnsteig mit ihrem Geliebten vom Güterschuppen aus beobachtet zu haben. Denn wenn Sie einmal zu dem verlassenen Schuppen schauen, können Sie trotz der Dunkelheit erkennen, dass von dem aufgelassenen Gebäude ein Zaun längs der Gleise verläuft. Dahinter ist undurchdringliches Dickicht. Wollen Sie behaupten, im August dort entlanggeschlichen zu sein? Man hätte Sie doch gesehen. Es war noch hell. Selbst jetzt würde man bemerken, wenn dort jemand wäre.«

Daniel schwieg.

»Was ist mit dem Zelt?«, bohrte Ylberi. »Hatte Franziska es nicht doch von der Mosel wieder mitgebracht? Schließlich hatte sie es doch von ihrer Freundin Frauke geliehen, die es eingepackt und hierhin mit der Post geschickt hat. Franziska wollte es ihr doch wiedergeben. Also wird sie es wieder mitgebracht haben!«

Daniel blickte Ylberi verschüchtert an.

»Sie hat es nicht mitgebracht«, versicherte er hilflos. »Warum sollte ich Sie anlügen?«

»Weil Sie alles vernichten, was über Franziskas Intimleben Zeugnis ablegen könnte. Haben Sie das gemeinsame Bett weggeworfen oder nicht?«

Daniel schwieg weiter.

»Sie haben es weggeworfen!«, antwortete Ylberi sich selbst. »Also haben Sie auch das Zelt entsorgt. Denn Sie wussten schon damals aus den Zuschriften auf die Chiffreanzeige, die Sie selbstverständlich gelesen hatten, dass sich Franziska von Ihnen trennen wollte, sie vielleicht sogar schon eine neue Beziehung eingegangen war.«

»Nein!«, schrie Daniel in den aufkommenden Lärm.

Ein Zug raste durch den Bahnhof und verschluckte alle Nebengeräusche. Daniels Haare schlugen zur Seite. Er widerstand erstarrt dem Druck.

»Natürlich haben Sie sie gelesen«, sagte Ylberi gelassen, als der Zug in der Ferne verschwunden war. »Es gab kaum Verstecke in der Wohnung. Anfang August kam Franziska mehrmals mit großen Briefsendungen nach Hause, die sie von Marie Schwarz abgeholt hatte. Sie wird Ihnen natürlich nichts von den Briefen gesagt haben, geschweige aus ihnen zitiert haben, aber Sie haben geschnüffelt, als Franziska nicht daheim war. Nach ihrem Tod haben Sie die Briefe weggeworfen. Das war doch eine ganz normale Reaktion! Ich nehme Ihnen das nicht übel!«

»Nein!«, brüllte Daniel wieder.

»Hier auf diesem Gleis ist sie überfahren worden!«, schrie Ylberi. »Schauen Sie sich die Stelle an!« Er packte Daniel an der Schulter und zog ihn bis zur Bahnsteigkante. »Stellen Sie sich vor, wie sie auf das Gleis gestoßen wird!«, herrschte ihn der Staatsanwalt an. »Jemand versetzt ihr einen gezielten starken Schlag, der sie aus dem Gleichgewicht bringt. Vielleicht taumelt sie noch einen Moment auf dieser Kante, rudert mit den Armen, um sich doch noch halten zu können, dann verliert sie den Halt, stürzt in den Gleistrog. 76 Zentimeter fällt sie herunter.

Das ist tief, wenn man nicht vorbereitet ist. Sie fällt auf die Seite, vielleicht auch bäuchlings auf eine Schwelle oder sie schlägt mit den Knien auf die Schottersteine, vielleicht auch mit dem Gesäß auf die Schiene, wir wissen es nicht. Vielleicht ist sie bewegungsunfähig, vielleicht vom Schock gelähmt, vielleicht versucht sie noch, sich zu retten. Drei Lichter rasen auf sie zu. Es gießt in Strömen. Die Lichter funkeln in der Nacht. Sie werden größer und größer. Es sind nur noch wenige Meter. Franziska fällt in sich zusammen, es sind nur noch Sekundenbruchteile. Sie weiß, dass sie sterben wird. Vielleicht rast ihr Leben noch einmal vor ihrem geistigen Auge vorbei, vielleicht denkt sie jetzt an Sie, der Sie immer für sie da waren, nicht an den Mann, der sie gestoßen, sie für die Verwirklichung eines perfiden Planes benutzt hat. 160 Kilometer pro Stunde fährt der Zug …«

»Schnauze, halten Sie endlich die Schnauze!« Daniel brüllte die Worte aus sich heraus, die Tränen schossen ihm in die Augen, er beugte sich vornüber und taumelte. Ylberi schnellte auf ihn zu, fing ihn, griff fest an seine Oberarme und richtete ihn mit einem Ruck auf.

»Wenn Sie dieses Schwein gesehen haben, der Ihrer Franziska das Leben genommen hat, dann beschreiben Sie ihn mir hier und jetzt! Und bis ins Detail! So genau, dass wir ihn fassen können. Flüchten Sie sich in keine Fantasie, die Ihnen den Streich spielt, den Mann gesehen haben zu wollen, der all das angerichtet hat. Sie waren nicht an dem Güterschuppen, das wissen Sie! Sie waren auch nicht hier am oder auf dem Bahnsteig. Sie haben sich nur vorgestellt, dass es so gewesen sein könnte, sich ausgemalt, wie der Mann mit Franziska auf dem Bahnsteig stand, eine Szene in Ihrer Vorstellung durchlebt, weil Sie die reale Szene, das Grauen, das hier passiert ist, nicht zulassen können.« Ylberi wurde leiser und ruhiger. »Sie haben Franziska mit dem Mann hier auf dem Bahnsteig niemals gesehen. Oder ist meine Annahme falsch?«

Daniel schüttelte schluchzend den Kopf.

»Ich vermute also richtig«, vergewisserte sich Ylberi.

Daniel nickte.

»Manchmal bildet man sich etwas ein, Daniel!«, sagte der Staatsanwalt weich. »Das ist normal und deshalb nicht schlimm. Wir Menschen sind mit manchen Situationen überfordert. Mir wäre es wahrscheinlich ebenso ergangen wie Ihnen.« Er hielt einen Augenblick inne.

Daniel sah starr vor sich hin.

»Haben Sie ihn denn nahe dem Krankenhaus gesehen?«, fragte Ylberi weiter.

»Ja«, antwortete Daniel schwach.

»Mit einem roten Fahrrad?«, fragte Ylberi zweifelnd.

»Ja!« Daniel sah auf und blickte Ylberi aus tränennassen Augen an.

»Ich habe Franziska gesehen, als sie sich eines Abends im August nach Dienstende mit einem Mann unterhielt, der ein rotes Fahrrad mit sich führte.«

Er beschrieb, was er bereits Stephan erzählt hatte.

Ylberi schwieg nachdenklich. Das rote Fahrrad passte nicht in sein Bild. Er würde gleichwohl am morgigen Vormittag einen Haftbefehl gegen Dominique Rühl-Brossard beantragen.

21

Am Morgen des folgenden Tages, Dienstag, den 17. November, wurde die Leiche von Dominique Rühl-Brossard an der Rückseite des kurz vor der Vollendung stehenden Neubaus der Quovoria-Versicherung am Rande der südlichen Innenstadt gefunden. Bauarbeiter fanden Dominique, die bauleitende Architektin dieses Hauses gewesen war, gegen sechs Uhr früh, als sie die Arbeit aufnehmen wollten. Ihr zerschmetterter Körper lag zwischen einem am Vortag befüllten Schuttcontainer und einem Stapel Schalholz, der für die Stützwände der Zufahrt zur Tiefgarage bestimmt war. Dominique war den ersten Feststellungen zufolge am späten Abend des vorhergehenden Tages offensichtlich vom Dach des Hauses gesprungen. Die Tür, durch die man über die Treppe vom obersten Geschoss mit dem Maschinenraum für die Aufzüge hinaus aufs Dach gelangt, war unverschlossen. Auf dem inneren Türknauf wurden Dominiques Fingerabdrücke festgestellt. In der Krokodilhandtasche, die sie bei sich trug, wurde ein durch einen Ring miteinander verbundenes Paar identischer Schlüssel gefunden, von denen der eine Schlüssel keine und der andere ebenfalls nur Dominiques Fingerabdrücke trug. Ihr grüner Porsche stand verschlossen auf dem Baustellenparkplatz. Die zugehörigen Fahrzeugschlüssel, wie jene zu ihrem Haus, befanden sich in der Handtasche.

Ylberi veranlasste eine sofortige erneute Durchsuchung des gesamten Hauses von Dominique Rühl-Brossard im Kreuzviertel. Einen Abschiedsbrief oder andere Hinweise, die auf einen Freitod von Dominique hindeuteten, fand man nicht. Dafür konnte auf der Kommode im Flur ihrer Wohnung, auf der sie ihre eingehende Post deponierte, ein am gestrigen Tage bereits geöffneter Brief des Ordnungsamtes der Stadt Dortmund sichergestellt werden. Darin befand sich ein Anhörungsbogen, in dem Dominique als Halterin ihres Porsche gebeten wurde, sich zu einer am Freitag, 23. Oktober, um 22.15 Uhr begangenen Geschwindigkeitsübertretung zu äußern. Es war durch ein örtliches Radarmessgerät festgestellt worden, dass zu diesem Zeitpunkt mit dem Porsche die zulässige Höchstgeschwindigkeit von 50 Kilometern pro Stunde unter Berücksichtigung einer Messtoleranz von drei Kilometern in der Stunde an der Ruhrallee nahe dem Westfalenpark Fahrtrichtung Innenstadt um zwölf Kilometer pro Stunde überschritten worden war. Dem Anhörungsbogen war das Messprotokoll und auf diesem das Foto beigefügt, das den Fahrer des Fahrzeuges zeigte: Es war Pierre Brossard. Das Foto war gestochen scharf, das Gesicht konturiert zu erkennen. Ein Vergleich mit dem Passfoto in einem biometrischen Analyseverfahren erstickte jeden Zweifel. Brossard saß allein im Wagen. Die Fingerabdrücke auf dem Briefkuvert und auf dem Anhörungsbogen stammten eindeutig von Dominique.

Am Abend desselben Tages gelang es, das Schloss zu finden, in das die bei Dominique gefundenen Schlüssel passten. Ein Mitarbeiter aus Dominiques Büro identifizierte sie als zu einem im Keller des Neubaus der Quovoria-Versicherung eingerichteten Planungsbüros gehörig, in dem die Architektin ihre mehrbändigen Ausführungspläne unter Verschluss hielt und in dem gelegentliche Baubesprechungen stattfanden. Im Keller dieses Hauses fand man schließlich Pierre Brossard, abgemagert, ungewaschen, unrasiert und in sichtlich geschwächtem Zustand. Überlebt hatte er offensichtlich mit dem Mineralwasser, das wegen der gelegentlichen Besprechungen in Kisten vorrätig war. Man brachte ihn sofort in ein Krankenhaus und behielt ihn zur weiteren Kontrolle dort. Von dem deutlichen Ernährungsdefizit abgesehen, befand er sich in einem den Umständen entsprechend guten Zustand. Ersten eigenen Angaben zufolge befand sich Brossard, dem der Name Franziska Bellgardt nichts sagte, seit Samstag, 24. Oktober, in dem fensterlosen Raum. Er hatte jegliches Zeitgefühl verloren und sagte aus, dass ihn seine Frau am späten Abend jenes Tages gebeten habe, mit ihm noch auf die Baustelle zu fahren, weil sie mehrere Ordner mit Planungsunterlagen in den dortigen Keller verbringen müsse, was sie allein nicht schaffen könne. Er sei ihrem Wunsch nachgekommen. Als er sich in dem Kellerbüro daran gemacht habe, die Ordner in Plastikkörbe zu packen, habe Dominique den Raum verlassen und ihn abgeschlossen. Er habe gerufen, schließlich geschrien, doch sie sei nicht mehr zurückgekommen. Er habe bereits mit dem Leben abgeschlossen. Die Körbe mit den Ordnern konnten sichergestellt werden. Erste Versuche ergaben, dass der als Büro genutzte Kellerraum durch dicke Mauern und Stahltüren abgeschirmt ist und Hilfeschreie nicht nach außen dringen können. Der Raum sollte mit vier anderen Kellerräumen der Quovoria-Versicherung zukünftig als Archiv dienen und dort deponierte Akten wirksam gegen Feuer und eindringendes Wasser schützen. Man stellte darüber hinaus fest, dass der gesamte Kellerbereich von den Arbeitern in den vergangenen Wochen nicht mehr betreten worden war. Die Arbeiten waren abgeschlossen, und es hatte eine schriftliche Weisung von Dominique Rühl-Brossard gegeben, dass der Zutritt in den gesamten späteren Archivbereich untersagt sei. Ein entsprechendes Hinweisschild hatte sich nach Angaben der Bauarbeiter an der in das Archiv führenden Tür befunden. Es konnte jedoch nicht mehr aufgefunden werden.

Noch am späten Abend dieses Tages, Punkt 23 Uhr, ließ sich Staatsanwalt Bekim Ylberi von einem Einsatzfahrzeug der Polizei mit Blaulicht und Martinshorn vom Standort der Radarfalle an der Ruhrallee auf dem schnellsten Weg zum Bahnhof Kurl fahren. Trotz leerer Straßen, überhöhter Geschwindigkeit und Überfahrung etlicher roter Ampeln betrug die Fahrzeit 17 Minuten. Damit stand fest, dass Pierre Brossard nicht der Mörder von Franziska Bellgardt sein konnte, denn es war faktisch unmöglich, vom Zeitpunkt der festgestellten Geschwindigkeitsüberschreitung mit dem Auto zum Bahnhof Kurl zu gelangen, um Franziska dort auf dem Bahnsteig zu treffen und sie vor den Zug zu stoßen. Andere Wege oder Fortbewegungsmittel schieden aus.

Der beabsichtigte Haftbefehl gegen Dominique Rühl-Brossard hatte sich erledigt. Ylberi war sich sicher, dass sie die Anstifterin oder mittelbare Täterin zu dem Mord an Franziska Bellgardt gewesen sein musste. Als eigenhändige Täterin schied sie aus. Doch mit Dominiques Tod verschwand die einzige Person, die denjenigen kennen musste, der Pierre Brossard in der Beziehung mit Franziska Bellgardt gespielt hatte. Dominiques Tod hatte die Vermutungen des Staatsanwalts bestätigt und ihn dennoch zum Verlierer werden lassen, denn die Aufklärung des Mordes an Franziska Bellgardt war erschwert, wenn nicht gar unmöglich geworden.

22

Staatsanwalt Ylberi hatte sich mit Marie und Stephan am
Mittwochabend in dessen Büro verabredet. Er berichtete
gerafft von allen Ereignissen des gestrigen Tages. Stephan
empfand den Staatsanwalt als außergewöhnlich hastig,
doch er verstand, dass Ylberi mit der vollständigen Samm-
lung aller Fakten die Grundlage schaffen wollte, die seine
Schlussfolgerungen verständlich machten. Ylberi nahm
vorweg, dass er derzeit nur noch die Chance sehe, über
eine Analyse der Psyche Franziskas etwas über den Mann
erfahren zu können, der sie eingefangen, wahrscheinlich
gefügig gemacht und dann wieder fallengelassen hatte. Er
schloss ihre Eltern als Informationsquelle aus. Sie waren
vom Seelen- und Liebesleben ihrer Tochter zu weit entfernt,
als dass sie Wesentliches beitragen konnten. Sie verstanden auch nicht, warum Franziska sich von Daniel trennen
wollte, und suchten in ihrer Trauer eine Erklärung dafür,
warum sich Franziska selbst ins Unglück gestürzt hatte.
Auf Daniel konnte Ylberi nicht setzen, weil er aus der Per-
spektive seiner eigenen selbstzufriedenen Welt nicht nachvollziehen konnte, dass Franziska gerade dieser Begrenzt-
heit entfliehen wollte, die Daniel in seiner Denkweise zum
Ideal erhoben hatte, nicht wissend, dass er damit Franziska
beschränkt und erdrückt hatte. Die Freundin Frauke aus
Frankfurt war – wie Franziskas Eltern – bereits räumlich
zu weit entfernt, um an ihrem Leben engen Anteil nehmen zu können. Überdies hatte sich Frauke im Laufe der
Zeit auch innerlich von Franziska distanziert, nachdem sie

festgestellt hatte, dass sich Franziska übermäßig an sie zu klammern suchte und regelmäßige und lange Telefonate zwischen beiden einforderte, die für sie als Zeichen der Freundschaft galten. Ylberi hatte verstanden, dass Franziska immer wieder nach Menschen griff, die sie an sich binden und vielleicht als Steigleiter aus ihrem Leben nutzen wollte, das ihr zu eng und einfältig geworden war. Franziska war hierbei zweifellos ungeschickt und – bewusst oder unbewusst – besitzergreifend gewesen, denn sie musste immer wieder die Erfahrung machen, dass sich die Menschen von ihr abwandten. Auch im Krankenhaus war es ihr nicht gelungen, Freundschaften zu schließen.

»Franziska war in der Konsequenz einsam und hätte nach meiner Einschätzung professioneller Hilfe bedurft, um sich aus dem Teufelskreis zu befreien, an dessen Zustandekommen sie selbst ganz maßgeblich beteiligt war«, diagnostizierte der Staatsanwalt.

Marie war bei diesen Worten errötet und blickte betroffen zu Boden.

»Es ist kein Vorwurf gegen Sie, Frau Schwarz, gewiss nicht! Sehen Sie es einfach so: Sie sind die Einzige, die sowohl Franziska als auch Dominique – und damit nach meiner These in gewisser Weise die Antipoden in einem teuflischen Spiel – kannten. Und Sie waren in Paris und kennen die Wohnung, speziell das Zimmer von Pierre Brossard, von dem mir Dominique erzählt hat. Sie sind also eine wichtige Zeugin für mich. Vielleicht kann ich über das, was Sie wissen oder vermuten, Antworten finden. Ich bin darauf angewiesen, mich im Rückschluss von Dominique und Franziska dem Mann zu nähern, den Franziska über die Chiffreanzeige kennengelernt hat. Diese Person nenne ich jetzt einfach M. M steht für Mann oder Mittäter. Wahrscheinlich ist er Mittäter. – Und Sie, Herr Knobel, sind mein Spiegel, in dem ich reflektieren kann. Sie stellen die richtigen Fragen, das weiß ich. Und so, wie man am besten einen Lernstoff paukt und ihn durchdringt, wenn man ihn anderen vorträgt, sitze ich jetzt hier, um Ihnen meine Theorie darzulegen. Sie wissen, dass es in diesem Fall bis jetzt keine kriminaltechnisch verwertbaren Spuren gibt, die uns etwas über die Identität von M sagen könnten – und ich bin mir natürlich sicher, dass dies ganz bewusst so gemacht wurde.«

Ylberi lächelte. Er beugte sich vor und schlürfte einen Schluck Kaffee.

»Ich fange ganz am Anfang an«, sagte er, »zu irgendeinem Zeitpunkt, als die Ehe zwischen Pierre Brossard und seiner Frau Dominique jene Substanz verloren hatte, die sie bis dahin zusammenhielt. Sie erinnern sich, Herr Knobel, dass wir über dieses Thema einmal gesprochen haben. Es wird, so vermute ich, von Anfang an keine Ehe gewesen sein, die auf glühender Leidenschaft gründete. Weder Dominique noch Pierre verkörpern romantische Typen. Das zu analysieren oder zu werten, steht mir nicht zu, und es ist am Ende auch nicht wichtig. Von Bedeutung ist nur, dass diese Ehe in ein loses Nebeneinander zerfiel, ohne dass dies Pierre oder Dominique veranlasst hätte, aus dieser Entwicklung die Konsequenz zu ziehen, nämlich sich schlicht scheiden zu lassen. Dafür kann es zwei Erklärungen geben: Entweder haben beide nicht so unter diesem Befund gelitten, dass sie die Scheidung als nötig ansahen. Hierfür spricht, dass beide ohnehin keine emotionalen Menschen sind, die auf eine nach allgemeiner Definition glückliche Zweisamkeit Wert legen. Oder es stand einer möglichen Scheidung die wirtschaftliche Vernunft entgegen. Wir wissen, dass beide anlässlich ihrer Eheschließung einen Vertrag geschlossen haben, in dem sie ausschließlich vereinbarten, dass auf die Ehe und ihre wirtschaftlichen Folgen deutsches Recht anzuwenden sei. Beurkundet wurde der Vertrag damals von Ihrem Kollegen Hübenthal hier im Hause. Ich habe mit dem Notar gesprochen. Er kann sich nicht erinnern, dass insbesondere auf Drängen Dominiques noch weitere Regelungen, zum Beispiel eine Gütertrennung, in den Vertrag aufgenommen werden sollten. Aber es steht zu vermuten, dass Pierre und Dominique dies vorher diskutiert haben. Macht man sich nämlich darüber Gedanken, nach welchem Recht man sich trennt und scheidet, denkt man natürlich auch darüber nach, was im Falle einer Trennung oder Scheidung rechtlich und wirtschaftlich passieren könnte. Aber solche Regelungen fehlen, und es liegt nahe, dass sich die reiche Dominique, die daran ein vorrangiges Interesse gehabt haben musste, nicht durchsetzen konnte. Pierre ist – das wissen wir aus seiner beruflichen Karriere – ein harter Knochen, der geschäftlich über Leichen geht. Also bleibt es bei einer schmalen Grundregelung, die nur besagt, dass die Deutsche Dominique Rühl und der Franzose Pierre Brossard sich in ihrer Ehe dem deutschen Recht unterwerfen. Betrachten wir das Vermögen, so sehen wir auf Dominiques Seite ein mehrfaches Millionenvermögen. Es gibt das prunkvolle Haus, in dem sie beruflich und privat residiert. Sie hat es erst vor wenigen Jahren gekauft, dann üppig renoviert und zum wahren Tempel ausgebaut. Wie wir wissen, verfügt sie noch über zwei weitere Mehrfamilienhäuser in derselben Gegend. Auf Pierres Seite dagegen gibt es im Wesentlichen nur die Wohnung in Paris, in der er vermutlich seine Abfindung investiert hat, die er seinerzeit erhalten hatte, als er die Firma verlassen musste, bei der er ursprünglich arbeitete.

Kommen wir zum Ausgangspunkt zurück: Wenn jemand einen Grund hat, eine Scheidung zu vermeiden, dann ist es Dominique, denn sie wird im Zweifel reichlich an Pierre zu zahlen haben. Vielleicht ist Pierre zwischenzeitlich jedoch geneigt, der farblosen Ehe ihr längst überfälliges Ende zu setzen. Wir wissen von flüchtigen Affären, die sich der Lebemann nahezu unverhohlen gönnte. Es lag in der Luft, dass Pierre über kurz oder lang Adieu sagen würde. Hätte er die Scheidung beantragt, wäre es für Dominique zu denselben üblen Konsequenzen gekommen, denn das deutsche Recht fragt nicht danach, wer eine Trennung oder Scheidung verschuldet hat oder nicht.

Dominique sieht die auf sie zukommende Gefahr und fasst einen teuflischen Entschluss: Sie erfindet eine Beziehung ihres Mannes zu einer anderen Frau, in die er sich erst leidenschaftlich verstrickt, um sich dann im Streit wieder von der Frau zu lösen, der im Affekt mit dem Tod der Frau endet. Pierre Brossard nimmt sich daraufhin das Leben. – Diese recht einfache Geschichte löst Dominiques Problem: Sie ist Pierre Brossard los. Keine Scheidung durch das Familiengericht, sondern durch Tod. Also keine Zahlungen an Pierre. Im Gegenteil erbt sie sogar noch die Pariser Wohnung, aber auf die wird es ihr noch nicht einmal wesentlich ankommen. Die Geschichte, die sich Dominique ausgedacht hat, muss natürlich gelebt werden. Es muss eine beweisbare Beziehung zwischen Pierre und irgendeiner Frau geben, die dann den angedachten Verlauf nimmt. Pierre kann diese Rolle selbstverständlich nicht spielen. Die Rolle des Pierre Brossard übernimmt M. Wie Dominique an M kommt und wer er ist, bleiben unsere zentralen Fragen. – Dafür ist klar, wie das Schauspiel auf die Bühne gebracht wird: Dominique sucht die vermeintliche Partnerin für Pierre in den Chiffreanzeigen einschlägiger Magazine. Sie findet sie letztlich in Kult-Mund, dem Magazin, das in Dortmund allerorten in Geschäften und Gaststätten ausliegt. Natürlich kommt nicht jede Bewerberin in Frage. Ich bin mir sicher, dass Dominique die Anzeigen sorgfältigst studiert hat. Irgendwann stößt sie auf Franziskas Inserat, das sich von allen anderen abhebt. Es sprüht vor Begierde, hat aber auch unverkennbare Hinweise auf eine möglicherweise komplizierte charakterliche Struktur. Franziska sucht Hingabe und deutet gleichzeitig diffus eine dunkle Sehnsucht an. Wer Anzeigen lesen kann, blickt schon als Laienpsychologe tiefer in das Wesen des Inserenten. Sie kennen ja Herrn Hilbig, der seine ganze berufliche Energie offensichtlich daraus zieht, sich hobbyanalytisch mit den Menschen zu beschäftigen, die hinter den Anzeigen stecken. Wie auch immer: Dominique wählt diese Anzeige aus – und damit ist Franziska letztlich ein Zufallsopfer, denn es kommt am Ende nicht darauf an, wie Franziska als Frau ist, welchen Charakter sie hat und ob sie liebenswert ist oder nicht. Entscheidend ist allein, dass sie nach dem Anzeigentext zwei Merkmale aufweist, die bei der Inszenierung der Beziehung wichtig sind: Die fast aufopfernde eigene Bereitschaft zur Nähe und zugleich ein – ich behaupte – fast verzweifeltes Verlangen, dass ihr Partner sich in gleicher Weise auf sie einlässt.

Dominique – oder auch M – antwortet auf das Inserat. Diesen Brief kennen wir noch nicht, aber er muss in besonderer Weise das Profil bedient haben, das Franziska in ihrem Inserat zeichnet. Denn Franziska hat – das haben Sie aus den großen Umschlägen rückschließen können und wurde von Herrn Hilbig aus der Redaktion bestätigt – eine Menge Zuschriften erhalten. M und Franziska treffen sich in der Folgezeit. Wo und wie oft, können wir nicht vollständig nachvollziehen. Wir haben bei der Untersuchung von Franziskas Handy keine unbekannten Telefonnummern gefunden, die M zugeordnet werden könnten. Offensichtlich wurde im Antwortbrief auf die Anzeige direkt ein Treffpunkt vorgegeben und beide haben sich danach immer direkt für das jeweils nächste Mal verabredet. Das macht Sinn, denn Franziska wollte ihre neue Bekanntschaft zumindest gegenüber Daniel verheimlichen. Es bestand das Risiko, dass er bei geeigneter Gelegenheit ihre gespeicherten Handynummern angesehen hätte. Und insbesondere kam es natürlich M darauf an, keine nachweisbaren Telefonkontakte zu Franziska zu haben, weil er eben nicht mit Pierre Brossard identisch ist. Und das Handy des wirklichen Pierre Brossard haben wir nicht. Es ist mit ihm verschwunden. Wir haben allerdings über die Telefongesellschaft festgestellt, dass seit dem Mittag des 23. Oktober keine Telefonate mehr über sein Handy geführt wurden. M spielt also nur nach außen Pierre Brossard und im Wesen den Menschen, den Franziska mit ihrer Anzeige gesucht hat. Er bedient ihre Erwartungen, verwöhnt sie in der Seele, im Herzen und auch sexuell. Sie werden sich an verschiedenen Orten und auch über jeweils längere Zeit getroffen haben. Daniels Behauptung, dass sich die Treffen – abgesehen von dem Wochenende an der Mosel – auf relativ kurze angebliche Verlängerungen der Dienstzeiten von Franziska im Krankenhaus beschränkt haben, ist falsch und entspringt eher seiner Neigung, sich der Realität zu verschließen. Franziska und M bewegen sich, wie von M beabsichtigt, relativ häufig in der Öffentlichkeit. Es gilt, was Franziska natürlich nicht ahnt, Zeugen für ihre harmonische Beziehung zu finden, die später entsprechend aussagen. M achtet darauf, mit französischem Akzent zu sprechen, den er natürlich auch dann beibehalten muss, wenn er mit Franziska allein ist. Ich bin mir sicher, dass alle Begegnungen der beiden mit anderen Personen, die uns heute als Zeugen zur Verfügung stehen, sorgfältig von M arrangiert wurden. Diese Menschen sollen sich später an M und Franziska erinnern, und so werden zufällige Begegnungen mit besonderen Ereignissen aufgepeppt, die das Zusammentreffen in der Erinnerung der Zeugen festhalten. Der Auftritt im Moselgold mit dem blutigen Anstoß an dem Türbalken ist dafür ebenso ein Beleg wie der fotografierte Sprung vom Dreimeterbrett im Schwimmbad. Immer wird sorgfältig darauf geachtet, dass man sich später erinnern kann. Wahrscheinlich gibt es eine ganze Reihe weiterer Begebenheiten, zu denen M erinnerbare Geschichten arrangiert hat, von denen wir nur deswegen nichts wissen, weil die Zeugen die Vorfälle eben doch vergessen oder unsere Suchanzeigen in der Zeitung nicht gelesen haben. Bezeichnenderweise meldete sich niemand, als wir nach Pierre Brossard suchten. Ihn hatte naturgemäß keiner gesehen. Wir hatten erst Erfolg, als wir M über Franziska suchten. M wird dem wirklichen Pierre Brossard vermutlich in gewisser Weise ähnlich, bei genauerer Betrachtung aber nicht mit ihm zu verwechseln sein. Das weiß M natürlich, und er ist sorgfältig darauf bedacht, dass er bei allen inszenierten Geschichten, für die er andere Personen als Zeugen braucht, nicht fotografiert oder sein Auftritt in anderer Weise derart dokumentiert wird, dass man später nachweisen kann, dass er mit Pierre Brossard nicht identisch ist. So wird im Zelt übernachtet, das nicht wieder auftaucht. Die Blutspur am Türbalken im Moselgold wird sauber weggewischt. Ebenso sind zwischenzeitlich natürlich die Holzstühle im Moselgold gereinigt, auf denen die beiden gesessen haben. Alle Requisiten sind – wie geplant – keiner späteren Spurensicherung zugänglich. Die von M gespielten Geschichten sind angenehm unauffällig. Er arrangiert Alltagssituationen, die nur kleine besondere Elemente enthalten, die sie erinnerbar machen. M unterlaufen Fehler, die auf den ersten Blick seine sonst an den Tag gelegte Perfektion in Frage stellen, aber letztlich unbedeutend sind und deshalb gerade keinen Bruch darstellen. Der Anstoß an den Türbalken, in dessen Folge er eine Wunde an der, sagen wir, falschen Stelle davon trägt, ist ein Lapsus, der fast verzeihlich ist. Muss er wirklich damit rechnen, dass wir dies auf den Zentimeter genau nachrechnen? Ebenso der Fleck auf dem Körper des vermeintlichen Pierre Brossard, den wir auf dem Foto der Schülerin Jessica gesehen haben. Ist es wirklich ein größerer Leberfleck oder eine Warze? Vielleicht ist es auch nur Staub oder Dreck, den er sich beim Liegen auf der Wiese zugezogen hat. Wir haben das nochmals überprüft. Der Fleck ist auf dem Bild zu sehen, das den ersten Sprung vom Turm zeigt. M und Franziska haben zuvor auf der Wiese gelegen. Ihre Körper waren also nicht nass. Das Foto vom zweiten

Sprung ließ M löschen, das vom dritten Sprung zeigt – wie das erste – Ms Körper nur unzureichend, weil er überwiegend von Franziska verdeckt wird. Allerdings ist der auf dem ersten Foto erkennbare Fleck auf der Schulter auf dem dritten nicht sichtbar. Möglicherweise fehlt der Fleck auf seiner Haut bei diesem Sprung, weil er vom Wasser abgewaschen wurde. Im Ergebnis also: Note sehr gut für die Inszenierung des M in seiner Rolle als Pierre Brossard. Nach außen hin lässt sich also eine intakte glückliche Beziehung zu Franziska dokumentieren. Für Dominique wird es nun Zeit, den zweiten Akt einzuleiten: Die Beziehung zwischen dem vermeintlichen Pierre und Franziska muss zerstört werden. Sie schreibt auf dem Computer, den nur sie und Pierre nutzen, am 15. Oktober um 14.14 Uhr den Brief zu 0829, den wir alle kennen und der nie verschickt wurde. Der Text wird auf dem Computer sofort wieder gelöscht, vorher aber noch ein Ausdruck gefertigt, den Dominique vermeintlich zufällig später findet. Auch M muss in seiner Theaterrolle nun umschwenken. Er provoziert Streit mit Franziska. Scheinbar alltäglich und deshalb umso raffinierter führt er eine Auseinandersetzung mit Franziska auf dem Bahnsteig in Kurl auf, die sich dadurch auszeichnet, dass er vor den Augen des Lokführers eines an diesem Tage zufällig langsam fahrenden Zuges eine Coladose ins Gleis schießt und diesen Vorfall damit ebenfalls erinnerbar macht. Nicht zufällig stehen Franziska und M zu diesem Zeitpunkt gut erkennbar im Schein einer der hell leuchtenden Bahnsteiglampen. Dann kommt der Zug, den Franziska gewöhnlich von der Arbeit nach Hause nimmt. M ist bei ihr, der Streit wird vor der Schaffnerin fortgesetzt, die sich – wie von M kalkuliert – ebenfalls erinnern kann. Der Zug ist, wie meist um diese Uhrzeit, recht leer, und M parliert wieder mit deutlichem französischem Akzent und versäumt es auch nicht, den scheinbaren Anlass des Streites einzuflechten. Er fühle sich zu sehr gegängelt, Franziska binde und erdrücke ihn. Zweifellos ist es eine hohe Kunst, Franziska zu lenken, aber ich vermute, er hat zuvor in kurzer Zeit eine derart intensive Beziehung zu ihr aufgebaut und geschickt ausgenutzt, dass Franziska eine entsprechende Disposition für so etwas hatte, denn sie litt unter ihrem übermächtigen Bindungswillen. In einer solchen Situation kann M mit Franziska spielen. Er kann Streits entfesseln, deren Anlass und Verlauf sie weder versteht noch steuern kann. Sie ist immer noch davon beseelt, einen Menschen zu halten, an den sie sich klammert und nun eine Wendung zu nehmen scheint, die sie nicht nachvollziehen kann. Am 23. Oktober wird Franziska von M ermordet. Er nutzt kalt ihr Vertrauen aus. Vielleicht umarmen sich die beiden gerade. Sie warten an der Stelle unterhalb des Regenschutzes der Treppenanlage, die ich Ihnen gezeigt habe, Herr Knobel. Der Zug nähert sich. M muss noch nicht einmal den Zug sehen. Er hört das lauter werdende Singen der Schienen, das sich nähernde Rauschen. Dann stößt er sie. Es sind nur gut anderthalb Meter, die er überwinden muss. Danach verschwindet er unerkannt durch den Fußgängertunnel. Es ist an Dominique, den Rest des Theaters zu vollenden. Sie findet den angeblichen Abschiedsbrief Pierres mit einer Unterschrift, die nicht eindeutig dem wahren Pierre Brossard zugeordnet werden kann. Alle Experten haben übereinstimmend ausgesagt, dass man aus einem so kurzen Namenszug nicht genügend Rückschlüsse auf den Verfasser schließen kann, selbst wenn hinreichend Vergleichsmaterial vorliegt. Kurzum: Der Urheber dieser Unterschrift hätte Pierre Brossard sein können – oder eben nicht, wobei für mich Letzteres feststeht. Dominique findet diesen selbstverständlich ebenfalls auf dem gemeinsamen Computer geschriebenen und ebenfalls nach dem Ausdruck sofort gelöschten Brief und nach vermeintlich weiterer Suche auch den früher datierten, an 0829 gerichteten Brief, in dem sich Pierre vermeintlich mit Franziska auseinandersetzt und an sie appelliert, ihn endlich gehen zu lassen. Selbstverständlich muss der Ausdruck dieses Briefes selbst und nicht – wie sonst üblich – nur sein Kuvert die Chiffrenummer enthalten, denn sonst gäbe es ja keine Möglichkeit, den Adressaten zu ermitteln, der sich hinter der Chiffrenummer verbirgt. Deshalb also wird die Nummer 0829 auf das persönliche Schreiben gesetzt. Dominique stellt in scheinbarer Verzweiflung einen Zusammenhang zwischen dem vermeintlichen Abschiedsbrief und dem Ausdruck des Briefes an 0829 her und wendet sich an die Frau, die sich hinter dieser Chiffrenummer verbirgt. Natürlich weiß sie, dass die eigentliche Adressatin bereits tot ist, aber nach außen darf sie das natürlich nicht wissen. Sie wendet sich also mit ihrem eigenen Schreiben an die Liebhaberin ihres Mannes und erwartet, dass dieses Schreiben der Polizei oder einer anderen Person in die Hände fällt, die nach Franziskas Tod deren Post noch entgegennimmt. All dies erfolgte in dem Willen, dass nach außen bekannt wird, dass sich für Dominique erst jetzt die ihr scheinbar verborgen gebliebene Affäre ihres Mannes offenbart. Ihren Mann hat sie in unmittelbarem zeitlichem Zusammenhang in den Archivraum des neuen Verwaltungsgebäudes der Quovoria-Versicherung gelockt. Die

Mediziner sind sich sicher, dass er über einen Zeitraum, der etwa mit dem 23. Oktober begonnen haben könnte, keine Nahrung mehr aufgenommen hat. Wir werten auch noch die Urin- und Kotfunde in seinem Gefängnis aus, aber ich bin mir sicher, dass dieser Befund bestätigt werden wird. Dominique hat getan, was zu tun war: Sie ist ihrem vermeintlich untreuen Mann auf die Schliche gekommen, hat von der Tragik seiner vorgeblichen Beziehung erfahren, die Person, die M als eine von Pierre Brossard verschiedene Person identifizieren könnte, beseitigen lassen und den Tod ihres Mannes eingeleitet, indem sie ihn dem Verhungern ausgesetzt hat. Hier werden wir noch zu klären haben, wie Dominique an dieser Stelle weiter verfahren wollte. Wir gehen davon aus, dass sie Pierre entweder später würde töten lassen, wovor sie bislang in eigener Person zurückscheute. Oder sie hätte gemeinsam mit M den verhungerten Pierre zu einem geeigneten Zeitpunkt aus dem Keller verschwinden lassen. Die Gelegenheit dazu bestand, denn mit dem Bezug des Gebäudes soll erst in zwei Monaten begonnen werden, und Dominique hatte als Einzige alle erforderlichen Schlüssel. Es gehörte zu ihrem Selbstverständnis, zu den von ihr geplanten Gebäuden bis zur Übergabe an den Bauherren die Schlüssel zu behalten, weil sie die Bauwerke in gewisser Weise als ihre eigenen betrachtete. Sie musste einen Selbstmord Pierres inszenieren, was nur geklappt hätte, wenn er dauerhaft verschwindet. Ich vermute deshalb, dass sie ihren Mann in dem Keller nur – sagen wir – geparkt hatte. Mit Pierre Brossard verschwand sein Auto, das wir natürlich nicht in die Finger bekommen durften, weil man ansonsten hätte nachweisen können, dass sich Franziska Bellgardt vermutlich nie in diesem Auto befunden hat. M wird sie in seinem oder irgendeinem anderen Auto mitgenommen haben, wenn die beiden unterwegs waren. Zeugen, die den von M gefahrenen Wagen gesehen oder sogar sein Kennzeichen notiert hätten, haben wir nicht gefunden. Wir gehen davon aus, dass Pierres Wagen irgendwo wieder auftauchen wird. Autos verschwinden nicht so einfach. Aber das Fahrzeug wird uns keine anderen Erkenntnisse vermitteln als die, die ich Ihnen gerade vortrage. Zuletzt hat Dominique noch Pierres Handy entsorgt.«

Ylberi machte eine Pause und trank wieder etwas von dem inzwischen kalt gewordenen Kaffee. Seine Hand zitterte ein wenig. Er hatte einen roten Kopf bekommen. Die Konzentration strengte ihn an.

»Jetzt kommen Sie ins Spiel, liebe Frau Schwarz«, fuhr er fort. »Dominique wusste natürlich nicht, wen sie mit ihrem an 0829 adressierten Hilferuf erreichte, und sie wusste natürlich auch nicht, dass Franziska Sie als Briefkasten für all ihre Briefe benutzt hat, die ihr über Chiffre von der Redaktion zugesandt wurden. Sie sind ihr Ansprechpartner geworden und sie hat Sie umworben und für ihre Dienste eingespannt. Dominique erstattete in Ihrem Beisein Suchanzeige nach ihrem Mann, übergab die bewussten Briefe an die Staatsanwaltschaft und lockte Sie sodann nach Paris, was, wie ich vermute, ausschließlich den Zweck hatte, das schwarz gestrichene Zimmer von Pierre zu präsentieren, das wirksam auch noch mit Ausschnitten von schlimmen Nachrichten plakatiert wurde. Dominique hat in ihrer Vernehmung wie beiläufig erwähnt, dass Sie all dies bezeugen könnten. Dieses Gebaren zeigt natürlich, wie das ganze Theater zelebriert wurde. So gibt es Zeugen im Vorfeld der Tat für die vermeintliche Beziehung zwischen Franziska und Pierre und Zeugen für den vermeintlichen Persönlichkeitswandel ihres Mannes. An alles ist gedacht. Sie, Frau Schwarz, haben in Paris überdies die Postkarte gefunden, die Franziska von der Mosel nach Paris geschickt hat. Eine perfekt gelegte Spur. Wieder ein Beweis aus dem Liebesleben Pierres, der wie zufällig auftaucht.«

»Das stimmt!«, unterbrach Marie. Sie erzählte im Detail, wie es zu dem Fund der Karte kam.

»Na, sehen Sie!«, kommentierte Ylberi anerkennend. »Auf diesen Trick muss man erst einmal kommen. Natürlich werden Sie die Tür zu dem Zimmer verschlossen haben, weil Sie die Katze fernhalten wollten. Aber können Sie sich darauf festlegen? Könnte nicht doch die Tür einen Spalt weit geöffnet gewesen sein, sodass die Katze sich in das Zimmer zwängen und auf das Bett springen konnte? Mit solchen Arrangements kalkuliert Dominique, und sie macht es teuflisch gut. Die Katze auf dem Bett veranlasst den Tausch der Bettwäsche und somit den Fund der Karte. All dies ist bestens inszeniert, da bin ich mir sicher. – Für Dominique läuft also bis gestern alles optimal. Sie hat die Ermordung Franziskas veranlasst und Pierre als vermeintlichen Täter präsentiert. Pierre selbst hat sie weggesperrt. Sie muss nur noch seine endgültige Beseitigung arrangieren. Machbar ist das alles, und die Ausgangsbedingungen sind mehr als günstig. Pierres Auto muss verschwunden bleiben. Vielleicht schafft sie es, den Wagen irgendwann unter der Hand zu verkaufen. Perfekt. Evidente Spuren, dass Pierre der Mörder von Franziska war, bis auf die erwähnten kleinen Fehler, die das Gesamtkonzept nicht erschüttern. Was passiert dann? Dominique erhält einen Anhörungsbogen zu einer mit ihrem Porsche begangenen Geschwindigkeitsüberschreitung an einem Ort und zu einer Zeit, die es unmöglich macht, dass der Fahrer dieses Autos – es handelt sich unzweifelhaft um Pierre Brossard – vom Ort dieses Verkehrsdelikts zum Bahnhof Kurl gefahren ist, um Franziska zu töten. Pierre Brossard, der nach Dominiques Angaben deren Porsche gelegentlich für kleine Spritztouren benutzt, fährt just zu diesem für Dominique unglücklichen Zeitpunkt in eine Radarfalle und führt damit unbewusst selbst den schlagenden Entlastungsbeweis für sich, was gleichzeitig Dominiques Konstrukt zum Einsturz bringt. Es ist unzweifelhaft, dass erst der Erhalt dieses Anhörungsbogens nun das weitere Geschehen auslöst, denn Dominique wird sofort erkannt haben, dass mit dem Foto aus der Radarfalle ihre Geschichte zu Ende ist. Es ist mehr als bedauerlich, dass wir nach Auswertung der Bilder aus der Kamera nicht vor Absendung des Anhörungsbogens informiert wurden, denn sonst hätten wir diesen tragischen Verlauf mutmaßlich verhindern können. Aber es trifft keinen eine Schuld. Pierre Brossard war zur Fahndung ausgeschrieben und nicht Dominique Rühl-Brossard. Es war ihr Auto, das geblitzt wurde. Da ihr Name und ihr Auto nicht in den Suchlisten standen, nahm die Angelegenheit in der Behörde ihren ganz normalen Lauf. – An dieser Stelle stehen wir jetzt«, resümierte Staatsanwalt Ylberi. »Es war ein nahezu perfektes Verbrechen, aber mit dem Tod von Dominique Rühl-Brossard ist nach Franziska die einzige Person verschwunden, die M hätte identifizieren können. Wir haben bereits geprüft, ob bei Dominique Kontenbewegungen stattgefunden haben, aber da war nichts. Sie wird M, der für seine Dienste Geld bekommen haben dürfte, natürlich nicht per Überweisung belohnen. Wir hätten uns diese Prüfung schenken können.«

»Gibt es sonst wirklich keinerlei Hinweise auf M?«, fragte Stephan.

»Bis jetzt nicht«, erwiderte Ylberi. »Eine Mitarbeiterin von Dominique hat an einem Morgen im Büro einen Mann angetroffen, der Dominique sprechen wollte und ihr bedrohlich vorkam. Wir verfolgen diese Spur derzeit nicht. Es ist unwahrscheinlich, dass M sich derart offen zeigen würde. M steht auch für mysteriös. Er ist bis jetzt nicht fassbar.«

»Schließen Sie wirklich aus, dass Dominique nicht vielleicht doch getötet wurde?«, fragte Stephan weiter.

»Die Auswertung der Spuren in ihrem Auto und an ihrer Leiche sind noch nicht abgeschlossen. Aber es ist schwierig, bei Opfern, die durch einen Sturz von einem hohen Gebäude zu Tode kommen, einen möglichen Stoß durch einen Dritten nachzuweisen. Das Verwaltungsgebäude der Quovoria-Versicherung hat 18 Stockwerke. Sie können sich vorstellen, wie ein menschlicher Körper aussieht, der aus dieser Höhe fällt und ungebremst auf die Erde knallt.«

»In der Spurenlage gibt es deutliche Parallelen zu dem Tod unter dem fahrenden Zug«, meinte Stephan.

»Ich denke, es ist soweit alles rund in dieser Sache«, folgerte Ylberi. »Ich muss M finden, und es gibt in der Tat eine Spur: Daniel hat ausgesagt, dass der Mann, mit dem sich Franziska in der Nähe des Krankenhauses getroffen hat, ein rotes Fahrrad bei sich hatte. Er geht davon nicht ab. Und bei der Polizei hat sich heute Morgen ein älterer Mann gemeldet, der vorgestern Abend in der Nähe der Hochhausbaustelle seinen Hund ausführte. Das Tier hatte ihn auf das dort nicht abgezäunte Gelände gezogen. An der Gebäudeecke lehnte, von der Straße aus unsichtbar, ein rotes Fahrrad. Gestern Morgen war das Fahrrad nicht mehr da. Es gibt auch keinen Arbeiter auf der Baustelle, der ein Fahrrad benutzt und es dort vielleicht am Abend vorher stehen gelassen hätte. Der Zeuge beschrieb das Fahrrad als solides Tourenrad in einem recht guten Zustand, konnte aber sonst keine Einzelheiten benennen. Mir geht dieses rote Fahrrad nicht aus dem Kopf, Herr Knobel. Es taucht in beiden Teilen der Geschichte auf. Klar, es können zwei verschiedene Räder sein, die nichts miteinander zu tun haben. Aber ich glaube es nicht. Ich bin mir sicher: M fährt Fahrrad. Meine These ist, dass M am Montag zu nächtlicher Stunde Dominique auf die Baustelle gelockt hat, um sich ihrer zu entledigen. Dann wäre er die einzige, noch lebende Zeugin los. Aber da bleiben Ungereimtheiten. M muss irgendwie von seiner Tat profitieren. Und ich sehe da noch keine befriedigende Antwort. Mein Problem ist einfach umrissen: Es gibt M. Er ist entweder nur Franziskas oder sogar zusätzlich Dominiques Mörder. Und wenn sich die Spurenlage nicht verändert, wird er ein Phantom bleiben, und ich werde irgendwann die Akte ungelöst schließen müssen.«

»Soweit sind wir lange noch nicht«, wandte Stephan ein. »Das wissen Sie auch!«

»Vielleicht denken Sie mal drüber nach«, bat Ylberi. »Ich habe Ihnen gesagt, was ich weiß und wie ich denke. Stellen Sie Ihre Fragen, Herr Knobel! – Überlegen Sie, ob Sie in Paris nicht irgendwelche Dinge bemerkt haben, deren Bedeutung Sie damals nicht erahnen konnten, Frau Schwarz! Ich bin auf jeden Hinweis angewiesen. Sie beide haben einen Bezug zum Fall, das sagte ich ja schon.«

Jetzt lächelte er.

»Ich habe im Moment keine anderen Ansatzpunkte«, schloss der Staatsanwalt.

Später am Abend lag die kriminaltechnische Auswertung der Untersuchung des grünen Porsche von Dominique Rühl-Brossard vor. Das Fahrzeug war danach von ihr zum Neubau der Quovoria-Versicherung gefahren worden. Es gab keine Hinweise darauf, dass sie jemand im Auto begleitet hatte. In ihrem Handy waren etliche Anrufe gespeichert, die sie erhalten oder getätigt hatte. Die Anrufe ihres letzten Tages hatten ausschließlich berufliche Gründe und waren mit ihrem Büro und der Bauleitung des Quovoria-Neubaus geführt worden und allesamt unverdächtig. Auch sonst fand man in Dominiques Sachen und auch bei einer neuerlichen Durchsuchung ihrer Privat- und Büroräume, zu denen die junge Architektin Antje Swoboda aufschließen musste, keine Hinweise auf die Person, die von Ylberi nur M genannt wurde. An Dominiques Körper konnten keine Spuren gefunden werden, die auf eine Fremdeinwirkung hinwiesen. Infolge der durch den Sturz verursachten massiven Verletzungen konnte jedoch auch ein Stoß durch eine dritte Person nicht ausgeschlossen werden. Auf dem Dach des Hochhauses fanden sich keine verwertbaren Spuren. Ylberi nahm die Befunde auf der einen Seite frustriert und auf der anderen Seite mit der Überzeugung entgegen, dass sie seine Vermutung bestätigten.

Rechtsanwalt Hubert Löffke verließ seine Kanzlei kurz vor Mitternacht. Es war selten, dass er derart lang im Büro blieb. Der Tod von Dominique Rühl-Brossard, die er intern nun wieder die Gräfin nannte, ging ihm nahe. Doch es war weniger persönliche Anteilnahme, die ihn hemmte, als vielmehr die dunkle Ahnung, sich unkritisch für eine Mandantin eingesetzt zu haben, deren Schilderung der Dinge er ungefragt übernommen und plakativ zu seiner eigenen gemacht hatte. Insgeheim litt Hubert Löffke in dieser Nacht an einem unbestimmten Gefühl, sich als Anwalt gelegentlich zum Mietling seiner Klientel zu machen und sich von den hehren ethischen Grundsätzen zu entfernen, die er zu Beginn seiner Tätigkeit als Anwalt eher floskelhaft zum Ideal seines Handelns erhoben hatte. Löffke schlief unruhig in dieser Nacht. Er ließ sich – wenn er schweißgebadet aufschreckte – von seiner rundlichen Frau Dörte trösten, die ihm Mut zusprach und ihn seiner Professionalität versicherte, die er sonst wie selbstverständlich für sich in Anspruch nahm. Löffke versuchte es erst mit Pfefferminztee, dann mit Rotwein. Er öffnete gegen zwei Uhr morgens eine Flasche Montepulciano, kostete erst ein Glas, trank zögernd ein zweites, schämte sich bei dem dritten und schlief friedlich grunzend nach dem vierten ein. Löffke ging es am nächsten Morgen schlecht. Doch die Kopfschmerzen, die an die Stelle der nagenden Zweifel getreten waren, würden schnell wieder verfliegen.

23

Stephan blieb am Vormittag des nächsten Tages zu Hause. Er pflegte das Privileg der Selbstständigkeit, nach Belieben seiner Kanzlei fernzubleiben, wenn er keine festen Termine hatte. Auch ihn machte der Tod von Dominique Rühl-Brossard nachdenklich, doch im Gegensatz zu seinem Widersacher Löffke, der sich durch die Unschuldsbeteuerungen der Gräfin getäuscht fühlte und sich flüchtig über seine Leichtgläubigkeit geärgert hatte, gründeten Stephans Zweifel an seiner Arbeit im umgekehrten Gedanken. Er fragte sich, ob er – nicht zuletzt veranlasst durch Dominiques burschikoses und häufig verächtliches Gebaren – ihr gegenüber nicht vielleicht zu kritisch gewesen und sich durch ihr unsympathisches Wesen nicht einem Automatismus folgend gegen sie positioniert hatte und deshalb ihre Darstellung eher in Zweifel zog, als er es bei einem Mandanten getan hätte, der ihm sympathisch war. Ylberis Argumentation war bestechend und durchgehend nachvollziehbar. Sie litt, soweit man in diesem Zusammenhang von einem Fehler sprechen konnte, lediglich daran, dass die auf den unbekannten M mit zwingend erscheinender Logik hinauslaufenden Schlussfolgerungen Ylberis einen Täter erforderten, der gänzlich außerhalb des Lebensumfeldes von Dominique zu stehen schien. Stephan hatte von dem Staatsanwalt noch in der Nacht telefonisch die letzten Ermittlungsergebnisse erfahren, und der Umstand, dass es im Umfeld von Dominique Rühl-Brossard keine Person zu geben schien, die der bewusste M hätte sein können, störte. Dominique mochte, wenn Ylberis Theorie zutraf, Franziska über eine Chiffreanzeige als mehr oder weniger zufälliges Opfer gefunden haben. Aber es schien mehr als zweifelhaft, dass es ihr auf diesem oder anderem Wege gelungen war, jenen M zu finden, der folgsam ihren Plan ausführte und brillant ihren Ehemann Pierre spielte, der dann Franziska Bellgardt töten sollte. Es gab nicht einen Anhaltspunkt dafür, wann und wie Dominique diese Person gesucht und gefunden haben könnte. Stephan wusste, dass Ylberi insgeheim dieselben Zweifel hegte und das mysteriöse rote Fahrrad ein Faktor war, der die ansonsten aufgehende Gleichung fast wohltuend störte.

An diesem Vormittag, als Marie in der Schule Unterricht gab, nachdem das Treffen mit Ylberi beendet war, ordnete Stephan ihren gemeinsamen Haushalt, stellte Schuhe in den Schuhschrank, den Marie sonst nicht benutzte, heftete Rechnungen ab, die Marie gewöhnlich unbeachtet auf dem Schreibtisch liegen ließ, entsorgte leere Duschgeltuben, die nach Verbrauch im Badezimmer verblieben waren, und brachte das Altpapier, das sich über Wochen in einer Küchenecke angesammelt hatte, in den Container. Stephan verstand diese Tätigkeiten, die er im regelmäßigen mehrwöchigen Turnus vornahm, als sich stets wiederholenden Versuch, eine Grundordnung im Haushalt herzustellen, die an seine oberflächliche Sorgfalt in seiner früheren Wohnung erinnerte und zugleich dem schleichend wachsenden Chaos Einhalt gebieten sollte, das an Maries frühere Gepflogenheiten erinnerte. Stephans wiederkehrende Räumdienste korrigierten ihre unterschiedlichen Lebensgewohnheiten und waren die Wiederherstellung einer nötigen Balance. Gerade heute wirkte das Ordnen wie ein sichtbarer Schnitt in einer Geschichte, deren Bestandteil Marie und Stephan geworden waren und mit Franziskas Idee, Marie als Briefkasten der für sie bestimmten Antworten auf die Chiffre-Anzeige zu benutzen, ihren unheilvollen Anfang genommen hatte. Stephan ordnete auch die wahllos auf Maries Schreibtisch übereinander liegenden Papiere im gemeinsamen Arbeitszimmer. Sie hatte die Kopien der Ausdrucke von Pierres vermeintlichen Briefen an Franziska und Dominique in eine Klarsichthülle gesteckt. Dahinter befand sich Dominiques an 0829 gerichtetes Schreiben, mit dem sie suggerierte, den sich hinter der Chiffrenummer verbergenden Adressaten suchen und um Hilfe bitten zu wollen. Ganz unten befand sich das Schreiben, das jemand an 0829 gesandt hatte, nachdem Franziska auf die erste Zuschrift dieses Absenders ersichtlich nicht geantwortet hatte. Stephan las den Brief, den Marie am 17. Oktober von der Kult-Mund-Redaktion erhalten hatte, ein zweites Mal:

Hallo! Ich bin traurig, dass Du Dich bei mir nicht gemeldet hast. Habe ich Dich mit meinen Worten nicht berührt? Habe ich in Dir nicht die Lust auf den geheimen Zauber geweckt? Ich erwarte Dich noch immer. Lies meinen Brief ein zweites Mal. Vielleicht hast Du ihn nicht sofort verstanden. Es werden Dir viele geantwortet haben, ohne dass sie Deine Hoffnungen erfüllen können. Fass Mut und Vertrauen! Du wirst sehen, dass ich der Richtige für Dich sein kann. Suche Dein Glück bei mir und Du wirst es finden können.

Aus einer Laune heraus wählte er die angegebene Nummer und war versucht, die Verbindung abzubrechen, als das Freizeichen ertönte, doch der Teilnehmer meldete sich sofort: »Hilbig.«

Stephan stockte der Atem.

»Wie bitte?«, fragte er hastig nach.

»Hilbig«, wiederholte der andere ungeduldig. »Mit wem spreche ich denn?«

Stephan legte auf. Er sah auf das Display seines Handys. Stephan hatte mit unterdrückter Nummer angerufen. Er versuchte Marie zu erreichen, doch bei ihr antwortete nur die Mailbox. Sie hatte bis 13 Uhr Unterricht.

Eine Dreiviertelstunde später stand Stephan an der Empfangstheke der Redaktion des Magazins Kult-Mund. Die junge Dame hinter der Theke bat freundlich um Geduld, weil die Redaktionskonferenz noch nicht beendet sei. Stephan nutzte die Zeit, sich auf die Fragen vorzubereiten, die er Hilbig stellen wollte.

Alexander Hilbig gab sich locker wie immer. Als ihm Stephan seine Zuschrift zu 0829 vorlegte, wurde er unruhig und schloss die Tür zu seinem Büro.

»Ich hatte Sie bei unserem Gespräch so verstanden, dass Sie nicht unbedingt auf Franziskas Anzeige geantwortet hätten. Die Inserentin habe vermutlich einen komplizierten Charakter, sagten Sie. Aber es war unverkennbar, wie sehr Sie diese Anzeige in den Bann gezogen hatte. Ich hätte eher darauf kommen können, dass Sie selbst sich um Franziska bewarben. Sie sitzen ja förmlich an der Quelle, Herr Hilbig! Alle Inserate und alle Zuschriften gehen durch Ihre Hand. – Bleiben Sie dabei, dass Sie die Zuschriften nicht öffnen? Es ist doch ganz einfach, die Briefe zu öffnen, zu lesen, danach in einen neutralen Umschlag zu stecken, die Chiffrenummer drauf zu schreiben und weiter zu machen. Oder vielleicht auch Zuschriften verschwinden zu lassen …«

»Nein!«, wehrte sich Hilbig. »Sprechen Sie leise, bitte! Es muss uns hier niemand hören.«

»Warum nicht?«, fragte Stephan. »Es wird die Redaktion interessieren, wie mit den Zuschriften umgegangen wird, die die Leser im Vertrauen auf Wahrung des Briefgeheimnisses hierher senden.«

»Ich öffne keine Briefe und lasse auch keine verschwinden«, haspelte Hilbig.

»Vielleicht auch nur bei 0829«, mutmaßte Stephan. »Das war ja die Anzeige, über die Sie sich förmlich ungesehen in die Frau verliebt haben, obwohl Sie mir gegenüber – aus mir jetzt sehr nachvollziehbaren Gründen – genau dies verneint haben.«

Alexander Hilbig strich sich fahrig durch sein Gesicht.

»Auch wenn Sie es mir nicht glauben, Herr Knobel: Ich habe keine Zuschrift an 0829 geöffnet oder verschwinden lassen, die diese Chiffrenummer ursprünglich erhalten hat. Ich habe alle Briefe ungeöffnet weitergeleitet. Mir war klar, dass an 0829 jede Menge Post geht, und ich habe einfach nur meine eigene Zuschrift in ein Kuvert gesteckt und dieses mit den anderen Briefen weitergeschickt. Wenn die Frau mich nicht gewollt hat, kann ich es nicht ändern. So etwas lässt sich nicht verhindern. Das Schöne am Chiffreverfahren ist ja gerade, dass man sich allein aufgrund einer Anzeige Hoffnungen machen kann. Man stellt sich unter der Inserentin jemanden vor, macht sich ein Bild und malt sich aus, wie es sein wird, wenn man diese Frau das erste Mal sieht. Ein Stückweit ist es eine Illusion, aber es tut nicht weh, wenn sie zerplatzt, weil sich die Frau nicht meldet oder man beim ersten Kontakt merkt, dass es nicht passt. Man hat nicht mehr investiert als einen Antwortbrief oder ein einmaliges Treffen, das die Sache endgültig klärt. Chiffrekontakte hinterlassen keine gebrochenen Herzen, wenn sich aus ihnen nichts ergibt. Und zugleich ist das Schreiben eines persönlichen Briefes regelmäßig viel interessanter und aussagekräftiger als eine Kontaktanbahnung über die Internetforen. Chiffrebriefe haben noch etwas Romantisches.«

Stephan verstand, dass Alexander Hilbig nicht nur umfänglich im Chiffreverfahren bewandert war, sondern es auch selbst nutzte.

»Wie kam es zu Ihrem zweiten Brief an 0829?«, fragte Stephan.

»Unsere Redaktion erhielt dieses merkwürdige Schreiben an 0829. Sie wissen, es war jener Brief, in dem das persönliche Schreiben nicht nochmals in einem gesondert geschlossenen Umschlag steckte und das wir nach meiner Aussage vermeintlich nie erhalten haben. Die Chiffrenummer und unsere Redaktionsadresse standen direkt auf dem Schreiben, und so habe ich es doch zwangsläufig gelesen, Herr Knobel! Sicher hätte ich es sofort eintüten können, als ich den Briefumschlag geöffnet und gemerkt hatte, dass mich der weitere Inhalt gar nichts anging. Aber ich gebe zu, dass ich es getan habe. Und ich verstand, dass derjenige, der diesen Brief geschrieben hatte, damals der Gewinner bei 0829 war, sich die Beziehung aber erledigt hatte. Also dachte ich, dass ich vielleicht eine zweite Chance hätte und verfasste meinen eigenen zweiten Brief. Der Brief war aber weniger leidenschaftlich, weil die gute Frau von meinem ersten Brief nicht überzeugt schien, denn sonst hätte sie sich ja gleich bei mir gemeldet.«

»Und den Brief von diesem Pierre haben Sie nicht weitergeleitet«, folgerte Stephan.

»Der Brief war immer noch so persönlich, und ich spürte ja, dass dieser Pierre keinen Kontakt mehr wollte, auf der anderen Seite Franziska aber noch an ihm zu kleben schien«, antwortete Hilbig. »Also dachte ich, dass sie sich vielleicht eher von Pierre lösen würde, wenn es keinen weiteren Brief von ihm gäbe. Ich stellte mir vor, dass sie ein Schweigen noch mehr verletzen würde als ein solcher Brief, in dem ein Abschied erklärt werden sollte. Also warf ich Pierres Brief weg und schrieb meinen eigenen, also meinen zweiten Brief, und sandte ihn noch am selben Tag ab.«

»Merkwürdige Idee, wie Sie 0829 erobern wollten«, meinte Stephan.

»Es war eine beschissene Idee, ich weiß«, gab Hilbig zu. Er sah eine Weile gedankenverloren vor sich hin.

»Werden Sie es der Geschäftsführung sagen?«, fragte er ängstlich. »Es war wirklich das einzige Mal, dass so etwas passiert ist. Ich schütze die Inserenten und diejenigen, die darauf antworten. Das schwöre ich.«

Stephan lächelte über den albern klingenden Schwur und schüttelte den Kopf.

»Also werden Sie es melden«, sagte Hilbig tonlos.

»Nein, ich werde es nicht tun«, beruhigte Stephan. »Was wissen Sie über den Absender des Briefes von Pierre?«, fragte er weiter.

»Der Brief ging hier am 16. Oktober ein. Ich weiß es noch genau, weil an diesem Tag Redaktionskonferenz war und ich zuvor die ganzen Posteingänge des Tages erhalten hatte, die für meine Abteilung bestimmt waren. Gewöhnlich kommen die meisten Zuschriften zu den Chiffreanzeigen kurz nach der Veröffentlichung einer jeden Ausgabe von Kult-Mund. Ich würde sagen, das Kerngeschäft zieht sich dann über etwa eine Woche hin. Danach wird es deutlich weniger, und etwa ab Mitte eines jeden Monats trudeln nur noch vereinzelt Briefe ein. Es sind Nachzügler, die die Inserate später gelesen oder sich erst später entschlossen haben, darauf zu antworten. Darum fiel mir das an 0829 gesandte Schreiben auch besonders auf, denn es waren an dem Tag insgesamt vielleicht nur fünf oder sechs Zuschriften zu unterschiedlichen Chiffrenummern. Natürlich war ich elektrisiert, als ich 0829 darauf las und noch überraschter, als ich den an unsere Redaktion adressierten Brief las. Ich weiß das noch sehr genau, Herr Knobel.«

»Was wissen Sie über den Absender?«

»Er kam aus Bochum«, antwortete Hilbig prompt. Stephan stutzte.

»Woher wissen Sie das?«

»Vom Poststempel auf dem Briefumschlag«, antwortete Hilbig wie selbstverständlich. »Ich hatte mich ja gewundert, dass das Schreiben an Franziska nicht verschlossen war, und als ich es gelesen hatte, wollte ich mehr über diesen Pierre erfahren, der den Brief verfasst hatte. Und so habe ich auf den Briefumschlag gesehen, der ohne Zweifel einen Absenderstempel aus Bochum trug. Ich dachte noch: Da sitzt in Bochum ein Glückspilz, der diese Frau hätte haben können – und lässt sie fallen.«

»Sie haben den Umschlag nicht zufällig noch?«, fragte Stephan.

»Nein«, antwortete Hilbig. »Ich sagte doch, das ist alles eine beschissene Idee gewesen. Ich habe den Brief und den Umschlag weggeworfen.«

»Sie wissen schon, dass Pierre Brossard ausgehungert im Keller eines Hochhausneubaus gefunden wurde«, sagte Stephan streng, »und dass man seine Frau tot vor eben jenem Haus gefunden hat, weil sie von diesem Haus gesprungen oder gestoßen worden ist.«

Hilbig nickte.

»Ich weiß«, sagte er leise, »es stand ja groß in der Zeitung. Aber wie sollte ich jetzt noch mit dieser Briefgeschichte kommen? Ich hatte ja schon ausgesagt, diesen Brief überhaupt nie in der Redaktion erhalten zu haben. Außerdem wusste ich damals nicht, dass es sich bei diesem Pierre, der den Brief verfasst hatte, um Pierre Brossard handelte, der dann über die Zeitungen gesucht wurde. Der Staatsanwalt hatte sich doch nur für Franziskas Anzeige interessiert. Ändert sich denn etwas dadurch, dass der Brief hier eingegangen ist?«

Stephan zuckte mit den Schultern.

»Ich weiß es nicht. Sie müssen es jedenfalls dem Staatsanwalt mitteilen. Ich werde ihn gleich unterrichten. Vielleicht lässt sich ja alles gegenüber Ihrem Arbeitgeber geheim halten. Ich werde mich jedenfalls dafür einsetzen.«

»Alles andere bedeutet für mich die fristlose Kündigung, ich weiß«, murmelte Hilbig. »Ich habe mir sonst nie etwas hier zuschulden kommen lassen.«

»Ich glaube Ihnen ja«, lächelte Stephan.

Als Stephan die Redaktion von Kult-Mund verlassen hatte, versuchte er Staatsanwalt Bekim Ylberi telefonisch zu erreichen. Doch die Geschäftsstelle seines Dezernats teilte mit, dass er in einer komplizierten Strafsache vor dem

Landgericht die Anklage vertrete und mutmaßlich bis in den späten Nachmittag hinein in der Sitzung sei.

Stephan sah auf die Uhr. Es war Viertel vor zwölf. Marie würde erst in über einer Stunde ihren Unterricht beendet haben. Hilbigs Frage, ob sich etwas dadurch ändere, dass der Brief von Pierre an Franziska entgegen seiner früheren Behauptung doch der Redaktion von Kult-Mund zugegangen war, zielte unbewusst auf den Kern. Die bisherige Annahme, dass der Brief nur vorgetäuscht war und nie zur Absendung bestimmt war, sondern durch die Vorlage eines Ausdrucks nur diese suggerieren wollte, war nachweislich falsch. Ganz im Gegenteil stand jetzt fest, dass er nicht nur abgeschickt wurde, sondern offensichtlich auch in der Redaktion des Magazins gelesen werden sollte. Anders war nicht zu erklären, warum sich die Postadresse der Redaktion und die Chiffrenummer auf dem für Franziska bestimmten Schreiben befanden und somit sichergestellt oder doch zumindest sehr naheliegend war, dass der Brief dort auch gelesen wurde. Inhalt und Versendung des Briefes sollten bezeugt werden können, und Stephan stellte einmal mehr fest, dass der gesamte Fall davon lebte, gleichermaßen gezielt, aber nach außen scheinbar zufällig, Zeugen zu gewinnen. Alexander Hilbig hatte mit dem Öffnen und Lesen des Briefes das getan, was beabsichtigt war, aber er hatte das weitere Ziel des Verfassers, diesen Brief an Franziska weiterzuleiten, durchkreuzt. Dieser Brief sollte bei Franziska beziehungsweise in ihrem Nachlass gefunden werden, das schien nun klar. Änderte dies wirklich etwas? Oder wäre der Brief, hätte man seine Versendung und seinen Zugang bei Franziska nachweisen können, nur der geeignete Beleg dafür, dass es zwischen Franziska und dem Pierre spielenden M tatsächlich Streitereien gab, die die gespielte Geschichte, die Ylberi hinter allem vermutete, noch glaubhafter machte? Stephan kam zu dem Schluss, dass die neu aufgedeckten Umstände Ylberis Version in der Tat stützten, aber er erkannte auch, dass Hilbigs Aussage gleichwohl eine neue Spur versprach: Warum kam der Brief aus Bochum? Fest stand, dass der Brief an dem Tag abgesandt worden war, als er nach den Feststellungen der Kriminaltechniker auf dem Computer geschrieben worden war, der in Dominiques und Pierres Wohnung stand und anderen nicht zugänglich war. Dies war zwingend, denn sonst wäre der Zugang des Briefes am Folgetag in der Redaktion von Kult-Mund nicht denkbar.

Stephan fuhr in das Kreuzviertel und besuchte Dominique Rühl-Brossards Architekturstudio. Nach ihrem Tod herrschte eine überraschende und deshalb gespenstische Betriebsamkeit. Die überwiegend jungen Architektinnen und Architekten, die Dominique fügsam zugearbeitet hatten, waren emsig damit beschäftigt, die laufenden Aufträge in Dominiques Sinne fortzuführen. Es war offensichtlich, dass Dominiques Ausscheiden die unerwartete Gelegenheit bot, sich profilieren und im Sog des Namens der fachlich populären Architektin eigene Ideen verwirklichen zu können, die im Schatten der dominanten Chefin zum Scheitern verurteilt waren. Es schien, als habe Dominiques Ableben berufliche Karrieren entfesselt, die sich nun frei vom Einfluss der gängelnden Oberlehrerin entfalten wollten. Stephan setzte sich mit Alf Jungmann, einem hochgewachsenen, spindeldürren Jungarchitekten mit zu einem Pferdeschwanz zusammengebundenen schwarzen Haaren, und der ihm bis dahin unbekannten Antje Swoboda in das pompös ausgestattete Wartezimmer im Studiobereich, in dem Hochglanzbilder ihrer berühmtesten Projekte stummes Zeugnis über Dominiques Lebenswerk ablegten. Beide hatten sich erboten, Stephan bei der Beantwortung der angekündigten Fragen behilflich zu sein, als er darüber aufgeklärt hatte, der frühere Anwalt von Frau Rühl-Brossard gewesen zu sein. Es war unverkennbar, dass ihre Hilfsbereitschaft zu einem guten Teil aus jenem schlechten Gewissen gespeist wurde, das sie beschlich, weil sie mit einer Energie ihrer täglichen Arbeit nachgingen, die aufrichtige Trauer um Dominique nicht zulassen konnte.

Stephan stellte seine einzige Frage: Konnte im Studio nachvollzogen werden, was Dominique am Donnerstag, dem 15. Oktober, nach 14 Uhr gemacht hatte? Frau Swoboda erkundigte sich, wofür dies wichtig sei, und Stephan erklärte ihr, dass es um die Absendung eines bestimmten Briefes gehe, der für die Aufklärung des Falles von großer Bedeutung sei. Frau Swoboda fragte weiter nach, aber Stephan bat freundlich, nur diese Frage beantworten zu wollen.

Herr Jungmann verschwand für einige Minuten, dann kam er mit dem Terminkalender des vergangenen Monats zurück. Er setzte sich zu Stephan, legte den Kalender auf den Tisch, der ein stilisiertes Modell einer von Dominique entworfenen Flussbrücke darstellte. Jungmann stützte sein kantiges Gesicht in die Hände und ließ Stephan durch den Kalender blättern.

»Der 15. Oktober ist durchgehend rot markiert. Projekt TGV. Wir hatten das bereits dem Staatsanwalt gesagt«, erläuterte Jungmann, als Stephan die Kalenderseite studierte.

»Nur hat sich der Staatsanwalt dafür interessiert, wann der betreffende Brief geschrieben worden sein könnte«, erwiderte Stephan. »Ich hingegen interessiere mich dafür, wann er abgesandt wurde. Es geht um den Brief vom 15. Oktober an die Redaktion des Magazins Kult-Mund, letztlich bestimmt für eine Franziska Bellgardt, die sich hinter der Chiffrenummer 0829 verbarg. Erzählen Sie mir also alles, was Sie Ylberi geschildert haben. Was heißt Projekt TGV?«, erkundigte er sich.

»Dominique hatte am 15. Oktober zwei Vertreter der Planungsabteilung der Französischen Eisenbahn zu Gast«, erklärte Herr Jungmann. »Ich erinnere mich genau. Die SNCF – das ist die Bezeichnung der französischen Staatsbahn – plant im Rahmen einer Hochgeschwindigkeitstrasse eine Talbrücke, die architektonisch Elemente des dort vorherrschenden Baustils und der dortigen markanten Geländeformationen aufgreifen soll. Es ist ein Prestigeprojekt. Die Franzosen vergeben ihre Aufträge sonst kaum außerhalb ihres Landes.«

»Waren Sie bei dem Gespräch dabei?«, fragte Stephan.

»Neben Dominique, unserem Kollegen Jens Hoffmann, Antje und mir war auch noch Pierre Brossard anwesend, weil er als Franzose natürlich für Dolmetscherdienste prädestiniert war. Dominique sprach zwar gut Französisch, aber hier ging es ja auch um manche Fachbegriffe, die ihr vielleicht fremd waren.«

Stephan sah prüfend in den Kalender.

»Nach dem Eintrag begann die Besprechung um elf Uhr morgens. Stimmt das?«

Jungmann nickte. »Ungefähr, ja. Vielleicht war es zehn nach elf. Die Herren waren mit der Bahn angereist. Soweit ich mich erinnere, hatte der Zug ein paar Minuten Verspätung.«

Stephan überlegte. Nach den Ermittlungen der Staatsanwaltschaft war der Brief am 15. Oktober um 14.14 Uhr geschrieben worden. Dominique konnte ihn also nicht abgesandt haben, bevor der Besuch aus Frankreich eingetroffen war.

»Wie lange ging der Termin?«, fragte er.

»Er ging über den ganzen Tag«, sagte Jungmann. »Wir sind nämlich am Nachmittag überraschend noch mit den Herren zur Müngstener Brücke bei Remscheid gefahren. Dominique war ganz plötzlich auf diese Idee gekommen. Sie wollte den Franzosen ein Brückenbauwerk zeigen, das mit einer mittleren Stützweite von rund 170 Metern und einer maximalen Höhe von 107 Metern in etwa dem in Frankreich zu bauenden Projekt vergleichbar ist. Es ging darum, eine Konstruktion zu wählen, die nicht zu sehr dominiert, sondern sich filigran in die Umgebung einfügt und deshalb nicht als Fremdkörper empfunden wird. Dafür ist die alte Müngstener Brücke auch heute noch ein Beispiel, auch wenn dieser frühe Stahlbau für die neue Brücke nicht in Betracht kommt. Es ging vielmehr um das äußere Bild. Dominique wollte eine Kombination aus Stahl und Beton – und ein paar bewusste optische Anleihen an alte Eisenbahnbrücken nehmen.«

»Sie sind mit zwei Autos gefahren«, vermutete Stephan. Jungmann bejahte.

»Sind Sie über Bochum gefahren?«, fragte Stephan.

»Wieso Bochum?«, fragte Antje Swoboda.

»Es ist wichtig«, blieb Stephan unbestimmt.

»Wir sind auf der Autobahn an Bochum vorbeigefahren«, sagte Jungmann. »A 40, dann A 43, so, wie man eben von hier am schnellsten ins Bergische Land kommt. Aber es ist niemand zwischendurch ausgestiegen. Auch auf dem Rückweg nicht. Wenn ich mich recht erinnere, waren wir gegen 18 Uhr zurück. Die Herren von der SNCF wollten ohnehin erst am nächsten Tag zurückfahren und hatten hier im Hilton ein Zimmer gebucht. Also waren wir am Abend noch gemeinsam essen.«

»Wer ist wir?«, fragte Stephan.

»Na, Dominique, Pierre, Jens, Antje und ich«, erklärte Jungmann, als sei dies selbstverständlich. »Dominique wollte unbedingt den Auftrag, also war Anwesenheitspflicht. In solchen Dingen kannte sie kein Pardon. Sie brauchte uns als ihr Fußvolk. Antje und ich waren bis elf Uhr da. Dann wurden wir in Gnaden entlassen. Jens ist mit Dominique und Pierre noch bis zum Ende geblieben. Wie Jens sagte, tagte die Runde noch bis Mitternacht.«

»Und Pierre und Dominique hatten den ganzen Tag über, also ab Beginn der Besprechung mit den Franzosen, auch keinen Kontakt zu irgendwelchen anderen Leuten? – Dominique war nicht zwischendurch einmal weg?«, wollte Stephan wissen.

»Auf der Toilette war sie zwischendurch natürlich – und später ging sie zum Essen in ihre Wohnung. Sie war aber nicht länger als eine Stunde weg. Das Haus hat sie jedenfalls nicht verlassen, weil sie jederzeit für die Franzosen erreichbar sein wollte«, antwortete Jungmann.

»Da sind Sie sicher?«, vergewisserte sich Stephan.

»Ganz sicher!«, lächelte Jungmann. »Und Pierre war zwischendurch auch mal etwa eine Stunde weg, noch bevor wir nach Remscheid fuhren. Dominique und Pierre wechselten sich praktisch ab. Das war so zwischen 13 und 15 Uhr. In dieser Zeit hat jeder von ihnen unten etwas gegessen. Sie sind nicht zusammen fortgegangen, weil ja immer jemand da sein musste, um mit den Gästen Französisch zu sprechen. In dieser Zeit erklärten die Herren den gesamten Verlauf der projektierten Strecke. Das hatte mit der projektierten Brücke nicht viel zu tun. Es war eher langweilig.«

»Und die Tagespost des Büros oder die Privatpost?«, fragte Stephan. »Wer hat die weggebracht?«

»Ich weiß es nicht«, antwortete Jungmann. »Die bringt gewöhnlich der weg, der gerade an einem Briefkasten vorbeikommt. Ich war es jedenfalls nicht. – Weißt du es?« Er wandte sich Antje Swoboda zu.

Sie schüttelte den Kopf.

»Frau Rühl-Brossard war also definitiv an jenem Tag, jedenfalls nach elf Uhr morgens, an keinem Briefkasten im Stadtgebiet von Bochum. – Und Herr Brossard ebenfalls nicht«, insistierte Stephan.

»Nein!«, betonte Jungmann und lächelte gereizt. »Sie können das ausschließen. Ich weiß natürlich nicht, ob einer von den beiden vor dem Treffen mit den Franzosen aus irgendwelchen Gründen in Bochum war. Aber aus welchem Grund?« Er hob verständnislos die Arme. »Tut mir leid, mehr kann ich nicht sagen.«

»Wofür ist das denn so wichtig, Herr Knobel?«, fragte Frau Swoboda.

»Es dreht vielleicht alle bisherigen Überlegungen auf den Kopf«, erklärte Stephan. »Staatsanwalt Ylberi verfolgt bislang die Theorie, dass Dominique Rühl-Brossard hinter dem Tod von Franziska Bellgardt steckt. Aber diese Theorie könnte nun Makulatur sein. Ich sehe jetzt schon sein erstauntes Gesicht vor mir. Es geht schlicht um einen Brief an Franziska Bellgardt, der am 15. Oktober in

Bochum eingeworfen worden ist. Dieser Brief spielt eine zentrale Rolle im gesamten Tatgeschehen. Der Umstand, dass er in Bochum eingeworfen wurde, widerlegt alle bisherigen Annahmen.«

Stephan erhob und verabschiedete sich. Er verließ nachdenklich das Studio. Wenn der junge Architekt die Wahrheit sagte, woran er nicht zweifelte, schied Dominique als Absenderin des Briefes aus, denn er konnte frühestens nach dessen Fertigstellung zu einem Bochumer Briefkasten gebracht worden sein, in den er aber spätestens zur Spätleerung um 23.30 Uhr eingeworfen sein musste, um am nächsten Tag der Redaktion von Kult-Mund zugehen zu können.

War der Brief um 14.14 Uhr auf dem Computer in der unter dem Studio gelegenen Wohnung geschrieben worden, als dessen Verfasser nach den zeitlichen Angaben von Alf Jungmann sowohl Dominique als auch Pierre in Betracht kamen, konnte der Brief nur von einer Person in Bochum eingeworfen worden sein, die mit Dominique oder Pierre im weiteren Verlauf des 15. Oktober Kontakt gehabt hatte. Wenn es M gab, musste er eine der Personen sein, die sich am 15. Oktober in Dominiques Büro mit den Gästen der französischen Eisenbahn getroffen hatte. Stephan fühlte sich der Lösung nah und fand sie nicht. Um Viertel nach eins holte er Marie von der Schule ab.

Sie verließ das Schulgebäude mit gefüllten Stoffbeuteln an beiden Händen. Stephan erinnerte sich, dass er sich früher über seine Lehrerin lustig gemacht hatte, die Klassenarbeitshefte in zum Bersten vollen Tragetaschen mit nach Hause nahm.

Marie warf die Beutel auf die Rückbank seines Autos.

»Es gibt nichts zu grinsen«, kommentierte sie Stephans Schmunzeln.

Zwei Schüler aus der Unterstufe rannten am Auto vorbei und pfiffen ihr zu. Marie war in der Schule angekommen. Sie verließen das Schulgelände und fuhren zu Stephans Kanzlei. Er erzählte ihr, was er am Vormittag erfahren und sein Denken in eine neue Richtung gelenkt hatte. Stephan erklärte, noch die Akten beim Grundbuchamt einsehen zu wollen. Ihm war eine Idee gekommen.

Marie nahm währenddessen in Stephans Mansardenbüro Platz, genervt, dass Stephan sich in eine Sache hineinzusteigern schien, die längst nicht mehr seine war und ihn davon abhielt, sich um umsatzträchtige Mandate zu kümmern, deren Ertrag es ihm und Marie erlauben würden, die wenig geliebte Wohnung in Asseln aufzugeben. Sie würden ein Zuhause finden müssen, das ihren wirklichen Vorstellungen entsprach, die sich erst in der letzten Zeit herausgebildet hatten und nicht zufällig von Stil und Ausstattung des Hauses inspiriert wurden, in dem Dominique gewohnt und gelebt hatte.

Marie blieb mit ihren Schulheften in seinem Büro zurück, und Stephan blickte im Amtsgericht in die Grundbücher jener Häuser, die Dominique gehörten. Danach stand fest, dass Dominique die beiden Mietshäuser, aus denen sie gute Erträge erwirtschaftete, schon vor der Ehe mit Pierre Brossard besaß und das dritte, teils privat und teils als Architekturstudio genutzte prunkvolle Objekt, wie von Ylberi ermittelt, erst während der Ehe mit Pierre erworben hatte. Das Grundbuch wies erstaunlicherweise keine Belastungen dieser Immobilie auf, und die zugehörige Grundakte, in die Stephan unter Vorlage der zu

Beginn des Mandats von Dominique unterschriebenen Vollmacht einsehen konnte, verriet, dass sie das Haus seinerzeit zu einem Preis von über drei Millionen Euro erworben hatte. Stephan studierte den notariellen Kaufvertrag und erkundigte sich bei dem Notar, der den Vertrag damals beurkundet hatte. Ihm entlockte er die Information, dass Dominique von ihrer Mutter reich geerbt, ihr Erbe versilbert hatte und so in der Lage gewesen war, das luxuriöse Haus im Kreuzviertel ohne Aufnahme von Schulden zu erwerben. Das war die Information, die in der Tat alle bisherigen Überlegungen auf den Kopf stellen konnte, und Stephan wunderte sich, dass Ylberi diese Umstände entweder nicht ermittelt oder ihre Bedeutung möglicherweise nicht erkannt hatte.

Als Stephan etwa eineinhalb Stunden später zurückkehrte, saß Marie nicht, wie er erwartet hatte, an seinem Schreibtisch, um Klassenarbeiten zu korrigieren. Sie stand vielmehr vor dem Kanzleigebäude und winkte Stephan herbei, als er um die Ecke kam und über den Parkplatz auf den säulengefassten Eingang zulief.

»Hier ist gerade Unglaubliches passiert«, begann sie aufgeregt, »warum bist du nicht ans Handy gegangen?«

Stephan griff in seine Jackentasche, aber ihm fiel ein, dass er das Gerät stummgeschaltet hatte, als er das Gerichtsgebäude betreten hatte, um das Grundbuchamt aufzusuchen.

»Gerade als du weg warst, wollte ich mit den Korrekturen anfangen, aber ich fand in deinem Büro keinen rot schreibenden Füller. Also bin ich nach unten gegangen, um im Sekretariat nachzufragen, ob sie dort einen haben. Als ich unten ankam, sah ich eine junge Frau an der Theke stehen, die nach dir oder Löffke verlangte. Ich kenne sie. Sie arbeitet in Dominiques Büro.«

»Woher weißt du das?«, wunderte sich Stephan. »Oder kennst du einen ihrer Angestellten?«

»Es war die Frau, die einmal kurz dazu stieß, als ich mich mit Dominique in ihrer Wohnung unterhalten hatte. Ich hatte das mal erwähnt, als ich davon erzählte, dass sich dort im Hause alle duzen.«

Stephan erinnerte sich.

»Also war es Frau Swoboda«, folgerte er.

»Ich vermute es. Allerdings habe ich nicht mitbekommen, als sie ihren Namen nannte.« Marie beschrieb die Frau, und Stephan war sich sicher, dass die Besucherin in der Tat Antje Swoboda gewesen war.

»Und warum wollte sie Löffke oder mich sprechen?«, fragte er.

»Ich weiß es nicht. Sie machte es jedenfalls absolut dringend, und die Dame am Empfang teilte ihr mit, dass allenfalls Löffke Zeit für ein Gespräch haben könne, weil du gar nicht im Hause seist. Daraufhin drängte sie vehement und laut, sofort mit Löffke sprechen zu wollen. Ich bin dann wieder nach oben geschlichen.«

»Frau Swoboda hat dich also nicht gesehen?«, vergewisserte sich Stephan.

Marie schüttelte den Kopf.

»Ich habe vom oberen Treppenabsatz aus gelauscht. Löffke ist dann tatsächlich zum Empfang gegangen und hat sie in sein Büro gebeten. Ich bin dann wieder nach unten gegangen, habe mir einen rot schreibenden Füller geben lassen und die ganze Zeit mit Korrekturen verbracht. Frau Swoboda muss mit Löffke über eine Stunde gesprochen haben, denn unmittelbar danach – es ist jetzt vielleicht 20 Minuten her – kam Löffke mit hochrotem Kopf in dein Büro. Er klopfte nicht einmal an und realisierte erst gar nicht, dass ich da nun saß. Löffke war verstört und durcheinander, wie ich ihn noch nie erlebt habe. Er will dich dringend sprechen. Löffke wartet in seinem Büro auf dich. Ich weiß nicht, was los ist, aber du solltest sofort zu ihm gehen!«

»Verstört?«, fragte Stephan. »Bist du sicher, dass er nüchtern ist? – Manchmal trinkt er mittags schon etwas. Das wäre nicht neu.«

»Er ist nicht betrunken, Stephan«, war sich Marie sicher. »Da ist irgendetwas anderes.«

Stephan sah Marie verwundert an. Sie wirkte erschrocken.

Die Tür zu Löffkes Büro stand offen. Der Rivale saß hinter seinem Schreibtisch, den Kopf in die Hände gestützt.

»Kommen Sie bitte herein, Herr Knobel, und schließen Sie die Tür!« Er sah flüchtig auf. »Sie bitte nicht, Frau Schwarz, es ist vertraulich. Ich bitte um Ihr Verständnis!«

Marie winkte verständnisvoll ab und zog sich zurück. Stephan schloss die Tür und setzte sich vor Löffkes Schreibtisch. Tatsächlich sah Löffke ungewohnt erregt und zugleich niedergeschlagen aus. Ungewöhnlich war auch sein höflicher, beinahe entschuldigender Tonfall. Stephan wusste, dass Löffke in solcher Stimmungslage entweder etwas wollte oder mit etwas nicht fertig wurde.

»Was wollte Frau Swoboda von Ihnen?«, fragte Stephan.

Löffke sah irritiert auf.

»Sie kennen sie?«

»Flüchtig«, bestätigte Stephan. »Ich habe sie in Dominiques Haus gesehen. Sie arbeitet dort als Architektin.«

»Sie wollte Sie oder mich sprechen«, sagte Löffke. »Sie waren nicht da. Also habe ich sie empfangen. Weiß sie gar nicht, dass wir nicht mehr eine gemeinsame Kanzlei, sondern nur noch eine Bürogemeinschaft sind?«

»Ich weiß es nicht«, antwortete Stephan. »Es steht deutlich unten auf dem Kanzleischild. Bürogemeinschaft ist nicht Gemeinschaftsbüro oder Sozietät. Es ist wie bei den Ärzten: Praxisgemeinschaft ist nicht Gemeinschaftspraxis.«

»Ich weiß«, wehrte Löffke schroff ab. »Ich bin mir eben nur nicht sicher, ob diese Frau Swoboda das verstanden hat.«

»Was wollte sie denn nun?«, fragte Stephan ungeduldig.

»Ich darf es Ihnen nicht sagen, Knobel«, gab Löffke zurück. »Ich unterliege der Schweigepflicht. Es ist Wissen, das sie mir anvertraut hat, nicht Ihnen. Es sind zwei Kanzleien.« Er spielte gedankenverloren mit einem Kugelschreiber. »Sie glauben gar nicht, wie gern ich darüber sprechen würde.« Sein Kopf glühte noch immer puterrot. »Ich habe so etwas in meinem ganzen Berufsleben noch nie erlebt, Knobel. Es ist so grotesk, so …« Er rang nach Worten und fand sie nicht. »Ich kann nichts sagen, Knobel! Ich fahre beruflich und privat in die Hölle, wenn ich es täte! – Glauben Sie mir, ich würde mir wünschen, dass Sie hier gewesen wären, um mir meine Situation zu ersparen, ohne dass ich Ihnen wirklich mein Leid wünsche.« Er verstummte und starrte mit leerem Blick an die Decke. Schließlich stand er auf und ging still zur Tür.

»Es tut mir leid, Knobel, ich habe es mir überlegt: Ich

darf Ihnen wirklich nichts sagen! Aus einer Schwäche heraus wollte ich Sie einweihen. Aber ich darf es nicht. Sprechen Sie mich am besten nie wieder auf diese Sache an. Vergessen Sie einfach, dass Frau Swoboda überhaupt hier war. Erwähnen Sie es jedenfalls niemandem gegenüber! – Habe ich Ihr Wort?«

Löffke sah Stephan mit feierlichem Ernst an.

»Diese Sache kann zur Bombe werden! – Ich verlasse mich auf Sie, Knobel!«, setzte er eindringlich nach, ohne Stephans Antwort abzuwarten. »Haben Sie übrigens schon mit diesem Staatsanwalt gesprochen, Knobel? Sie wissen, der mit dem merkwürdigen Namen.«

»Ylberi?«, half Stephan nach. »Ich rede häufig mit ihm.«

»Nein, ich meine heute«, präzisierte Löffke. »Sie waren ja heute offensichtlich in Dominiques Büro. Haben Sie danach schon mit Ylberi gesprochen?«

»Nein, Löffke. Ich erreiche ihn nicht. Er hat den ganzen Tag Sitzung. Wofür ist das wichtig?«

Löffke schlug mit den Augenlidern.

»Vergessen Sie es einfach, Knobel! Es war nur eine Frage.«

Löffke blieb grübelnd in seinem Büro zurück und schloss leise hinter Stephan die Tür.

Stephan stieg nachdenklich die Stufen zu seinem Büro empor. Marie saß gespannt hinter seinem Schreibtisch.

»Was ist denn los mit ihm?«, fragte sie.

»Ich weiß es nicht«, antwortete Stephan langsam, »aber ich habe eine Vermutung. Und wenn sie sich bewahrheitet, gibt es jetzt – und vielleicht nur jetzt – die Möglichkeit, alles aufzuklären. Und ebenso besteht das Risiko, dass alles in die Hose geht.«

»Ich verstehe gar nichts, Stephan«, hielt ihm Marie vor. »Willst du die Sache nicht Ylberi überlassen?«

»Er ist nicht greifbar. Sitzt noch im Gericht. Keiner weiß, wie lange noch. Wir können nicht auf ihn warten. Und ich kann selbst auch nichts unternehmen. Es kommt auf dich an, Marie!«

»Auf mich?«, fragte sie ungläubig.

Stephan setzte sich an seinen Schreibtisch, dorthin, wo sonst seine Mandanten saßen. Marie saß in Stephans ledernem Chefsessel. Er sah sie an. Die Sessellehne wirkte wie ein Passepartout, machte ihre zarten Schultern mächtiger, ihr feines Gesicht damenhafter. Der modische Strickpullover fiel gefällig über ihren Oberkörper und konturierte unauffällig ihre Brust.

»Wir kaufen fix ein schwarzes Kostüm für dich«, lächelte Stephan. »Auf dem Weg dorthin erkläre ich dir alles.«

24

Das schwarze Kostüm war noch ungewohnt. Marie hatte es zusammen mit einer weißen, konservativ geschnittenen Bluse und passenden modischen Stiefeletten erworben und die neuen Sachen direkt im Geschäft angezogen. Stephan hatte ihren Strickpullover, die Jeanshose und die sportlichen Schuhe in einer Plastiktüte verstaut, Marie daraufhin zu den Städtischen Kliniken gefahren und sie zum Abschied fest umarmt. Als sie ausgestiegen war, winkte sie unsicher zurück. Ihr stand ein riskanter Auftritt bevor. Stephan wollte nun zu Dominiques Büro fahren und draußen versteckt warten, bis er von Marie ein Signal erhielt. Frau Swoboda arbeitete wieder im Studio. Stephan erfuhr dies telefonisch von Alf Jungmann und ließ ihr ausrichten, dass er im Laufe des Nachmittags in Dominiques Büro kommen und sich dann mit Frau Swoboda treffen werde. Er wisse ja von Löffke, dass sie mit ihm sprechen wolle.

Marie trat in den großräumigen Eingangsbereich des Krankenhauses, atmete tief durch und erfuhr an der Theke nur die Bezeichnung der Station, auf der Pierre Brossard lag. Sie wurde gebeten, sich mit der Stationsleitung in Verbindung zu setzen.

Marie fuhr im Besucherfahrstuhl in die vierte Etage. Sie hatte aus Stephans Büro einen unbeschrifteten Aktendeckel, reichlich Notizpapier und zwei Kugelschreiber mitgenommen. Marie fand, dass sie vielleicht eine Spur zu elegant aussah, aber Stephan hatte – bestärkt durch die

Verkäuferin – zu genau dieser Kombination geraten und abschließend bemerkt, dass Marie das bestmögliche Outfit habe. Sie stieß die große Flügeltür auf, die die Station vom Treppenhaus trennte und ging langsam den Flur bis zur Stationsleitung weiter. Auf der Station wurden Kaffee und Kuchen verteilt. Das gläserne Büro der Stationsleitung war leer. Marie wartete einige Minuten, bis sie auf eine Schwester traf, die sie unter Hinweis auf Stephans Visitenkarte, die sie zeitgleich präsentierte, darum bat, in das Zimmer von Pierre Brossard geführt zu werden. Die Schwester musterte Marie, eilte fort und kam mit dem Stationsarzt zurück, der sie ermahnte, schonend mit Pierre Brossard umzugehen. Er sei sehr geschwächt und für längere Besuche noch nicht stabil genug. Marie unterwarf sich allen Verhaltensempfehlungen, die ihr der Arzt gab und gelobte, ihren Besuch so kurz wie möglich zu halten, verwies aber darauf, dass die Kanzlei um Hilfe gebeten worden und das Anliegen der Mandantschaft so wichtig sei, dass es nicht strengen Zeitvorgaben unterliegen könne. Der Arzt betrachtete Marie so wie die Schwester vor ihm. Marie hielt seinem Blick stand, umgriff fest ihre Akte und gab sich als resolute Vertreterin ihres Mandanten. Schließlich führte sie der Arzt zu Brossards Zimmer.

»Sie denken bitte daran, was ich eben sagte«, gab er ihr mit auf den Weg und schien damit besiegeln zu wollen, dass er Marie nun die Verantwortung für das Wohl des Patienten aufbürdete. Der Arzt klopfte an, öffnete die Tür und bedeutete Marie mit einer Geste einzutreten.

»Es wäre wichtig, dass wir nicht gestört werden«, sagte Marie. »Bitte seien Sie so freundlich und tragen dafür Sorge! Das Gespräch mit meinem Mandanten ist absolut vertrau-

lich. Ich möchte weder eine Störung der Gesprächsatmo-
sphäre, noch befürchten müssen, dass Unbefugte in das
Zimmer kommen und auch nur Wortfetzen aufschnappen
können.« Sie lächelte verbindlich. »Ich bin mir sicher, dass
Sie dafür Verständnis haben.«

Der Arzt verzog unmerklich die Stirn. Maries gleichermaßen förmlich gestelzten wie selbstbewusst gewählten
Worte verfehlten ihre Wirkung nicht.

»Sie machen Ihre und wir unsere Sache«, beschied er
kühl und entfernte sich.

Marie trat in das in hellen Farben gehaltene, nüchtern
eingerichtete Zimmer ein. Pierre Brossard war allein. Er
lag im Bett, das Kopfteil war angewinkelt, sodass sein
Oberkörper etwas aufgerichtet war. Seine rechte Hand
umschloss den hölzernen Griff des über das Bett ragen-
den Galgens. Er zog sich etwas hoch und musterte Marie
misstrauisch aus seinem eingefallenen Gesicht. In einem
Glas auf dem Nachttisch neben seinem Bett perlte langsam Kohlensäure nach oben. Daneben stand ein bunter
Blumenstrauß in einer schlichten violetten Vase.

Marie trat vor und blieb vor dem Bett stehen. Sie reichte
Pierre Brossard die Hand.

»Mein Name ist Schwarz. Ich komme direkt aus der
Kanzlei«, stellte sie sich mit ihren einstudierten Worten
vor.

Pierre Brossard betrachtete Marie eine Weile, dann bat
er sie, sich zu setzen. Marie zog einen Stuhl heran und
nahm Platz. Sie blickte sich um und vergewisserte sich,
dass die Zimmertür verschlossen war.

»Unser Gespräch ist absolut vertraulich«, fuhr sie fort.

»Können Sie sicher sein, dass uns hier niemand hört? – Kein Telefon, das eine aktivierte Verbindung nach außen hat?«

Pierre Brossard verneinte mit einer misslaunigen Kopfbewegung.

»Sind Sie sicher, dass kein Abhörgerät installiert wurde?«, fragte Marie weiter. »Ich nehme an, dass die Polizei, zumindest aber Staatsanwalt Ylberi, Sie bereits einmal besucht hat.«

Pierre Brossard bejahte mit leichtem Kopfnicken.

»Also kein Abhörgerät?«, hakte sie nach, stand auf und ertastete den kleinen Bettschrank. »Darf ich in die Schubladen sehen?«, fragte sie und wartete Brossards Antwort erst gar nicht ab.

»Nichts!«, stellte sie fest, wandte sich um und untersuchte in gleicher Weise den Patientenschrank und die darin befindlichen wenigen Kleidungsstücke. »Die sehen alle frisch aus«, befand Marie. »Hat man Ihnen vom Krankenhaus aus neue Sachen gegeben? – Sie müssen mir sagen, wenn ich Ihnen Dinge bringen soll – oder macht das Antje für Sie?«

Marie drehte sich zu Pierre um.

»Sie sorgt für mich«, antwortete er mit leisem Stolz. »Sie hat auch die Blumen besorgt. Nach außen gelten die Blumen als Strauß aller Mitarbeiter aus Dominiques Büro.« Er lächelte flüchtig, und Marie atmete erleichtert aus, ohne dass Pierre Brossard dies bemerkte. Sie trat ans Fenster und sah eine Weile scheinbar gedankenverloren hinaus. Sie fühlte Pierres Blicke auf sich geheftet. Marie musste die Führung behalten, durfte sich nicht von Pierre einwickeln und aushorchen lassen und zugleich ihm gegenüber eine Überlegenheit suggerieren, die sie auch dann bewahren musste, wenn sie unsicher wurde.

»Sie wissen, dass Ylberi Ihnen beiden auf der Spur ist«, sagte sie schließlich, ohne sich umzudrehen. »Er hat die gesamte Geschichte durchdrungen, jedes Detail ausgewertet. Er ist in ständigem Kontakt mit unserer Kanzlei, die Ihre Frau vertreten hat. Ylberi tauscht sich mit uns aus. Wir wissen, was er weiß.« Und sie reihte zum Beweis die wesentlichen Stichworte auf: Die inszenierte Beziehung mit Franziska, die vermeintliche Täterschaft Dominiques, die gekonnt gelegten Fährten, die in die falsche Richtung führten. Sie erwähnte die Kopfverletzung im Moselgold, das Foto vom Sprung ins Schwimmbad, die Coladose, die auf die Schienen gestoßen wurde, das schwarze Zimmer in Paris, den Abschiedsbrief an Dominique und den ersten und den zweiten Brief an Franziska, wobei ersterer am falschen Ort eingeworfen worden war und die Inszenierung auffliegen ließ. Marie betete die Stichworte wie ein geläufig gewordenes Repertoire herunter, dessen Bausteine Grundlage ihrer eigenen differenzierten Analyse geworden waren.

»Ylberi fehlt, wenn man so will, nur noch die letzte gedankliche Wendung«, schloss sie. »Aber der Staatsanwalt ist intelligent, und es ist nur eine Frage der Zeit, bis er alles verstanden hat.«

Pierre Brossard atmete flach hinter ihrem Rücken. Er war noch sichtbar geschwächt, aber zweifellos zäh und voller Willenskraft. Welche Disziplin hatte er angewandt? Und welch alberner Fehler brachte das Konstrukt zum Einsturz, das er mit Antje so sorgfältig ausgetüftelt hatte. – Wenn Stephan recht hatte …

»Sie müssen das verhindern«, antwortete er schließlich. »Deshalb wende ich mich ja an die Kanzlei.« Sein angenehmer französischer Akzent ließ seine Aussprache so sympathisch und vertraut klingen, aber dahinter verbarg sich sein eiserner Wille, zu retten, was noch zu retten war.

»Ich muss alles im Detail wissen«, gab Marie die Richtung vor. »Noch viel genauer, als das, was Antje schon in der Kanzlei gesagt hat. Nur dann – vielleicht – kann ich Ihnen helfen. Wir wissen, dass Sie einen raffinierten Plan umgesetzt haben.«

»Was werden Sie tun?«, fragte Pierre.

»Ich kann einen Staatsanwalt Ylberi nicht verhindern«, meinte Marie, »aber vielleicht gibt es Möglichkeiten, seine Schlussfolgerungen in eine andere Richtung zu lenken.« Jetzt wandte sich Marie um und sah Pierre wieder fest ins Gesicht.

»Warum sollte ich Ihnen trauen?«, fragte Pierre.

»Sie haben gar keine andere Wahl mehr«, erwiderte Marie kalt. »Kollege Knobel ist Ihnen auf die Spur gekommen. – Seien Sie froh, dass er es war – und nicht Staatsanwalt Ylberi. So ist es doch nur eine Frage des Geldes. Unsere Arbeit wird Sie einiges kosten.«

Sie lächelte überlegen und setzte sich zu Pierre ans Bett.

»Es ist für Sie nicht gut gelaufen, Herr Brossard. Ein kleiner Fehler, der alles zunichte machen kann. Wie oft haben Sie in den letzten Stunden darüber nachgedacht? Wie oft haben Sie sich gewünscht, noch einmal in das Geschehen eingreifen zu können, in die Vergangenheit zu reisen, um die entscheidende Weiche anders zu stellen? In solchen Situationen möchte man das Rad der Zeit zurückdrehen. Ich kann das gut verstehen.«

Pierre spitzte die Lippen und schwieg.

»Sie denken unablässig daran, Herr Brossard. Wer an Ihrer Stelle täte es nicht? Aber Sie müssen sich mit der Sache auseinandersetzen. Sie fangen am besten ganz vorn an, nämlich zu dem Zeitpunkt, als Sie und Antje Swoboda sich näher kamen. Es war leicht, sich kennenzulernen. Schließlich begegneten Sie einander häufig in Dominiques Haus.«

Marie öffnete ihre Akte und strich ein leeres Papier glatt.

»Sie schreiben nichts auf!«, bestimmte Pierre und hustete heiser.

Marie nickte.

»Also gut. Ich kann Sie verstehen.« Sie klappte die Akte wieder zu.

»Haben Sie etwas bei sich? Ein verstecktes Diktiergerät – oder so?«, fragte er.

»Nein, bestimmt nicht!«, versicherte Marie. »Ich bin nicht so dumm und dokumentiere meine Mitwisserschaft – oder meine Ratschläge, wie wir Ylberi in eine andere Richtung lenken können. Was ich tun werde, ist in der Konsequenz Strafvereitelung. Das geht über das hinaus, was Anwälte dürfen. Ich hoffe, Sie wissen das.«

Pierre nickte dankbar. »Es soll nicht Ihr Schaden sein«, sagte er, seinen Wertmaßstäben folgend.

»Antje ist ein besonderer Typ«, begann er. »Sie fällt nicht auf den ersten Blick auf. Sie ist etwas zurückhaltend. Was soll ich sagen? Ich denke, sie ist sogar scheu. Wenn man viele Menschen auf einmal sieht, fällt einem eine Antje in der Menge nicht auf. Man sieht eine Dominique, aber keine Antje. Vielleicht ist sie auch etwas nüchtern, etwas sachlich, aber das ist so angenehm unauffällig, so ganz anders als Dominique. Neben ihr kann man leben. Verstehen Sie, was ich meine?«

Marie verschwieg, dass sie Dominique hautnah kennengelernt hatte. Der kurze Aufenthalt mit ihr in ihrer Pariser Wohnung würde in ihrer Erinnerung bleiben. Ja, sie verstand, was Pierre meinte. Aber er hatte Dominique geheiratet. Ihm konnte ihr Charakter nicht verborgen geblieben sein.

»Dominique war Ihre Wahl«, diagnostizierte Marie kühl und hob gleichgültig die Schultern.

»Ich glaube, man sagt: Ehen werden im Himmel geschlossen und auf Erden geführt. Aber das stimmt nicht immer. Meine Ehe wurde bereits auf der Erde geschlossen. Dominique und ich waren uns sehr ähnlich. Aber jeder entwickelt sich weiter.«

Er lügt, dachte Marie. Das Gespräch drohte an einer unwichtigen Stelle zu versacken.

»Also haben Sie sich in Antje verliebt«, schloss Marie knapp. Sie gab sich abweisend. Sie musste ein bisschen wie Dominique sein. Marie erkannte das schicksalhafte Herrschaftsgeflecht zwischen Pierre und Dominique einerseits und Pierre und Franziska andererseits. Jetzt, wo Franziska und Dominique tot waren, vollzog es sich zwischen Pierre und Antje.

Er lächelte seltsam verzückt, ruhte still in einer Gelassenheit, die in scharfem Kontrast zu dem stand, dessen er sich schuldig gemacht hatte. Pierre Brossard, der Dominique tatsächlich ähnlich war, hatte sich etwas seiner Kälte entledigt, war einerseits Mensch geworden – und war andererseits menschenverachtend und berechnend geblieben, hatte diese dunkle Seite sogar noch weiter entwickelt.

»Nennen Sie es, wie Sie wollen«, erklärte er sich, »eine jede Ehe muss auf mehr bauen als das, was Sie Liebe nennen. Nur Liebe ist naiv und dumm. Was soll die Liebe denn sein?«

»Auf jeden Fall lebt sie von der Nähe«, sagte Marie.

»Nähe«, wiederholte er. »Sicher, so etwas muss es sein. Aber das sind alles große Worte. Menschen verändern sich. Wo heute Nähe ist, kann morgen Ferne sein. Es grenzt an ein Wunder, wenn sich zwei Menschen parallel entwickeln und sie ein Leben lang einander nah bleiben. Es sind Kategorien, die auf Dauer keinen Bestand haben. Ich glaube nicht daran. Es gibt allenfalls Momentaufnahmen – und mit viel Glück rettet sich dieser Moment dann in die Zukunft. Mir scheint, Sie sind für diese Erkenntnis noch etwas jung. Von mir aus lassen Sie es uns Liebe nennen. Ich streite nicht über Definitionen.«

Er blickte milde lächelnd auf Marie, schien ihr Alter zu schätzen und taxierte sie. Er behandelte Marie genauso abfällig, wie es Dominique getan hatte, betrachtete sie ebenfalls als Kindchen, ohne dieses Wort auszusprechen.

»Ylberi hat zutreffend erkannt, dass die Affäre mit Franziska nur Mittel zum Zweck war, nämlich das Vehikel, um Franziska in Folge eines provozierten Streits zu töten und diesen Tod als Auslöser für einen vermeintlichen Selbstmord als Täter zu nutzen«, sagte Marie. »Ylberis Irrtum war, dass er davon ausging, dass es Dominiques Plan war, Sie zu töten, und damit eine Ehe zu beenden, die zu scheiden teuer gewesen wäre. Doch die Wirklichkeit war eine andere: Sie wollten Dominique töten – und haben Franziska als ahnungslose Statistin in Ihr Spiel eingebaut. Ylberi muss also nur noch einen Schritt weiter denken«, folgerte Marie und skizzierte wirksam das Pierre drohende Unheil.

»Sie müssen das verhindern!«, wiederholte Pierre. Er war wieder ernst geworden. Sein Gesicht war eingefallen.

»Wann fassten Sie diesen teuflischen Plan?«, fragte Marie geschäftsmäßig.

Pierre schaute leer an die Zimmerdecke. Wann fasst man den Plan zu einem Verbrechen? Es gab keinen Zeitpunkt, den er hätte benennen können. Es war das Ergebnis eines langen Prozesses, der mit der Erkenntnis begonnen hatte, dass er sich von Dominique trennen und mit Antje leben wollte. Und er wollte Dominiques Vermögen. Natürlich wollte er es. Antje wollte es auch. Sie machten sich Hoffnungen, Dominiques Büro fortführen zu können. Antje hatte über viele Jahre von Dominique gelernt und unter ihr gelitten. Von den vielen jungen Architektinnen und Architekten, die Dominique im Laufe der Zeit verschlissen hatte, hielt Antje am längsten aus. Sie hatte die Fertigkeiten von Dominique studiert und analysiert, das Geheimnis ihres Erfolges ergründet und längst begriffen, dass neben Dominiques unbestreitbaren fachlichen Fähigkeiten gerade ihre Brutalität, Herrschsucht und in Egoismus mündende Extravaganz ihre Einmaligkeit begründeten, die – perfide genug – ihren guten Ruf prägten. Das Teuflische strahlte von ihr aus und führte sie zum Erfolg. Antje lernte in Dominiques Schatten. Sie saugte ihre Herrin aus, die selbstverliebt dieses nicht bemerkte und sich sogar sicher wähnte, ihre scheinbar fügsame Schülerin an kurzer Leine führen zu können. Antje und Pierre verbanden eine Zuneigung und zugleich der Hass auf Dominique. Vielleicht war der Zeitpunkt die Geburt ihres Planes, als sie erkannten, dass sie beide gleichermaßen einander mochten und die andere hassten, die sie zugleich – und dies durchaus mit gutem Gewissen – ausnutzen und berauben wollten. Sie wollten jenseits aller materiellen Motive die Frau fressen, die sie auslaugte.

»Sie haben auf Franziskas Anzeige geantwortet«, sagte Marie. »Was haben Sie ihr geschrieben?«

»Ich habe ihr vier Seiten geschrieben«, erinnerte sich Pierre. »Es war ein Feuerwerk der Gefühle. Ich habe ihr, die ich ja nicht kannte, und die sich in der Anzeige nicht beschrieb, das geschrieben, was ich Antje geschrieben hätte. Es waren gewaltige Worte voller Licht und Schatten, Zartheit und Gewalt, unbändiger Gier und tiefer Verlassenheit, unverblümt sexistisch, anrüchig, animalisch und widerlich, betörend und nah, besitzergreifend, verstoßend, ja beleidigend, dann wieder sanft wie ein lauer Wind.«

Er hielt inne und keuchte matt. Wie konnte ein Mensch wie Pierre Brossard in einem Satz so ein Feuerwerk versprühen? Er durchlebte diesen Rausch ein zweites Mal, ergötzte sich daran, Franziska mit dem Lasso seiner Lust eingefangen zu haben, die er in Gedanken an Antje orgiastisch durchlebt und aufs Papier geworfen hatte.

»Franziska ist eine Frau, die gefesselt werden will«, analysierte er kalt und redete von ihr, als lebe sie noch. »Sie ist ein Mensch, die sucht und andere an sich binden will. Aber das gelingt ihr nicht. Die Menschen entziehen sich ihr. Sie selbst kann nicht fesseln. Das Prinzip funktioniert nur umgekehrt: Man muss Franziska einfangen, sie festbinden, ihr den Weg weisen. Sie muss tun, was von ihr verlangt wird. Man muss ihr Grenzen zeigen und Horizonte öffnen. Sie ist voller Genuss orientierungslos, wird überrascht von Licht und Schatten, Gewalt und Liebe, ist ausgeliefert und geborgen in der Gewissheit, aufgefangen zu werden. Sie braucht einen Mann, der sie beherrscht. Lesen Sie ihre Anzeige. Man sieht das sofort.«

Pierre griff nach dem Glas auf dem Bettschrank und trank Wasser. Er hielt das Glas ruhig in der Hand, betrachtete die nur noch schwach aufsteigende Kohlensäure und gefiel sich in der Rolle, Marie die Wahrheit zu offenbaren und dies zugleich so schonungslos wie möglich zu tun. Er war zynisch und selbstzerstörerisch. Marie ahnte, wie er mit Franziska umgegangen war, sie beherrscht und mit simplen Mechanismen gegängelt hatte und Franziska ihm hörig geworden war. Und sie erinnerte sich daran, wie sehr sie selbst gegenüber Franziska versagt hatte und dies vielleicht nur deshalb, weil ihr nicht die Brutalität eines Pierre Brossard zu eigen war, der sich dieser nicht nur nicht schämte, sondern sie stolz zur Schau trug.

»Ich habe Franziska, die ich ja zu diesem Zeitpunkt noch nicht namentlich kannte, in meinem Antwortbrief angewiesen, meinen Brief zu vernichten. Er sollte nicht körperlich irgendwo vorhanden, sondern die geschriebenen Worte sollten in ihrem Herzen eingebrannt sein. Manchmal bindet man Menschen viel besser an sich, wenn man ihnen etwas entzieht und noch mehr, wenn sie sich selbst davon trennen müssen.«

»Sie waren sich wohl sehr sicher«, sagte Marie mit

verächtlichem Ton. Sie stand wieder auf, ging mit harten
Schritten langsam durch das Krankenzimmer, warf den
Kopf in den Nacken und tat, als müsse sie alles überdenken. Sie ließ sich Zeit, sah gelangweilt an die Decke, warf
ihre Akte auf den Besuchertisch und schritt langsam auf
und ab. Sie verschränkte die Arme, schien sich zu konzentrieren, blickte dann auf und stützte die Hände in die
Hüften.

»Ich höre nichts«, herrschte sie ihn an.

»Sehr sicher«, antwortete Pierre ruhig. »Franziskas
Anzeige roch danach. Wenn es nicht geklappt hätte, wäre
das kein Problem gewesen. Ich hatte den Brief auf Antjes
Computer in ihrer Wohnung geschrieben und danach
gelöscht. Es gab auch keine eigenhändige Unterschrift.
Das macht geheimnisvoll und vermeidet Spuren. Der Brief
hatte sogar keine Fingerabdrücke«, sagte er stolz. »Ich
habe weder ihn noch das Kuvert, in das ich ihn gesteckt
habe, noch den weiteren Umschlag an den Verlag je mit
bloßen Händen berührt.«

Marie lehnte sich im Stuhl zurück. Sie hörte aufmerksam zu, zeigte sich gespannt, überrascht und von seiner Raffinesse unauffällig angetan, ordnete sich nun dem
Meister unter, der seine Kaltblütigkeit mit Worten zelebrierte.

»In dem Brief fehlte jeder Hinweis auf meine Person,
also erst recht eine Adresse oder Telefonnummer. Ich
habe Franziska zu einem Treffpunkt bestellt. Wir haben
auch später nie miteinander telefoniert. Ich habe ihr nie
meine Nummer gegeben. Auch das gefiel ihr. Sie durfte
und konnte nicht zu mir Kontakt aufnehmen, wenn sie
es wollte. Wir trafen uns, wann und wo ich es vorgab.

Bei jedem Treffen bestimmte ich Zeitpunkt und Ort des folgenden.«

»Wo haben Sie sie das erste Mal getroffen?«, wollte Marie wissen.

»Ich habe sie in die Fußgängerzone bestellt. Sie sollte an einer bestimmten Lampe warten, die ich ihr genau beschrieben habe. Und sie sollte den Lampenmast mit den Armen umgreifen, als sei sie daran gefesselt.«

»Und das hat sie gemacht?«, fragte Marie.

»Das hat sie gemacht«, bestätigte Pierre sanft und genussvoll. »Sie musste es ja tun, weil ich sie sonst nicht erkannt hätte. Ich hatte ihr geschrieben, dass ich keine Frau ansprechen werde, die nur so an dieser Lampe steht. Es war zur besten Geschäftszeit. Es liefen hunderte Passanten durch die Fußgängerzone. Vor dieser Kulisse musste sie sich so albern hinstellen. Ich hatte sie gemeinsam mit Antje aus der Nähe betrachtet. Wir waren schon da, als Franziska kam. Sie war überpünktlich. Ich weiß noch, wie sie sich umschaute und versuchte, unter den vielen Menschen, die dort herumliefen, den einen auszumachen, der sie jetzt vielleicht beobachtete, aber sie sah natürlich nicht den, den sie suchte. Da lernte sie vielleicht unbewusst das erste Mal, dass sie nicht zu suchen hatte, sondern dass sie nur gefunden werden konnte. Franziska hatte die Rolle einzunehmen, die für sie schon immer vorgegeben war.«

Pierre schwieg eine Weile. Er sah die Szene vor seinem geistigen Auge und schmeckte seine Eindrücke nach.

»Ich habe sie warten lassen«, schmunzelte er dann. »Wir waren um fünf Uhr nachmittags verabredet. Es war ein heißer Augusttag. Ab zehn vor fünf stand sie an der Lampe, fünf vor fünf positionierte sie sich so, wie ich es verlangt hatte. Um zehn nach fünf ließ sie den Mast los und wollte gehen. Dann bin ich zu ihr gegangen, habe sie gerügt und sie dann umarmt. Danach sind wir ein Eis essen, später im Stadewäldchen spazieren gegangen. So lernten wir uns kennen, und ich begriff schnell, dass sie die Struktur hatte, die ich vermutete.«

»War Antje nicht eifersüchtig?«

»Sie war in gewisser Weise Mitspielerin. Antje, mit der ich genau nach diesem Prinzip lebe, dass jeder wechselnd der Herrscher des anderen und dann wieder dessen Objekt ist, schließlich wieder beide einander auf Augenhöhe begegnen, musste es aushalten, dass ich mich mit Franziska traf. Es war die Probe für uns, der wir uns gerade in dieser Zeit zu stellen hatten, was den Vorteil hatte, dass wir uns selbst überprüfen konnten, ob wir den Plan, den wir gerade verwirklichten, auch in aller Konsequenz bis zu seinem Ende umsetzen würden. Um es vorwegzunehmen: Wir haben unsere selbstauferlegte Prüfung bestanden, was natürlich nichts über unsere Zukunft aussagt.«

»Franziskas Hingabewillen bedeutete ihr Todesurteil«, folgerte Marie, bemüht, ruhig zu sprechen.

»Soweit war es noch nicht«, sagte Pierre, beseelt von der widerwärtigen Lust, seine Geschichte auszukosten und im Detail zu servieren. »Wir trafen uns fortan immer wieder. Ich gab Ort und Termin vor, und Franziska musste diszipliniert meinen Vorgaben folgen. Sie wusste, dass es vorbei gewesen wäre, wenn sie sich nicht daran gehalten hätte, aber es waren durchaus nicht nur Treffen, bei denen ich sie in irgendeiner Form beherrschte, sondern auch viele Momente, in denen wir miteinander die Zeit genossen und einfach schöne Dinge unternahmen.«

»Moselgold und das Freibad zum Beispiel«, warf Marie ein.

»Es gab noch viel mehr Sachen, die wir gemeinsam gemacht haben«, erklärte Pierre bereitwillig. »Nicht alle Situationen wurden von anderen so registriert, wie ich es mir gewünscht hätte«, erklärte er mit naivem Bedauern.

»Sie haben als Pierre Brossard vermeintlich einen anderen Mann gespielt, der als solcher wiederum Pierre Brossard spielte«, sagte Marie.

»Natürlich!«, bestätigte Pierre selbstgefällig. »Das Prinzip der doppelten Täuschung, wenn man so will.«

»Das heißt, dass die scheinbaren Fehler im Rollenspiel, nämlich zum Beispiel die nicht passende Körpergröße bei der Körperverletzung an der Toilettentür im Moselgold oder der Hautfleck, der auf dem Bild vom Sprungbrett sichtbar ist, bewusst eingebaut wurden. Sie kalkulierten, dass man gerade entdecken sollte, dass die betreffende Person nicht der gespielte Pierre Brossard war, obwohl Sie es in der Realität tatsächlich waren. Sie haben sich im Moselgold absichtlich an einer Stelle verletzt, an der Sie sich nicht verletzt hätten. Ist das so, Herr Brossard?«

Er grinste zufrieden.

»Deshalb gibt es für Ylberi den Unbekannten namens M, den er hinter der Figur wähnt, der jedoch in Wirklichkeit Sie selbst waren«, folgerte Marie weiter.

»M?«, wiederholte Pierre belustigt. »Wie köstlich!«

»Doppelte Täuschung auch beim französischen Akzent«, fuhr Marie anerkennend fort. »Sie sprechen ein sehr gutes Deutsch mit unüberhörbarem, aber nicht aufdringlichem französischen Akzent. Bei Ihren Auftritten haben Sie den Akzent künstlich verstärkt, um wieder dezent von sich abzulenken. Die Kunst war, keine Spur zu plakativ zu gestalten.«

Pierre Brossard schlug zustimmend mit den Augenlidern. Das Wort ›gestalten‹ streichelte ihn und schmeichelte.

»Sie haben also nur Hinweise hinterlassen, die erst bei genauerer Auswertung auf eine andere Person deuten, nachdem der erste Verdacht auf Sie fallen sollte, was Teil des Plans war. Aber es gibt keine Spuren, die tatsächlich zu Ihnen führen. Das war geschickt, denn so verbergen Sie, dass Sie es tatsächlich waren, und nähren zugleich den Verdacht, dass der vermeintliche Pierre Brossard von dem geheimnisvollen M gespielt wurde«, lobte Marie mit nüchternen Worten. »Aber Sie mussten dennoch in der Öffentlichkeit auftreten, Herr Brossard. Wie sind Sie zum Beispiel mit Franziska zur Mosel und zum Schwimmbad gefahren? Franziska hatte kein Auto.«

»Wir sind mit meinem Auto gefahren«, erklärte er freimütig. »Damals suchte mich niemand. Nach meinem Auto fahndete keiner. In Traben-Trarbach habe ich das Auto auf einem der großen Touristenparkplätze an der Mosel und im Schwimmbad auf dem großen Besucherparkplatz abgestellt. Wenn Rummel herrscht, fällt keinem irgendein beliebiges Auto auf. Also merkt man sich auch nicht dessen Kennzeichen.«

Pierre streckte sich im Bett. Er war müde, aber entschlossen, in einem fatalen Gemenge von kriminellem Stolz und Kapitulation alles preiszugeben.

»Franziskas Postkarte von der Mosel nach Paris war ein hübsches Detail«, hob Marie hervor und bewies, dass sie über alles im Bilde war. »Wie haben Sie es arrangiert, dass die Postkarte aufgefunden wurde?«

»Wurde sie schon gefunden?«, fragte Pierre erstaunt. »Ich habe die Karte, als ich kurze Zeit später in Paris war, in dem Kleiderschrank in meinem Zimmer versteckt. Sie musste gefunden werden, wenn jemand neue Wäsche für mein Bett benötigte.«

»Sie haben nicht die Schiebetür etwas geöffnet, damit Minouche auf das Bett springen konnte und damit einen Wechsel der Wäsche provoziert?«

Pierre sah Marie verwundert an.

»Nein! Wer hat Ihnen denn das erzählt? Minouche macht die Schiebetüren inzwischen selbst auf. Ich habe es ihr vor einigen Wochen beigebracht. Ich wollte immer, dass das Tier einmal in Dominiques Schlafzimmer springt. Aber sie meidet diesen Raum wie der Teufel das Weihwasser.« Er lachte matt. »Das Tier hat Instinkt und Charakter. Dominique mag eigentlich gar keine Katzen. Aber Minouche ist die einzige Kreatur, die ihre Allüren mit kalter Schulter erduldet. Mit Dominique kann nur ein gefühlskaltes Wesen leben.«

»Die Karte …«, erinnerte Marie.

»Die Postkarte sollte gefunden werden, wenn die französische Polizei in Amtshilfe für die deutschen Behörden meine Wohnung durchwühlt hätte«, antwortete er folgsam. »Ist es denn schon dazu gekommen? Ylberi scheint ja sehr aktiv zu sein.«

Marie ging nicht weiter auf diesen Punkt ein. Das geschickte Tier hatte seinen Beitrag geleistet, den Verdacht auf Dominique zu lenken.

»Und wie sind Sie zum Kurler Krankenhaus gefahren, wenn Sie Franziska getroffen haben?«, fragte Marie.

»Mit Antjes Fahrrad«, antwortete er wie selbstverständlich. »Das Krankenhaus in Kurl und die gesamte Umgebung dort ist ein eher intimer Bereich, wenn Sie verstehen, was ich meine. Man kennt sich dort. Ich wusste, dass es auffallen würde, wenn man mich dort mit Franziska sieht. Es war undenkbar, dort mit dem eigenen Auto aufzutauchen. Das wäre anfängerhaft gewesen. Aber hin und wieder musste ich dorthin. Franziska war ja inzwischen wild auf mich. Zu Hause hing ihr Freund ab. Sich dort zu treffen, war unmöglich. Ich hätte sie aber auch nicht zu Hause besucht, wenn sie allein gewohnt hätte.«

»Wegen der Spuren, ich weiß«, nickte Marie.

»Wir haben uns insgesamt vier- oder fünfmal in der Nähe des Krankenhauses getroffen, wenn sie Dienstschluss hatte«, fuhr Pierre fort. »Ich habe die Treffen vorgegeben, wie immer. Mein Äußeres hatte ich ein bisschen verändert, wie stets, wenn ich mich mit Franziska in der Öffentlichkeit zeigte. Mal mit Brille, mal ohne Brille. Trug ich keine, log ich Franziska vor, Kontaktlinsen zu benutzen. Die Haare kämmte ich stets streng nach hinten, was ich sonst nicht tue. Ich musste mir ja ähnlich sein, durfte aber nicht ich selbst sein. Das Problem war, dass Franziska mich immer massiver bedrängte. Sie verzehrte sich nach mir. Ich hatte im Grunde erreicht, was ich wollte. Sie war gefügig, ließ sich dirigieren und dressieren wie ein Köter, aber je mehr ich Franziska in dieser Hinsicht bediente, desto mehr forderte sie auch meine Herrschaft ein. Auf Dauer kann so etwas nicht gut gehen. Also gab es immer wieder diese kurzen Treffen in der Nähe des Krankenhauses. Ganz in der Nähe zweigt dort ein Weg von der Hauptstraße ab, der in die dahinter liegenden weiten Felder führt. Dort sind wir dann ein bisschen spazieren gegangen, und

ich habe ihren Wunsch bedient, dass sie mir dienen wollte.«
Er lächelte süffisant.

»Haben Sie jemals mit Franziska geschlafen?«, fragte
Marie.

»Ich habe es immer in Aussicht gestellt«, antwortete
Pierre großherzig. »Wenn man ein Verlangen zu schnell stillt,
ist es entzaubert. Ich hatte mit ihr verbalen Sex, wenn Sie
so wollen, und bediente mich dabei, wie in meinem ersten
Brief an Franziska, mit dem ich auf ihre Anzeige antwortete,
des Vokabulars und jener Bilder, die Franziska demütigten
und sie zugleich in den Himmel hoben. An der Mosel wollte
sie Sex, das wusste ich. Also habe ich sie an dem Samstagabend im Moselgold so betrunken gemacht, dass sie dazu
nicht mehr in der Lage war. Franziska war einfach zu lenken. Schlüsselworte reichten, um Stimmungen und Wünsche
zu erzeugen. Selbst so banale Lügen wie der Fund der Kult-
Mund-Ausgabe im Teeladen, in dem ich angeblich einen
Samowar kaufen wollte, verfingen sich bei ihr. Sofort schloss
sie aus solch albernen Äußerlichkeiten auf mein vermeintli-
ches Wesen. Samowar – das klingt nach Entspannung und
Traumseligkeit in Teestubenzeiten. – Was für ein Quatsch!
Franziska fand es auch romantisch, im Zelt zu schlafen. Mich
nervte das. Aber ich wollte das Zelt, um keine Spuren zu
hinterlassen. Nach dem Wochenende an der Mosel habe ich
das Zelt mitgenommen. Ich habe ihr gesagt, dass wir noch
mal zelten werden, weil es ja in dieser Nacht nicht mit uns
geklappt hatte. Sie wissen schon … Man konnte mit wenigen Worten Franziskas Wünsche bedienen. Das Zelt habe
ich dann weggeworfen. – Franziska zu steuern war wirklich
einfacher als ein Auto zu fahren. Das Problem war natürlich, dass ich Franziskas von mir provozierten Wünsche, ins-

besondere ihre sexuellen, nicht erfüllen wollte. Über kurz oder lang musste so was zum Bruch führen.«

»Der ja auch gewünscht war«, vollendete Marie.

Pierre schnaufte.

»Sie kennen meine Briefe an Franziska. Alles, was darin steht, entspricht im Wesentlichen den Tatsachen. Ich habe den ersten Brief an dem Tag geschrieben, als Dominique die Franzosen zu Gast hatte, zwei Ausdrucke gemacht, einen in meine Unterlagen gesteckt und den zweiten in einen Fensterumschlag gesteckt, um ihn Franziska zuzusenden. Selbstverständlich habe ich Fingerabdrücke vermieden.«

»Der Brief vom 15. Oktober an Franziska ist nicht in einen gesonderten weiteren Umschlag gesteckt worden, weil er in der Redaktion von Kult-Mund gelesen werden sollte«, konzentrierte sich Marie auf das Wesentliche. »Es ging darum, dass auch die Redaktion von Kult-Mund später bezeugen sollte, dass die Beziehung zu Franziska gespannt war.«

»Ja, ich habe den Brief in einem unbeobachteten Augenblick Antje zugesteckt«, fuhr er fort. »Wir waren ja den ganzen weiteren Tag zusammen, um den Rahmen für Dominiques gewaltige Präsentation vor den Herren der französischen Bahn zu bilden. Antje hat sich an diesem Abend gegen elf verabschiedet. Sie ist auf dem Weg nach Hause an einem Briefkasten vorbeigefahren und hat den Brief eingeworfen.«

»Am nächsten Tag ging er in der Redaktion von Kult-Mund ein«, sagte Marie. »Warum wurde der Brief in Bochum eingeworfen? Das war der entscheidende Fehler, Herr Brossard!«

»Warum passieren Fehler, Frau Schwarz?«, gab Pierre

die Frage zurück. »Es ist das Wesen des Menschen, welche zu machen«, beantwortete er sich selbst seltsam ergeben. »Antje und ich haben auf alles geachtet. Wir haben es auch geschafft, unser Verhältnis geheim zu halten. Niemand in Dominiques Büro ahnte davon. Wir sind uns dort nach außen so nüchtern und fremd begegnet wie früher. Alles war perfekt – bis zur Absendung dieses Briefes. Dass der Einwurf in Bochum ein Fehler sein könnte, kam uns auch im Nachhinein nicht in den Sinn. Antje wohnt in Bochum. Sie wollte, dass der Brief schon am nächsten Tag bei Kult-Mund einging, weil er ja von dort aus einen weiteren Tag benötigte, um Franziska zuzugehen. Das Verhältnis zu Franziska spannte sich in dieser Zeit bereits sehr, weil ich ihr wachsendes Verlangen nicht erfüllte. Also kam es auf jeden Tag an. Antje kam erst am Abend dazu, den Brief einzuwerfen. Sie fuhr direkt zum Bochumer Hauptpostamt, weil sie wusste, dass die anderen Briefkästen im Stadtgebiet so spät abends nicht mehr geleert wurden. Antje fand sogar den Gedanken reizvoll, den Brief nicht in Dortmund, sondern in Bochum einzuwerfen, weil wir auch eine Spur nach Bochum gelegt hatten. Ich habe über Wochen abends immer einige Kneipen im Bochumer Bermuda-Dreieck aufgesucht, damit auch meine dortige Anwesenheit bezeugt werden konnte. Wir kalkulierten nicht ein, dass man in der Kult-Mund-Redaktion den Briefumschlag näher betrachtete. Zuschriften auf Chiffreanzeigen werden dort doch alltäglich sein.«

Er verzog die Mundwinkel, und Marie schien wieder, als hielte sich sein Bedauern über den fatalen Fehler in Grenzen. Marie erklärte ihm, warum Franziska den Brief nie erhalten hatte.

Pierre lächelte maliziös.

»Sehen Sie, da sitzt so ein verrückter Typ in der Redaktion, den Sie nicht auf dem Schirm haben. Und der macht alles kaputt ...«

»Und der zweite Brief, also der vom 19. Oktober?«, fragte Marie.

Pierre Brossard hob fragend die Augenbrauen.

»Derjenige, in dem Sie Franziska auffordern, sich von Ihnen zu trennen«, erläuterte sie. »Offensichtlich so etwas wie der Prolog des wenige Tage später folgenden Verbrechens. Man sollte annehmen, dass sich Franziska an Sie heftete. Das sollte das nachfolgende Geschehen erklärlich machen.«

»Hat er das nicht?«, fragte Pierre arrogant zurück.

»Der Brief selbst wurde nie gefunden, nur der Ausdruck von ihm, der wie der andere keine Fingerabdrücke trug.«

»Aber ich habe ihn abgeschickt«, beharrte er. »Er muss Franziska zugegangen sein.«

»Franziska wird ihn weggeworfen haben«, vermutete Marie. »Vielleicht war sie Ihnen schon fremder, als Sie glauben«, fügte sie mit höhnischem Unterton an.

»Es war höchste Zeit damals«, erklärte er kalt. »Franziska wurde immer nerviger – und das Wetteramt hatte anhaltende schlechte Witterung mit Starkregen und Sturm vorausgesagt.«

»Die Szene auf dem Bahnhof«, gab Marie als Stichwort vor.

»Die Szene auf dem Bahnhof«, wiederholte Pierre und schien in Gedanken den geeigneten Einstieg zu suchen.

»Wir waren mehrfach zusammen auf dem Bahnhof«,

sagte er schließlich. »Ich bin zwei- oder dreimal mit dem Zug nach Kurl gefahren, um sie vor dem Krankenhaus zu treffen. Das war immer dann der Fall, wenn ich nicht mit dem Fahrrad dorthin fahren wollte, weil ich keine Lust hatte oder es regnete. Dann habe ich sie an einer etwas verdeckten Stelle in der Nähe des Krankenhauses getroffen und bin mit ihr zum Bahnhof gegangen. Wir haben geredet, mittlerweile häufiger gestritten und ich bin mit ihr mit dem Zug zurückgefahren. – Es ist bemerkenswert, dass sich der Lokführer an die Coladose erinnert«, unterbrach er sich selbst. »Ich dachte, so etwas passiert ständig und wird kaum noch wahrgenommen. Aber es war eine nette Idee. Es kam ein Zug, der recht langsam fuhr, und ich entschloss mich spontan, eine leere Dose, die auf dem Bahnsteig lag, vor dem Zug in das Gleis zu treten.«

»Das war geschickt«, urteilte Marie und erteilte das erwartete Lob. »Diese Szene bildet zusammen mit dem lauten Streit in dem Zug, den Sie danach mit Franziska ausgetragen haben, eine runde Geschichte.«

Pierre erwiderte nichts. Er wusste, dass Marie im Bilde war.

»Ein paar Tage später wurde Franziska ermordet«, setzte Marie wieder an, doch Pierre überging sie.

»Ich hinterließ meinen Abschiedsbrief an Dominique und unterzeichnete ihn, indem ich meine Unterschrift etwas verfremdete. Ansonsten war der Brief, wie alle anderen, auf unserem Computer geschrieben und sofort gelöscht worden. Danach verschwand ich. Mein Auto parkte ich in der Garage von Antje. Sie hat eine abgeschlossene Box in einer großen Tiefgaragenanlage in der Nähe ihrer Wohnung. Ich bin mir sicher, dass mich niemand bemerkt hat, als ich das Fahrzeug dort abstellte. Wir wussten noch nicht, was wir mit dem Wagen machen würden, aber er musste ja weg. Das Handy schaltete ich aus und warf es irgendwo, in eine Plastiktüte verpackt, in eine Mülltonne. So bezog ich Quartier in dem Keller des Neubaus der Quovoria-Versicherung, dessen Bau Dominique als Architektin betreute. Ich hatte Wochen vorher Dominique unter einem Vorwand überreden können, einige Akten zu diesem Bauvorhaben dort zu deponieren und Dominique veranlasst, über einen Getränkehändler Wasserkisten dorthin zu liefern. Ich habe die Akten dann selbst dorthin gebracht. Die Schlüssel zu diesem Keller behielt ich und gab sie an Antje weiter, die mich schließlich dort einsperrte. Dominique hatte ich nach Einlagerung der Akten falsche Schlüssel untergeschoben. Sie wäre nicht ohne Weiteres in den Keller gekommen. Es war schlimm, auf jede Nahrung zu verzichten und nur von Wasser zu leben, aber es war unser Plan, dass man Dominique ins Visier nahm und in ihr diejenige vermutete, die das ganze Geschehen lenkte. Es musste nur in absehbarer Zeit zur Aufklärung kommen, denn wir hatten in Erfahrung gebracht, dass ein Mensch vielleicht bis zu maximal drei, höchstens vier Wochen nur mit Wasser auskommt, ohne dass die fehlende Nahrung schon lebensbedrohlich wird. Das war das Zeitlimit.«

»Die Auflösung, wie Sie sie nennen, erfolgte durch die Radarfalle?«, fragte Marie. Pierre nickte müde. Es war offensichtlich, dass ihn das Gespräch zu sehr anstrengte. Marie musste unauffällig zur Eile antreiben.

»Wir hatten herausgefunden, dass die Filme der ortsfesten Radaranlage an der Ruhrallee alle zwei Wochen aus dem Gerät genommen werden«, erläuterte er. »Danach dauert es bis zu zwei weitere Wochen, bis die Fotos ausgewertet und die Anhörungsbögen an die Halter der Autos verschickt werden, die geblitzt worden sind. Wir haben das getestet. Antje ist vor rund einem Vierteljahr extra in die Blitzanlage gefahren, um die Zeitabläufe zu testen.«

»Sie haben alles langfristig geplant«, stellte Marie fest, »ebenso wie den schwarzen Zimmeranstrich in Paris oder Ihre vermeintlich beginnende Schwermütigkeit, die Sie Dominique vorgespielt haben.«

»Das mit dem schwarzen Zimmer war vielleicht etwas zu dick«, meinte Pierre selbstkritisch und strich mit seiner rechten Hand zittrig über seine Stirn. »Aber letztlich war es so, wie Sie sagen«, stimmte er zu. »Dafür war die Anfertigung und Verteilung meiner handschriftlichen Dokumente in beiden Wohnungen um so subtiler.«

»Es war also kalkulierbar, wann der Anhörungsbogen des Ordnungsamtes eintreffen würde«, nahm Marie den Faden auf.

»Ja. Das Foto, das mich kurz vor der Tatzeit zeigt, wurde etwa eine Woche vor dem Termin geschossen, zu dem der Kameraautomat entleert werden würde. Es kamen nur bestimmte Tage in Betracht, an denen Franziska sterben konnte. Alles verdichtete sich auf den 23. Oktober. Es war zu dieser Zeit abends bereits dunkel, die Streits mit Franziska waren heftiger, und es war wahrscheinlicher geworden, dass sie sich von mir trennen würde, weil ich sie nicht mehr weiter bediente. Außerdem war es ein Abend, an dem es nach der längerfristigen Wettervorhersage die ganze Zeit über heftig regnen sollte. Die neuesten Meldungen sagten sogar Hagel voraus. Also fuhr ich kurz vor dem Zeitpunkt, in dem in Kurl planmäßig ein Zug Richtung Hauptbahnhof ohne Halt durch den Bahnhof fährt, in die Radarfalle.«

»Und auf dem Bahnsteig stand Antje ...« vermutete Marie vorsichtig.

Pierre nickte und griff wieder zu seinem Wasserglas.

»Ja, sie suchte das Gespräch mit Franziska, die im Windschatten eines dieser Wartehäuschen stand«, erläuterte er bereitwillig. »Antje erzählte ihr, dass sie besser gemeinsam in der Nähe der Treppe warten sollten, weil man dort eher flüchten könne. Die Westseite der Treppe sei die bessere, weil es dort nicht so dunkel wie auf der Ostseite sei. Reiner Unsinn. Die Westseite ist nur vom Zugführer nicht einsehbar.«

Er hustete und schnappte nach Luft. Marie schaute ihn ungerührt an.

»Antje berichtete ihr von einer angeblichen Vergewaltigung einer Frau auf diesem Bahnsteig, die erst wenige Wochen zurückliege und deren Täter nicht gefasst worden sei«, vervollständigte er. »Franziska fasste sofort Vertrauen. Sie suchte ja ständig Menschen. Wir sprachen bereits darüber ...«

Pierre Brossard schloss für einige Sekunden die Augen. Marie betrachtete mit Abscheu den Mann, der wie ein kalter Technokrat Franziskas Wesen durchleuchtet und in jeder Hinsicht mit ihrem Verhalten kalkuliert hatte. Ihm tat ersichtlich nichts leid, und Marie verstand, dass ein Mensch, der so minutiös ein Verbrechen geplant und in jedem Detail durchdacht hatte, kaum noch Reue entwickeln konnte. Pierre Brossard vollzog ungerührt die Umsetzung seines Planes nach. Es war ein nüchterner

Sachbericht, mehr nicht. Ein Mensch wie Pierre Brossard war zu keiner Nähe und zu keinem Mitgefühl fähig. Also konnte er töten.

»Einige Zeit später ging der Anhörungsbogen des Ordnungsamtes bei Dominique ein«, gab Marie vor.

»Alle Post, die an Dominique beruflich oder privat ging, wurde vom Briefträger durch den Schlitz in der Haustür ihres Hauses gesteckt. Der Briefträger kommt stets früh. Antje war immer die Erste, die im Haus präsent war. Dominique schlief gewöhnlich länger, die anderen Mitarbeiter kamen stets später als Antje. Sie nahm also die Post entgegen. Eines Tages lag Post von der Stadt Dortmund im Hausflur. Antje fasste den Brief nicht an. Sie umgriff ihn vorsichtig mit zwei Reklamesendungen, die sie extra dafür vorrätig hielt und übergab am Abend die Post Dominique, wobei sie sich entschuldigte, ihr diese nicht eher gegeben zu haben. Sie hätte es vergessen. Aber sie wies Dominique sofort darauf hin, dass sich wohl ein Schreiben der Stadt in der Post befinde und veranlasste Dominique, den Brief selbst zu öffnen und das Schreiben in die Hand zu nehmen. Ich weiß gar nicht, ob Dominique in diesem Moment die eigentliche Bedeutung des Radarfotos erkannte. Sie sagte jedenfalls, dass sie es dem Staatsanwalt geben wolle, und Antje bekräftigte sie einerseits darin, während sie ihr andererseits vermitteln konnte, dass es dafür am nächsten Morgen noch früh genug sei.«

»Das Datum des Zugangs des Anhörungsbogens markierte zugleich den Todestag für Dominique«, folgerte Marie.

»Antje war in dieser Zeit, in der ja der Zugang des Anhörungsbogens zu erwarten stand, stets mit der S-Bahn und dann weiter mit ihrem Fahrrad zum Büro gekommen, weil ihr eigenes Auto angeblich kaputt war. An jenem Abend gelang es ihr – es war bereits gegen halb neun – Dominique davon zu überzeugen, dass bei dem Neubau des Quovoria-Hochhauses bei der Dachentwässerung etwas gravierend falsch installiert werde. Antje ist versierte Architektin, und sie konnte Dominique nervös machen, indem sie ihr Pläne des Hochhauses vorlegte und ihr fachkundig erklärte, dass die Bauausführung in einem Detail entscheidend von den Plänen abwich. Dominique stritt dies natürlich ab, weil sie schon aus ihrem Selbstverständnis heraus über jeden Zweifel erhaben war, aber Antje schaffte es, in ihr ein Unbehagen zu erzeugen, das sie schließlich doch veranlasste, sofort zu der Baustelle zu fahren, auf der sich zu diesem Zeitpunkt ja niemand mehr befand, außer mir im Keller, was außer mir und Antje niemand wusste. Dominique wollte Antje in ihrem Auto mitnehmen, aber Antje bestand darauf, selbst mit dem Fahrrad dorthin zu fahren. Die Baustelle sei ja nicht weit entfernt, und sie könne von dort dann unmittelbar zum Bahnhof und mit der nächsten S-Bahn nach Bochum fahren. Also trafen sich die beiden auf der Baustelle. Antje stellte ihr Fahrrad versteckt ab. Es war einfacher als gedacht, Dominique auf das Dach zu locken. Sie stiegen gemeinsam die Treppen hinauf. Dominique hatte eine Taschenlampe und alle Schlüssel dabei. Antje gab ihr, während sie Stockwerk um Stockwerk nach oben gingen, wie beiläufig das Schlüsselpaar, das in das Schloss zu meinem Keller passte. Das Schlüsselpaar befand sich in einem Briefumschlag und trug – wie der Umschlag – natürlich keine Fingerabdrücke. Den Umschlag hatte Antje angeblich von einem Bauarbeiter in die Hand gedrückt bekommen und sollte nach dessen Behauptung zentrale Schlüssel enthalten. Dominique konnte dies nicht glauben, betrachtete die Schlüssel, mit denen sie nichts anzufangen wusste und warf den leeren Briefumschlag ins Treppenhaus, in dem sich noch etlicher Unrat von der Baustelle befand. Sie steckte die Schlüssel in die Tasche, während Antje auf dem späteren Rückweg den leeren Umschlag an sich nahm. Dann ging man aufs Dach, auf dem man im Schein des Vollmondes recht gut den vermeintlichen Ausführungsfehler hätte entdecken können, dessen Vorhandensein Antje hartnäckig behauptete. Man musste sich dafür nur bis auf etwa zwei Meter der Dachkante nähern. Es ist eine Distanz, mit der Antje umzugehen weiß ...«

Pierre schloss die Augen, lächelte teuflisch und war in perfider Weise zufrieden, geordnet die Ausführung eines Verbrechens geschildert zu haben, dessen Anerkennung er darin fand, dass man der Akribie und der Detailfreude seiner vorausschauenden Planung Respekt zollen musste.

»Staatsanwalt Ylberi ist nahe dran«, wiederholte Marie. »Es wird schwer sein, ihn auf eine andere Fährte zu locken. Er sucht immer noch M, aber nicht mehr lange.«

»Antje hatte doch einen Köder ausgeworfen«, hielt Pierre dagegen. »Ich meine den Mann, der sie vermeintlich morgens im Studio belästigt hatte.«

»Zu schwach«, gab Marie zurück, »Ylberi ist nicht darauf angesprungen.«

Brossard streckte seine Hand aus.

»Sie werden mir helfen, Frau Rechtsanwältin! Ich vertraue auf Sie!« Pierre Brossard forderte Solidarität ein, fühlte sich schutzwürdig und durch eine Ungeschicklich-

keit einer aus seiner Sicht unverdienten Verfolgung ausgesetzt. Seinem Prinzip der doppelten Täuschung, das er
äußerlich so perfekt beherrscht hatte, entsprach in seinem
Inneren dem Prinzip der doppelten Moral.

Marie verabschiedete sich von ihm, strich aufreizend
durch ihre Haare, als sie aufstand, und genoss verachtend
seine begehrlichen Blicke.

Als sie das Krankenhaus verlassen hatte, telefonierte
sie mit Stephan, der daraufhin unter einem Vorwand sein
Gespräch mit Antje, die das Büro in der Zwischenzeit
nicht verlassen hatte, absagte.

25

Am Freitagmorgen schilderte Marie Staatsanwalt Ylberi in Stephans Büro im Detail, was ihr Pierre Brossard erzählt hatte. Ylberi notierte sich währenddessen dieses und jenes, und als sie geendet hatte, dachte er einige Minuten intensiv nach.

»Es bleiben zwei Fragen offen«, sagte er schließlich, nachdem er das Schaubild zu seiner ersten Theorie betrachtet und ein neues angefertigt hatte, das Pierre Brossards Geständnis verwertete.

»Erstens: Was war Brossards Motiv? Wenn er an Dominiques Geld wollte, hätte er sich nur scheiden lassen müssen. Dominique und Pierre hatten in einem Ehevertrag lediglich vereinbart, dass im Falle einer Trennung oder Scheidung deutsches Recht anzuwenden sei. Folglich wäre es bei einer Scheidung zum Zugewinnausgleich gekommen. Dominique hätte also die Hälfte ihres während der Ehe erworbenen Vermögens an ihn abgeben müssen. Das hätte den Franzosen reich genug gemacht.«

Stephan schmunzelte.

»Das war unsere Annahme, Herr Ylberi, aber wir haben uns geirrt. In der Tat wäre es zum Zugewinnausgleich nach deutschem Recht gekommen. Das Problem aus Pierres Sicht indes war, dass Dominiques ganzes Vermögen entweder schon zum Beginn ihrer Ehe vorhanden oder später von ihr kraft Erbschaft erworben wurde. Aus beidem hätte Brossard für sich keinen Nutzen ziehen können, denn bereits vorhandenes oder später geerbtes Vermögen bleibt beim Zugewinnausgleich nach gesetzlicher Wertung unberücksichtigt. Wir hatten damals gedacht, dass sich Dominique gegenüber Piere nicht durchsetzen konnte, als die beiden lediglich die schmale vertragliche Regelung trafen, wonach sie ihre Ehe und deren wirtschaftliche Folgen dem deutschen Recht unterwarfen. Tatsache ist aber, dass Dominique insoweit gar nichts zu ihren Gunsten regeln musste, denn Pierre hätte nur an dem partizipiert, was sie während der Ehe jenseits von Schenkungen oder Erbschaften erworben hätte. Auch das luxuriöse Haus im Kreuzviertel stammt aus Mitteln, die sie geerbt hatte. Pierre hätte bei einem Zugewinnausgleich bei Weitem nicht so viel bekommen, wie wir ursprünglich annahmen. Denn all das Vermögen, das Dominique während der Ehe als Früchte ihrer Arbeit angehäuft hatte und an dem Pierre beim Zugewinnausgleich partizipiert hätte, gab sie zu großen Teilen für ihren luxuriösen Lebensstil wieder aus, also für teures Essen, Reisen und andere Dinge, ohne dass sie dafür bleibende Werte erhielt. Vielleicht hätte Pierre im Zugewinnausgleich – etwa aus während der Ehe angehäuftem Sparguthaben – einen gewissen Geldbetrag erhalten, aber das ist kein Vergleich zu dem Vermögen, das er durch Dominiques Tod als ihr Erbe bekommen konnte.«

Ylberi notierte sich Stephans Gedanken.

»Staatsanwälte kennen sich zu wenig im Familien- und Erbrecht aus«, stellte er fest. Dann wandte er sich Marie zu: »Zweitens: Warum hat Pierre Brossard Ihnen all dies erzählt? Es gab keinen vernünftigen Grund, sich und Antje Swoboda preiszugeben.«

»Die Antwort ist fast zu simpel«, antwortete Stephan für Marie, »und sie fängt damit an, dass ich selbst eher zufällig den Stein ins Rollen gebracht habe. Es begann damit, dass ich bei meinem gestrigen Besuch im Architekturbüro gegenüber Alf Jungmann und Antje Swoboda im Detail erfragte, wie Dominique und Pierre den Tag verbrachten, an dem die Männer der französischen Eisenbahn in Dominiques Büro zu Gast waren. Nach den Informationen, die ich von Jungmann erhielt, war mir klar, dass die bisherige Theorie, wonach Dominique das Tatgeschehen lenkte, nicht stimmen konnte. Sie konnte zumindest den Brief vom 15. Oktober nicht bis zum Ende des Tages in Bochum eingeworfen haben. Damit drehte sich die Geschichte, was ich auch deutlich sagte, nicht ahnend, dass ich in Antje Swoboda nun die Angst auslöste, dass ich durch meine Entdeckung der richtigen Lösung des Falles auf der Spur war. Frau Swoboda wusste, dass ich früher Dominique vertreten und danach Löffke das Mandat von mir übernommen hatte. Sie hat – ganz sicher in Absprache mit Pierre – die Flucht nach vorn angetreten und wollte ihr Wissen und ihr gemeinsames Geständnis mit Pierre mir als Anwalt anvertrauen. Dies hätte mich der Verschwiegenheit unterworfen und verhindert, dass ich meine Rückschlüsse Ihnen, Herr Ylberi, mitteile. Als sie mich nicht antraf, ist sie zu Löffke gegangen und hat ihm alles erzählt. Das war es, was Löffke so aus der Bahn warf, denn es ist natürlich mehr als außergewöhnlich, wenn einem als Anwalt das Geständnis zweier Morde anvertraut wird. Frau Swoboda unterlag nur einem Irrtum: Sie meinte, dass Löffke und ich Partner ein- und derselben Kanzlei sind, und dass sie, indem sie sich Löffke anvertraute, automatisch auch mich in die Schweigepflicht einband. Sie hat nicht verstanden, dass meine Kanzlei unabhängig von Löffkes Kanzlei ist.«

»Ich habe ihr, glaube ich, einmal gesagt, dass sie mit Löffke in einem Haus arbeiten«, erinnerte sich Ylberi, »aber das war ja nicht falsch.«

»Das war nicht falsch«, bestätigte Stephan, »aber es ist eben nur eine Bürogemeinschaft. Folglich war ich nicht gehindert, weiter zu ermitteln, und mir den Irrtum von Frau Swoboda zunutze zu machen. Und dass Marie dann ins Krankenhaus gegangen ist und Pierre Brossard, der natürlich wusste, dass sich Antje Löffke anvertraut hatte, erklärte, dass sie aus der Kanzlei komme und durch ihr Auftreten suggerierte, Anwältin der Kanzlei zu sein, war ein Trick, auf den Marie und ich besonders stolz sind. Denn es hat niemand die Schweigepflicht verletzt: Löffke hat sie gewahrt, ich war von der Schweigepflicht nicht erfasst, weil ich nicht mit Löffke in einer Kanzlei arbeite und Marie hat ohnehin keine, weil sie keine Anwältin ist. Es wurde also nur ein Irrtum ausgenutzt, dem Antje Swoboda und Pierre Brossard selbst erlegen sind.«

»Es wird auf Sie als Zeugin ankommen, Frau Schwarz«, stellte Staatsanwalt Ylberi fest. »Ich gehe nicht davon aus, dass Pierre Brossard und Antje Swoboda ihre Geständnisse vor mir oder vor Gericht wiederholen werden. Und ich weiß jetzt schon, dass die Verteidiger, die die beiden vertreten werden, nach Möglichkeiten suchen werden, Ihre Aussage, liebe Frau Schwarz, einem Beweisverwertungsverbot zu unterziehen.«

»Aber Sie müssen die Geschichte jetzt nur noch nachvollziehen, Herr Ylberi«, wiegelte Stephan ab. »Sie wissen, wo Sie Spuren suchen müssen und finden können. Vielleicht sollte man mit dem Auto von Pierre Brossard anfangen, das sich in der Garage von Antje Swoboda befindet.

Es wird Spurenträger sein. Franziska hat in diesem Auto gesessen. Nutzen Sie den Zeitvorteil! Swoboda und Brossard wissen nichts davon, dass Sie jetzt im Bilde sind. Sie hoffen auf die Einhaltung der vermeintlichen Schweigepflicht. Das ist Ihre Chance, Herr Ylberi!«

Der Staatsanwalt erhob sich. Er schüttelte verwundert den Kopf.

»Irgendwie hatten wir beide recht, Herr Knobel: Es ging um eine Maskerade!«

»Arme Franziska«, schloss Marie.

»Wir kennen doch immer nur den einen Teil des Menschen«, meinte Ylberi. »Unsere Gesellschaft leuchtet nach außen, und hinter den Fassaden spielen sich traurige Geschichten ab. Alle suchen ihr Glück, und wir tun es genauso. Franziska hat ihr Glück über Chiffre gesucht – und den Tod gefunden. Das ist mehr als tragisch.«

Er verabschiedete sich. Marie und Stephan begleiteten ihn nach unten.

»Wir hätten unseren Fall schneller lösen können«, meinte Ylberi zu Marie. »Sie hätten mir nur den Brief aushändigen müssen, den Sie noch am 17. Oktober erhalten haben.«

Marie nickte. »Ich dachte, dieser Brief stammte von irgendeinem Nachzügler, der mit der Sache nichts zu tun haben kann. Wer konnte ahnen, dass sich Hilbig dahinter verbarg?«

»Wir haben uns beide geirrt. Aber dieser Irrtum passt zu der ganzen Geschichte«, meinte Ylberi.

Als er das Kanzleigebäude verließ, stürmte Löffke hinein. Er kam von einem Gerichtstermin zurück.

»Alles gewonnen, Kollege Knobel!«, schnaufte er und stampfte in geschäftiger Eile den Flur entlang.

»Was macht die Sache, über die wir gestern gesprochen haben?«, rief Stephan vergnügt hinterher. »Sie wirkten so durcheinander!«

»Vergessen Sie es, Herr Knobel! Sie sollen es vergessen, ich sagte es ja bereits. Ich werde damit fertig. Es ist die Last meines Berufs. Ob Pastor oder Anwalt, manchmal kommen die Leute zur Beichte. Von mir erfahren Sie nichts!«

Dann verschwand er in seinem Büro.

26

Marie legte eine Rose auf Franziskas Grab. Es war ein diesiger, feuchter Freitag Ende November, an dem die Friedhöfe häufiger als sonst besucht wurden. Die Bäume trugen nur noch wenige gelbe Blätter. Sie hatten das meiste Laub abgeworfen, das sich auf Wege und Gräber verteilte. In dieser Jahreszeit wurde offenbar, welche Gräber ungepflegt und unbesucht blieben. Franziskas Grab lag auf einem neu angelegten Feld im alten Teil des Friedhofes in unmittelbarer Nähe des Hauptweges, den eine Allee knorriger Eichen säumte. Auf dem frisch angelegten Grab lagen noch einige verwitternde Kränze und ein frischer Blumenstrauß. Stephan sah genauer hin und entdeckte unter dem Strauß eine Plastikhülle, in der sich ein Blatt Papier befand. Er nahm die Hülle, wischte mit der Hand Regentropfen und Erdkrumen ab und las die blassen Zeilen auf dem Papier:

Gedanken, die sich um Dich drehen, Ideen, wie Du gewesen sein könntest, Träume, wie ich Dich beschenke, wir gemeinsam durch das Leben gehen, tief verbunden und so wolkig leicht – ohne Sinn, ich hab Dich nie erreicht.

Stephan gab Marie die Plastikhülle.

»Es stammt von Hilbig«, meinte sie tonlos. »Ich erkenne die Handschrift wieder.« Ihr stiegen Tränen in die Augen. »Ich hätte mich damals darum kümmern müssen, dass sie diesen Brief erhält. Aber ich habe es nicht getan, sondern ihn nur in die Schublade gelegt. Ich habe bei Franziska so viel falsch gemacht.«

Stephan nahm ihr das Gedicht aus der Hand und legte es wieder behutsam unter den Blumenstrauß.

»Komm!«, sagte er sanft und drückte sie an sich. »Franziska hat vielleicht ein Leben lang die falschen Menschen getroffen – und sie hat die falschen Menschen gewählt. Vielleicht wäre Hilbig ihr Mr. Chiffre gewesen. Manchmal hilft nur das Glück. Keiner trägt Verantwortung für das, was zufällig gelingt oder misslingt.«

Sie verließen schweigend den Friedhof. Draußen herrschte Feierabendverkehr. In den Auslagen der Geschäfte häuften sich die Weihnachtsartikel. Kinder standen mit leuchtenden Augen vor den Schaufenstern. Der Friedhof blieb in unwirklichem milchigen Dunst zurück. Stephan und Marie umarmten sich fest. Sie wussten um ihr Glück.

Am anderen Ende der Stadt spielten Schulkinder im schwindenden Tageslicht auf einer Müllhalde. Sie turnten auf dem hölzernen Gestell eines weggeworfenen Bettes. Eines der Kinder fand an der Unterseite des Lattenrostes, mit braunem Klebeband umwickelt, das sich nicht von der Farbe des Holzes abhob, ein zwischen zwei Latten eingezwängtes Bündel Briefe. Es mochten über 50 sein, adressiert an 0829, und ein Brief vom 19. Oktober, adressiert an eine Franziska Bellgardt. Sie lasen einige der Briefe und kicherten über die Zeilen, die sie nicht verstanden. Dann brach die Dunkelheit herein. Sie warfen die Briefe fort, die aus einer ihnen noch fremden Welt stammten.

ENDE

KLAUS ERFMEYER
Geldmarie

....

277 Seiten, Paperback.
ISBN 978-3-8392-3032-9.

MARIE VERZWEIFELT GE-
SUCHT
»Man mag es kaum glauben: aber mit
seinem dritten Krimi rund um den
Anwalt Stephan Knobel ist Klaus Erfmeyer noch einmal eine Klasse besser geworden. Er liefert nicht nur eine
aufregende ›Wer-Hat's-Getan‹-Story.
Diesmal überzeugt er noch dazu mit
einer psychologisch packenden und
tiefgründigen Geschichte, in der es um
Schuld, Verantwortung und Gerech-
tigkeit geht und die Beziehung zwischen einer Geisel und ihrem Peiniger.
Immer wieder unterläuft der Autor
die nahe liegenden Erwartungen der
Leser und schafft überraschende Pers-
pektiven. Erfmeyer ist ein Meister der
Spannungsliteratur, der weit mehr zu
bieten hat als eine flotte Schreibe: Er
hat seinen eigenen fesselnden Stil entwickelt, der ihn grandios abhebt von
der Masse des simpel gestrickten ›Le-
sefutters‹ in diesem Genre.«

KLAUS ERFMEYER
Endstadium

....

273 Seiten, Paperback.
ISBN 978-3-89977-1080-2.

TODESKAMPF Der Dortmun-
der Unternehmer Justus Rosell ist
unheilbar an Krebs erkrankt. Für
seinen bevorstehenden Tod macht
er den Internisten Jens Hobbeling
verantwortlich, der es versäumt
haben soll, die tückische Krankheit rechtzeitig erkannt und damit
jede Chance auf Heilung verspielt
zu haben. Nachdem Rosell seinen
Vorwurf gegen den Arzt in einem
von großem Medieninteresse begleiteten Prozess nicht beweisen konnte, zieht er sich im Endstadium der
Krankheit in sein Domizil auf der
Ferieninsel Gran Canaria zurück.
Gleichzeitig beauftragt er Rechtsanwalt Stephan Knobel, ein letztes
Mal gegen Hobbeling aktiv zu werden ...

Wir machen's spannend

KLAUS ERFMEYER
Tribunal

324 Seiten, Paperback.
ISBN 978-3-8392-1060-4.

OHNE GEWISSEN Essen und das Ruhrgebiet bereiten sich auf das Großereignis »Kulturhauptstadt 2010« vor. Als der Psychologe Paul Bromscheidt der Kanzlei Hübenthal & Knobel die Idee anträgt, aus diesem Anlass eine Ausstellung zum Thema »Justiz und Gewissen« in Deutschlands größter unterirdischer Bunkeranlage zu organisieren, sind die Anwälte begeistert. Erwartungsvoll folgen Stephan Knobel und seine Kollegen dem eloquenten Bromscheidt in das Stollensystem. Doch die Führung wird zur Entführung – und für die Geiseln zur Konfrontation mit einem Täter, der eine zynische Abrechnung zelebrieren will ...

KLAUS ERFMEYER
Todeserklärung

274 Seiten, Paperback.
ISBN 978-3-8392-3348-1.

ERBE GESUCHT Als der Dortmunder Rechtsanwalt Stephan Knobel von seinem neuen Mandanten Gregor Pakulla den Auftrag erhält, dessen verschwundenen Bruder Sebastian zu suchen, wundert er sich zunächst, warum Pakulla hierfür einen Anwalt benötigt. Aber der Fall klingt interessant: Die Geschwister sind die alleinigen Erben eines großen Vermögens. Doch ohne Sebastian kann Gregor seinen Anteil nicht kassieren – wird sein Bruder hingegen tot aufgefunden, erhält er sogar alles.
Schnell wird klar, dass Gregor mehr weiß, als er zugibt. Knobel folgt Sebastians Spuren bis nach Mallorca, wo sich ihm ein bis ins Detail durchdachtes teuflisches Spiel offenbart.

GMEINER

Wir machen's spannend

BERND FRANZINGER
Familiengrab

···

371 Seiten, Paperback.
ISBN 978-3-8392-1173-1.

VOLLTREFFER Bei einer Geburts-
tagsfeier wird auf die Familie des
Pfälzer Parkettfabrikanten Anton
Denzer ein heimtückischer Mord-
anschlag verübt, bei dem mehrere
Menschen sterben. Die Tatwaffe ist
eine mannshohe Felsenkugel, die
in einem Berghang gelöst und auf
ihren todbringenden Weg ins Tal
geschickt wurde. Die Ermittlungen
gestalten sich schwierig, denn Kommissar Wolfram Tannenberg und
sein Team treffen auf eine Mauer
des Schweigens. Familie Denzer
hat in der Vergangenheit ihre Probleme selbst geregelt, doch es folgen weitere Anschläge. Die Lösung
des Falls liegt seit Jahrzehnten in
den Wäldern des Moosalbtals verborgen ...

MATTHIAS P. GIBERT
Zeitbombe

···

367 Seiten, Paperback.
ISBN 978-3-8392-1202-8.

ALPTRAUM FREIHEIT Zwi-
schen Kassel und Fulda überfährt
ein ICE einen Mitarbeiter der Kripo
Kassel. Der tragische Vorfall wird als
Suizid zu den Akten gelegt. 14 Tage
später der nächste Tote: Erneut ein
Polizeibeamter, wieder von einem
Zug getötet. Kommissar Paul Lenz
beginnt an der Selbstmordvariante
zu zweifeln. Bei seinen Ermittlungen stößt er auf einen mehr als 20
Jahre zurückliegenden Mordfall.
Lenz gräbt trotz massiver Behinde-
rungen aus den eigenen Reihen die
alten Akten aus und stellt fest, dass
die Sachlage damals nicht so eindeutig war, wie es die Beteiligten heute
darstellen ...

Wir machen's spannend

Unsere Lesermagazine
2 x jährlich das Neueste aus der Gmeiner-Bibliothek

DIN A6, 20 S., farbig   *10 x 18 cm, 16 S., farbig*   *24 x 35 cm, 20 S., farbig*

GmeinerNewsletter
Neues aus der Welt der Gmeiner-Romane

Haben Sie schon unsere GmeinerNewsletter abonniert?
Monatlich erhalten Sie per E-Mail aktuelle Informationen aus der
Welt der Krimis, der historischen Romane und der Frauenromane:
Buchtipps, Berichte über Autoren und ihre Arbeit, Veranstaltungs-
hinweise, neue Literaturseiten im Internet und interessante Neuig-
keiten.

Die Anmeldung zu den GmeinerNewslettern ist ganz einfach.
Direkt auf der Homepage des Gmeiner-Verlags (www.gmeiner-ver-
lag.de) finden Sie das entsprechende Anmeldeformular.

Ihre Meinung ist gefragt!
Mitmachen und gewinnen

Wir möchten Ihnen mit unseren Romanen immer beste Unterhaltung
bieten. Sie können uns dabei unterstützen, indem Sie uns Ihre Meinung zu den Gmeiner-Romanen sagen! Senden Sie eine E-Mail an
gewinnspiel@gmeiner-verlag.de und teilen Sie uns mit, welches Buch
Sie gelesen haben und wie es Ihnen gefallen hat. Alle Einsendungen
nehmen automatisch am großen Jahresgewinnspiel mit attraktiven
Buchpreisen teil.

Wir machen's spannend

Alle Gmeiner-Autoren und ihre Romane auf einen Blick

ANTHOLOGIEN: Tod am Tegernsee • Drei Tagesritte vom Bodensee • Nichts ist so fein gesponnen • Zürich: Ausfahrt Mord • Mörderischer Erfindergeist • Secret Service 2011 • Tod am Starnberger See • Mords-Sachsen 4 • Sterbenslust • Tödliche Wasser • Gefährliche Nachbarn • Mords-Sachsen 3 • Tatort Ammersee • Campusmord • Mords-Sachsen 2 • Tod am Bodensee • Mords-Sachsen 1 • Grenzfälle • Spekulatius **ABE, REBECCA**: Im Labyrinth der Fugger **ARTMEIER, HILDEGUNDE**: Feuerross • Drachenfrau **BAUER, HERMANN**: Philosophenpunsch • Verschwörungsmelange • Karambolage • Fernwehträume **BAUM, BEATE**: Weltverloren • Ruchlos • Häuserkampf **BAUMANN, MANFRED**: Wasserspiele • Jedermanntod **BECK, SINJE**: Totenklang • Duftspur • Einzelkämpfer **BECKER, OLIVER**: Das Geheimnis der Krähentochter **BECKMANN, HERBERT**: Die Nacht von Berlin • Mark Twain unter den Linden • Die indiskreten Briefe des Giacomo Casanova **BEINSSEN, JAN**: Todesfrauen • Goldfrauen • Feuerfrauen **BLANKENBURG, ELKE MASCHA** Tastenfieber und Liebeslust **BLATTER, ULRIKE**: Vogelfrau **BODE-HOFFMANN, GRIT/HOFFMANN, MATTHIAS**: Infantizid **BODENMANN, MONA**: Mondmilchgubel **BÖCKER, BÄRBEL**: Mit 50 hat man noch Träume • Henkersmahl **BOENKE, MICHAEL**: Riedripp • Gott'sacker **BOMM, MANFRED**: Blutsauger • Kurzschluss • Glasklar • Notbremse • Schattennetz • Beweislast • Schusslinie • Mordloch • Trugschluss • Irrflug • Himmelsfelsen **BONN, SUSANNE**: Die Schule der Spielleute • Der Jahrmarkt zu Jakobi **BOSETZKY, HORST (-KY)**: Promijagd • Unterm Kirschbaum **BRÖMME, BETTINA**: Weißwurst für Elfen **BUEHRIG, DIETER**: Der Klang der Erde • Schattengold **BÜRKL, ANNI**: Ausgetanzt • Schwarztee **BUTTLER, MONIKA**: Dunkelzeit • Abendfrieden • Herzraub **CLAUSEN, ANKE**: Dinnerparty • Ostseegrab **CRÖNERT, CLAUDIUS**: Das Kreuz der Hugenotten **DANZ, ELLA**: Ballaststoff • Schatz, schmeckt's dir nicht? • Rosenwahn • Kochwut • Nebelschleier • Steilufer • Osterfeuer **DETERING, MONIKA**: Puppenmann • Herzfrauen **DIECHLER, GABRIELE**: Glutnester • Glaub mir, es muss Liebe sein • Engpass **DÜNSCHEDE, SANDRA**: Todeswatt • Friesenrache • Solomord • Nordmord • Deichgrab **EMME, PIERRE**: Zwanzig/11 • Diamantenschmaus • Pizza Letale • Pasta Mortale • Schneenockerleklat • Florentinerpakt • Ballsaison • Tortenkomplott • Killerspiele • Würstelmassaker • Heurigenpassion • Schnitzelfarce • Pastetenlust **ENDERLE, MANFRED**: Nachtwanderer **ERFMEYER, KLAUS**: Irrliebe • Endstadium • Tribunal • Geldmarie • Todeserklärung • Karrieresprung **ERWIN, BIRGIT / BUCHHORN, ULRICH**: Die Reliquie von Buchhorn • Die Gauklerin von Buchhorn • Die Herren von Buchhorn **FINK, SABINE**: Kainszeichen **FOHL, DAGMAR**: Der Duft von Bittermandel • Die Insel der Witwen • Das Mädchen und sein Henker **FRANZINGER, BERND**: Familiengrab • Zehnkampf • Leidenstour • Kindspech • Jammerhalde • Bombenstimmung • Wolfsfalle • Dinotod • Ohnmacht • Goldrausch • Pilzsaison **GARDEIN, UWE**: Das Mysterium des Himmels • Die Stunde des Königs

Alle Gmeiner-Autoren und ihre Romane auf einen Blick

GARDENER, EVA B.: Lebenshunger **GEISLER, KURT:** Friesenschnee • Bädersterben **GERWIEN, MICHAEL:** Alpengrollen **GIBERT, MATTHIAS P.:** Zeitbombe • Rechtsdruck • Schmuddelkinder • Bullenhitze • Eiszeit • Zirkusluft • Kammerflimmern • Nervenflattern **GORA, AXEL:** Das Duell der Astronomen **GRAF, EDI:** Bombenspiel • Leopardenjagd • Elefantengold • Löwenriss • Nashornfieber **GUDE, CHRISTIAN:** Kontrollverlust • Homunculus • Binärcode • Mosquito **HAENNI, STEFAN:** Scherbenhaufen • Brahmsrösi • Narrentod **HAUG, GUNTER:** Gössenjagd • Hüttenzauber • Tauberschwarz • Höllenfahrt • Sturmwarnung • Riffhaie • Tiefenrausch **HEIM, UTA-MARIA:** Feierabend • Totenkuss • Wespennest • Das Rattenprinzip • Totschweigen • Dreckskind **HENSCHEL, REGINE C.:** Fünf sind keiner zu viel **HERELD, PETER:** Das Geheimnis des Goldmachers **HOHLFELD, KERSTIN:** Glückskekssommer **HUNOLD-REIME, SIGRID:** Janssenhaus • Schattenmorellen • Frühstückspension **IMBSWEILER, MARCUS:** Die Erstürmung des Himmels • Butenschön • Altstadtfest • Schlussakt • Bergfriedhof **JOSWIG, VOLKMAR / MELLE, HENNING VON:** Stahlhart **KARNANI, FRITJOF:** Notlandung • Turnaround • Takeover **KAST-RIEDLINGER, ANNETTE:** Liebling, ich kann auch anders **KEISER, GABRIELE:** Engelskraut • Gartenschläfer • Apollofalter **KEISER, GABRIELE / POLIFKA, WOLFGANG:** Puppenjäger **KELLER, STEFAN:** Totenkarneval • Kölner Kreuzigung **KINSKOFER, LOTTE / BAHR, ANKE:** Hermann für Frau Mann **KLAUSNER, UWE:** Kennedy-Syndrom • Bernstein-Connection • Die Bräute des Satans • Odessa-Komplott • Pilger des Zorns • Walhalla-Code • Die Kiliansverschwörung • Die Pforten der Hölle **KLEWE, SABINE:** Die schwarzseidene Dame • Blutsonne • Wintermärchen • Kinderspiel • Schattenriss **KLÖSEL, MATTHIAS:** Tourneekoller **KLUGMANN, NORBERT:** Die Adler von Lübeck • Die Nacht des Narren • Die Tochter des Salzhändlers • Kabinettstück • Schlüsselgewalt • Rebenblut **KÖHLER, MANFRED:** Tiefpunkt • Schreckensgletscher **KÖSTERING, BERND:** Goetheglut • Goetheruh **KOHL, ERWIN:** Flatline • Grabtanz • Zugzwang **KOPPITZ, RAINER C.:** Machtrausch **KRAMER, VERONIKA:** Todesgeheimnis • Rachesommer **KRONENBERG, SUSANNE:** Kunstgriff • Rheingrund • Weinrache • Kultopfer • Flammenpferd **KRUG, MICHAEL:** Bahnhofsmission **KRUSE, MARGIT:** Eisaugen **KURELLA, FRANK:** Der Kodex des Bösen • Das Pergament des Todes **LASCAUX, PAUL:** Mordswein • Gnadenbrot • Feuerwasser • Wursthimmel • Salztränen **LEBEK, HANS:** Karteileichen • Todesschläger **LEHMKUHL, KURT:** Dreiländermord • Nürburghölle • Raffgier **LEIMBACH, ALIDA:** Wintergruft **LEIX, BERND:** Fächergrün • Fächertraum • Waldstadt • Hackschnitzel • Zuckerblut • Bucheckern **LETSCHE, JULIAN:** Auf der Walz **LICHT, EMILIA:** Hotel Blaues Wunder **LIEBSCH, SONJA / MESTROVIC, NIVES:** Muttertier @n Rabenmutter **LIFKA, RICHARD:** Sonnenkönig **LOIBELSBERGER, GERHARD:** Mord und Brand • Reigen des Todes • Die Naschmarkt-Morde **MADER, RAIMUND A.:** Schindlerjüdin • Glasberg

Wir machen's spannend